Ai, meus Deuses!

Ai, meus Deuses!

Tera Lynn Childs

Tradução de
ALDA LIMA

1ª edição

GALERA
junior
RIO DE JANEIRO
2014

CIP-BRASIL. CATALOGAÇÃO NA PUBLICAÇÃO
SINDICATO NACIONAL DOS EDITORES DE LIVROS, RJ

C464a
Childs, Tera Lynn
Ai, meus deuses! / Tera Lynn Childs; tradução Alda Lima. – 1ª ed. – Rio de Janeiro: Galera Record, 2014.
304 p.

Tradução de: Oh my gods
ISBN 978-85-01-09447-6

1. Ficção juvenil americana. I. Lima, Alda. II. Título.

13-02784
CDD: 028.5
CDU: 087.5

Título original
Oh.My.Gods

Texto revisado segundo o novo Acordo Ortográfico da Língua Portuguesa.

Direitos exclusivos de publicação em língua portuguesa somente para o Brasil adquiridos pela
EDITORA RECORD LTDA.
Rua Argentina 171 – Rio de Janeiro, RJ – 20921-380 – Tel.: 2585-2000
que se reserva a propriedade literária desta tradução

Impresso no Brasil

ISBN 978-85-01-09447-6

Para minha mãe e para meu pai,
porque eles acertaram de primeira.

Capítulo 1

Quando estou correndo, praticamente consigo sentir meu pai ao meu lado.

Ele se foi há seis anos, mas todas as vezes que amarro o cadarço, e a sola do meu tênis atinge o chão, é como se ele estivesse bem ali. Consigo senti-lo conversando comigo sobre a força que tenho dentro de mim e dizendo que serei uma atleta profissional quando crescer. Em parte, isso explica por que eu gosto tanto de correr — explica por que estou correndo agora, me esforçando um pouco mais que o normal para ganhar esta corrida.

Esta não é uma corrida qualquer — é a final do campeonato nacional do acampamento de verão da USC. Todos os que venceram essa corrida nos últimos sete anos conseguiram uma bolsa de estudos integral na faculdade. Como a USC é a única faculdade que considerei frequentar, pretendo vencer esta competição.

E como o corredor mais próximo está a quase cinquenta metros atrás de mim, nem estou preocupada.

Já consigo ver a linha de chegada. Dúzias de pessoas aguardam — técnicos, treinadores da faculdade, gente do acampamento que competiu nas provas mais curtas, pais, amigos. Quando me aproximo, vejo Nola e Cesca — minhas duas melhores amigas — torcendo como loucas. Elas nunca deixam de ir às minhas corridas.

Estou me aproximando dos últimos vinte e cinco metros.

Vinte metros.

A vitória é certa. Diminuo um pouco meu ritmo, não exatamente desacelerando, mas relaxando o suficiente para deixar que meu corpo comece a se recuperar.

É quando vejo a minha mãe.

Ela está ao lado de Nola e Cesca, sorrindo como eu nunca a tinha visto sorrir — pelo menos não nos últimos seis anos.

Por que ela está aqui?

Não que minha mãe não costume assistir às minhas corridas, mas ela não deveria estar aqui desta vez. Ela deveria estar na Grécia, encontrando os parentes do meu pai em uma gigantesca reunião de família enquanto eu estava no acampamento. Acredite: escolher entre correr oito horas por dia e passar uma semana com o meu primo esquisito, Bemus, não era uma decisão difícil. Conhecê-lo uma vez foi o bastante.

Até consigo entender por que ela resolveu voltar para casa dois dias antes do planejado.

Então, de repente, cruzo a linha de chegada e todos estão ao meu redor, comemorando e me dando parabéns. Nola e Cesca abrem espaço na multidão e pulam para me dar un abraço.

— Você é uma superestrela — grita Cesca.

É tanto barulho que eu mal consigo ouvi-la.

— Tem alguma coisa que você não consiga fazer? — pergunta Nola. — Você acabou de vencer as melhores do país.

— Você *é* a melhor do país! — completa Cesca.

Eu abro um sorriso. Uma menina poderia ter amigas melhores?

A corredora seguinte cruza a linha de chegada e algumas pessoas na multidão vão parabenizá-la. Agora que não tem tanta gente em volta, vejo o treinador Jack esperando para falar comigo. Como ele é a minha passagem para a USC, me desvencilho do nosso abraço coletivo.

— Oi, treinador — digo, com a respiração voltando ao normal.

— Parabéns, Phoebe — diz ele no seu tom grosseiro característico. — Nunca tinha visto alguém vencer com tanta determinação. Ou facilidade.

Ele balança a cabeça, como se não entendesse como eu tinha conseguido fazer aquilo.

— Obrigada.

Minhas bochechas ficam vermelhas. É claro que ao longo da minha vida já tinham me dito que eu possuo um talento especial para correr — meu pai, minha mãe, meus amigos —, porém parece muito mais real quando o elogio vem do principal treinador do time nacional da USC. Há rumores de que ele vai treinar o próximo time olímpico.

— Vou colocar você no topo da lista para o próximo ano — diz ele. — Se continuar indo às aulas e continuar com um bom desempenho nas corridas, a bolsa é sua.

— Uau, eu... — Balanço a cabeça, empolgada demais por estar tão perto de tudo o que sempre quis. — Obrigada, treinador. Não vou decepcioná-lo.

E então ele sai para falar com os outros corredores que agora estão amontoados depois da linha de chegada. Eu me viro para procurar pela minha mãe, ela está bem atrás de mim, ainda sorrindo. Mergulho em seus braços.

— Mãe — digo meio chorando quando ela me aperta num abraço. — Achei que você não fosse voltar antes de terça-feira.

Ela me aperta com mais força.

— Decidimos voltar antes.

— Decidimos? — pergunto, inclinando o tronco para trás para vê-la melhor.

Minha mãe fica corada — vermelha mesmo — e me solta. Ela estende a mão ao lado do corpo, como se estivesse procurando por alguma coisa para segurar.

Fico olhando sem expressão quando outra mão, nitidamente a mão de um homem, encontra a dela.

— Phoebe — diz ela, a voz cheia de uma animação quase infantil —, aqui está alguém que eu gostaria que você conhecesse.

Meu coração dá um pulo. De repente, tenho um péssimo pressentimento sobre o que ela vai dizer. Ali estão todos os sinais: o rubor, os sorrisos e a mão masculina. Mas, ainda assim, tento não tirar conclusões precipitadas. Quero dizer, minha mãe não é do tipo que namora. Ela é... mãe.

Ela passa as noites de sexta-feira assistindo a filmes comigo ou debruçada sobre as fichas dos seus pacientes da terapia. Ela só se importa comigo e com o trabalho dela. Nessa ordem. Não tem tempo para homens.

O sujeito que está conectado àquela mão masculina chega mais perto da minha mãe.

— Este é Damian.

Ele não é feio, se você gosta de caras mais velhos; tem cabelos escuros e alguns fios brancos nas têmporas. A pele é bronzeada, fazendo com que seu sorriso pareça muito mais branco. Na verdade, ele parece ser um cara legal. Então, sério, eu provavelmente gostaria dele se não estivesse colado na minha mãe.

— Eu e ele vamos... — Minha mãe dá uma risadinha; uma risadinha de verdade! — Nós vamos nos casar!

— O quê? — perguntei.

— É um prazer conhecer você, Phoebe — diz Damian com um leve sotaque, soltando a mão da minha mãe e estendo a própria para me cumprimentar.

Fico encarando a mão dele.

Isso não pode estar acontecendo. Quero dizer, desejo ver minha mãe feliz e tudo o mais, só que como ela pode ter ido para a Grécia e seis dias depois voltar com um noivo? Aquilo é exemplo de comportamento maduro?

— Você vai o quê? — repito.

Quando percebe que não vou cumprimentá-lo, Damian põe o braço sobre o ombro da minha mãe. Ela praticamente derrete ao lado dele.

— Nós vamos nos casar — diz ela novamente, borbulhando de empolgação. — O casamento será na Grécia, em dezembro, mas faremos uma cerimônia civil aqui no próximo fim de semana, assim tia Megan e Yia Yia Minta poderão comparecer.

— No próximo fim de semana? — Estou tão chocada que quase não percebo o maior problema naquilo tudo. — Espere. Como você pode se casar fora do país em dezembro? Eu estarei na escola.

Mamãe escorrega o braço até a cintura de Damian, como se precisasse se aproximar ainda mais dele. O próximo passo vai ser enfiar a mão no bolso traseiro da calça dele. Nenhuma garota deveria presenciar a própria mãe se comportando como uma adolescente.

— Essa é a melhor parte — diz minha mãe, a voz atingindo um nível histérico tamanha é a sua excitação. Instantaneamente sei que não vou gostar do que ela vai dizer. — Vamos nos mudar para a Grécia.

— Seja razoável, Phoebola — diz minha mãe, como se usar meu apelido pudesse fazer com que de repente eu me sentisse bem com aquilo tudo. — Não é o fim do mundo.

— Não? — pergunto, jogando tudo o que está dentro da gaveta do meu armário em uma bolsa.

Minha mãe se senta na cama de solteiro do dormitório do acampamento, que tem sido a minha casa nos últimos sete dias. Há vinte minutos minha vida era perfeita... estava tudo no seu devido lugar.

E agora eu simplesmente devo encaixotar minha vida toda e me mudar para o outro lado do mundo para que minha mãe pudesse continuar dormindo com um sujeito que ela só conhece há uma semana?

Parece o fim do mundo para mim, sim.

— Sei quanto você estava ansiosa para o último ano na Pacific Park — diz ela, entrando no modo terapeuta. — Mas acho que a mudança vai ser boa para você. Vai abrir seus horizontes.

— Eu não preciso abrir meus horizontes — respondo, pegando o travesseiro da cama e enfiando-o no meu porta-travesseiro estampado de listrinhas.

— Querida, você nunca viveu em outro lugar sem ser o sul da Califórnia. Você frequentou a escola com as mesmas pessoas a vida inteira. — Minha mãe põe a mão sobre o meu ombro quando me inclino para pegar o cobertor. — Tenho medo de que ir para a USC no próximo ano seja assustador para você.

— Não vai ser — insisto. — Nola e Cesca também vão para lá.

— Assim como milhares de outros alunos do mundo todo.

— Não significa que eu preciso ser do mundo todo também. Virando de costas para minha mãe, dobro o cobertor rapidamente e o jogo por cima do que havia na bolsa de viagem. Está tudo arrumado, mas ainda não estou pronta para ir embora. Não quando sei que *ele* está lá fora em algum lugar. Não quando meu mundo inteiro está desmoronando.

— Venha — diz ela, baixinho. — Sente-se.

Olho por cima do ombro e a vejo dando tapinhas na cama para que eu me sente.

Digo a mim mesma para manter a calma. Ainda é a minha mãe, afinal de contas. Normalmente ela é muito sensata... talvez entenda meu argumento. Preparada para discutir o assunto como uma adulta, eu me jogo ao lado dela.

— Mãe — digo, tentando soar o mais madura possível —, tem que haver outra maneira. Ele não pode se mudar para cá?

— Não — responde ela com um sorriso triste —, ele definitivamente não pode.

— Por que não? — pergunto. — Ele é procurado pela polícia ou algo assim?

Minha mãe me lança um olhar que diz "é claro que não".

— O trabalho dele exige que continue na Grécia.

Trabalho! Aí está uma coisa que posso usar a meu favor.

— E o seu trabalho? A terapia? — Eu me aproximo dela. — Você não vai sentir falta da sua dose diária de maluquice? — Não é um termo politicamente correto, eu sei, mas estou no modo totalmente desesperada.

— Sim, vou sentir falta.

— Então, por que você vai...

Ela me olha nos olhos e diz:

— Porque eu o amo.

Pelo que parece uma eternidade, nós duas simplesmente ficamos nos encarando.

— Bem, só não entendo por que eu preciso ir — digo. — Eu poderia ficar com Yia Yia Minta para terminar o ano letivo...

— De jeito nenhum — mamãe me interrompe. — Amo sua avó como se ela fosse minha própria mãe, mas ela não tem condições de tomar conta de você por um ano inteiro. Ela tem quase 80 anos. Além do mais... — Ela me dá um cutucão na costela. — Você odeia queijo de cabra.

— Eu sei, mas...

— Você é a minha garotinha. — O tom de voz dela é determinado. — E eu me recuso a perder você um ano antes do programado.

Ótimo. Minha mãe está ansiosa porque vamos nos separar quando eu for para a faculdade e por isso preciso mudar de hemisfério.

— Você está querendo destruir a minha vida? — pergunto, levantando e começando a andar de um lado para o outro no chão de linóleo. — O que aconteceu? As coisas estavam fáceis demais? Você ficou preocupada porque não sou uma adolescente problemática e você não pode trabalhar isso? Ou porque não vou precisar de terapia quando chegar aos 30?

— Não seja ridícula.

— Eu sou a ridícula? Não fui eu quem voou para uma reunião de família e voltou com um noivo a tiracolo... Espere, ele não é da família, é? Isso seria mais do que *eca*, mãe.

— Phoebe. — A voz dela tem um tom de aviso, mas eu só estou me aquecendo.

— Já ouvi falar sobre esses casamentos europeus movidos por um impulso momentâneo. Tem certeza de que ele não está simplesmente usando você para conseguir um *green card*?

— Chega! — grita ela.

Congelo e a encaro. Uma mãe que é terapeuta não grita. Estou realmente encrencada.

— Damian e eu nos amamos. — Ela se levanta, encaixa o cobertor embaixo do braço e pendura a alça da minha bolsa no meu ombro. — Vamos nos casar no próximo fim de semana. Ele vai voltar para a Grécia. E, no fim do mês, você e eu nos mudaremos para Serfopoula.

— Quem já ouvir falar nesse lugar, afinal de contas? Serfopoula? — pergunto enquanto ando para a frente e para trás ao pé da cama onde meu cobertor amarelo costumava ficar.

— Pense bem, Phoebe — diz Cesca. — Você vai poder treinar nas imaculadas areias brancas do mar Egeu azul-turquesa.

Certo, agora ela me pegou. Corridas na praia são o meu ponto fraco, mas isso definitivamente não é motivo suficiente para que a mudança valha a pena. Na Califórnia existem muitas praias.

Cesca olha de um jeito sonhador para o meu teto pintado com nuvenzinhas, como se ela estivesse imaginando drinques enfeitados com guarda-chuvinhas e meninos gostosos embaixo dos quiosques. O que ela imagina realmente é de dar inveja. Tá. Ela pode ficar com o meu lugar no voo para Atenas amanhã.

— Não sei, não — diz Nola. — Uma ilha grega praticamente inabitada com nada além de uma escola particular e uma pequena vila? É suspeito, Phoebe.

Nola — um diminutivo de *Granola*, acredite se quiser — é nossa teórica da conspiração de carteirinha. Os pais dela são hippies. Não foram hippies... *são* hippies. Do tipo que acreditam no amor livre, protestam porque os lanches da escola não são vegetarianos e acreditam que os cubanos, a máfia e a CIA conspiraram para matar o presidente Kennedy.

— Parece com aquela ilhazinha no Caribe que foi usada pela marinha para bombardear bodes expiatórios. — Ela se joga na minha cama, fazendo três almofadas peludas quicarem até o chão, e se ajeita em uma posição da ioga. — Ou isso aconteceu naquela ilha na costa da Califórnia?

— Tanto faz. — Pego as almofadas do chão e as enfio na caixa mais próxima. — Amanhã estarei em um voo até o outro lado do mundo para morar na casa de um sujeito que eu mal conheço, a quem devo chamar de pai e fingir que formamos uma grande família feliz.

Percebo que estou empurrando as almofadas com tanta força na caixa Número Quatro de Seis que estou amassando o papelão. Uma atitude nada inteligente se considerarmos que não tenho mais nenhuma caixa. Melhor levar minhas frustrações para outro lugar do que terminar com uma caixa a menos para transportar minhas necessidades.

Eu me aproximo da mesa e escrevo "3: almofadas peludas cor-de-rosa" na lista. Não é nada divertido ter de listar tudo o que estou empacotando. Não quando consigo visualizar oficiais alfandegários sujos fuxicando minhas coisas para comparar a lista ao que está na caixa.

Cesca gira na minha cadeira rosa-shocking, sua mente ainda vaga pela fantasia do mar Egeu turquesa.

— Fico pensando se fica perto de onde gravaram *Troia*. Você sabe em que parte do mar Egeu fica Snarfopoly?

— Serfopoula — corrijo, já que minha mãe tem me feito treinar. — E eu não ligo se é perto de qualquer lugar. Fica a quilômetros e quilômetros daqui. Um mundo de distância de vocês.

Elas são melhores amigas — desde o primeiro dia do jardim de infância, quando Nola deu uma pulseira da amizade de cânhamo para mim e para Cesca, e Cesca me ensinou a amarrar os sapatos de um jeito mais *legal*. Fomos inseparáveis nos últimos doze anos e agora haveria um oceano inteiro e mais de dois continentes nos separando.

Como vou conseguir enfrentar o último ano da escola sem elas?

Agora estou quase chorando. Ficamos trancadas no meu quarto a tarde toda, encaixotando as minhas últimas posses nas seis caixas que tenho permissão de levar. Seis! Dá para acreditar nisso? Como posso resumir a vida inteira em uma mesma casa dentro de seis caixas?

Entendo ter de deixar os móveis — minha cama de dossel, meu armário todo enfeitado com adesivos, minha mesa antiga com "Eu amo JM" entalhado embaixo da gaveta e depois rabiscado por cima —, mas em seis caixas cabe apenas um quarto de tudo o que tenho. Isso significa que, a cada coisa que coloco na caixa, três irão para a caridade.

Isso faz com que uma garota reavalie o que ela tem.

O pelo cor-de-rosa saindo da caixa Número Quatro chama a minha atenção. Faço uma cara feia para aquelas almofadas. Eu realmente quero gastar tanto espaço com elas? Espreitando a caixa mais uma vez, tiro as almofadas e as arremesso na pilha das doações.

— Você vai levar as cortinas? — pergunta Cesca.

— Droga! — Juro que vou acabar me esquecendo de algo importante, como aqueles tecidos brancos diáfanos cobertos de lantejoulas que refletem pequenos pontos coloridos pelo meu quarto todo quando o sol bate ali; e não é como se eu pudesse correr de volta até minha casa para buscar algumas coisas.

Meus olhos estão cheios de lágrimas quando desço a vara das cortinas e as deslizo para o canto. Embora fossem finas — e por isso não muito úteis para bloquear a claridade —, sem elas tenho agora uma vista bem nítida da casa do meu vizinho. Mais especificamente, da janela do quarto de Jerky Justin.

Ele provavelmente está lá com Mitzi Busch.

Essa é a única coisa boa em me mudar para o outro lado do mundo. Não terei mais que ver a cara convencida dele pelos corredores do colégio. Não existe um lado negativo em estar a milhares de quilômetros do ex-namorado que se diverte fazendo da minha vida uma desgraça.

Como se fosse minha culpa não ter terminado. Bem, na verdade foi, mas isso não era motivo para ele terminar comigo na formatura do primeiro ano ou ficar praticamente chupando as amígdalas de Mitzi sempre que estou por perto.

Bufando e inspirada pela ideia de nunca mais vê-lo, dou as costas para a janela. Nola e Cesca estão paradas atrás de mim, os olhos molhados e os braços abertos.

— Porcaria, vamos sentir sua falta — diz Cesca.

Nola concorda com a cabeça.

— Não vai ser a mesma coisa sem a sua energia.

Sigo na direção dos braços de ambas para um abraço coletivo.

A empolgação por deixar Justin para trás evapora e tudo em que consigo pensar é: como vai ser nunca mais ver minhas melhores amigas de novo? Pelo menos não até a faculdade — quando estaremos juntas na USC.

Chega de segurar as lágrimas. Elas escorrem pelas minhas bochechas, gotejando do meu queixo para a camiseta em que está escrito "Corredores de longas distâncias conseguem por mais tempo", para o top drapeado de seda de Cesca e para a blusa de algodão orgânico cru estilo camponesa de Nola.

Eu tento salvar algum resquício de dignidade e enxugo meus olhos inchados, dizendo:

— Pelo menos temos internet na ilha.

Isso sim teria quebrado o acordo.

Sem internet, sem Phoebe.

Cesca enxuga as próprias lágrimas — normalmente elas só aparecem quando ela precisa convencer o pai de que precisa de algo muito caro.

— Então você vai ter que escrever todo dia.

— Talvez — diz Nola, o rosto iluminado enquanto ela compreende a pura emoção de suas lágrimas — possamos conversar pelo chat sempre.

— Quem dera — digo. — Tem uma diferença de fuso horário de dez horas.

— Teremos que pensar em outra coisa então — insiste ela. Nola é muito persistente.

— Você está certa — consigo dizer, ainda que seja só para assumir uma expressão de bravura até que elas saiam e aí então eu poderei encharcar o colchão nu que um dia foi a minha cama.

— Tá bom, chega de choradeira — diz Cesca. — Vamos juntar suas tralhas para podermos assistir a *The Bold and the Beautiful* antes que seja hora de ir para casa.

— Tá — concordo, enfiando a cortina na caixa Número Quatro —, preciso mesmo me abastecer para o próximo ano. Podia ao menos ter TV a cabo nessa ilha idiota.

Não há muito o que fazer em um voo de dez horas e meia de Los Angeles para Paris enquanto sua mãe está dormindo na fileira do lado em um avião quase vazio. A seleção de filmes era no mínimo repulsiva e a fila da segurança do aeroporto de Los Angeles era tão grande que nem tive tempo de comprar a última edição da revista *Runner's World*.

— Senhoras e senhores — anuncia uma voz com sotaque francês —, iniciamos os procedimentos de pouso no aeroporto Charles de Gaulle e em aproximadamente trinta minutos estaremos em solo.

Outra chatice. Nosso voo para Atenas passava por Paris, mas eu podia descer e ver a cidade luz? Não. Temos 45 minutos para pegar o voo de conexão e terei sorte se conseguir ver as nuvens parisienses pela janela.

— *Madame.* — Uma aeromoça tenta acordar minha mãe com delicadeza. — Estamos pousando, deve se sentar.

Minha mãe se espreguiça, dá um bocejo demorado e consegue murmurar um "*merci*" sonolento.

A aeromoça me lança um olhar *cético* — como se eu pudesse fazer alguma coisa em relação ao fato de minha mãe dormir como uma morta —, mas continua andando para acordar outros passageiros.

Volto a escanear as nuvens, tentando encontrar um vislumbre da Torre Eiffel, do Louvre ou de outro monumento qualquer. Até mesmo uma boina seria aceitável a essa altura do campeonato.

— Você conseguiu dormir, Phoebe? — pergunta minha mãe quando volta para o assento ao lado do meu.

Eu quero dizer *não, não dormi*. Como alguém espera que eu durma quando estou cruzando um oceano pela primeira vez? Ou começando em uma nova escola pela primeira vez desde o jardim de infância? Ou aterrissando em solo estrangeiro ciente de que vão se passar alguns meses — se não mais — antes que eu possa voltar à terra dos shoppings e da batata frita? E não tente me enganar com o argumento de que existe McDonald's em todos os lugares porque eu simplesmente sei que não vai ser a mesma coisa. Não quando terei de comer as batatas sozinha, e sem aumentar meu pedido cheio de ketchup para dividir com Nola e Cesca.

Mas já que brigar nunca me deu um par de Nike Air Pegasus novo, estou mais inclinada a ficar de cara feia do que bater boca. Ficar de cara feia leva à culpa induzida — alguns dos meus melhores mecanismos estão ligados a sessões intensas de cara feia. Apenas dou de ombros e continuo olhando para as nuvens.

Talvez eu não devesse me orgulhar de manipular minha mãe desse jeito, mas não é como se ela tivesse *perguntado* se eu queria ir morar do outro lado do planeta. Mereço ter um momento de comportamento questionável.

— Veja, *Phoebola*.

Mamãe cutuca minhas costelas e aponta para o lado oposto do avião.

Quero ignorá-la, mas há uma animação genuína em sua voz e não consigo evitar seguir a direção do dedo dela. Através da pequena janela oval do avião consigo ver uma grande cidade cortada por um rio sinuoso.

Ignorando os avisos de APERTEM OS CINTOS, subo nos joelhos da minha mãe e escorrego para o assento da outra fileira.

A aeromoça passa no momento em que eu me sento e faz uma expressão séria. Faço uma certa cena para apertar meu cinto de segurança, pressionando-o no encaixe exatamente como mostram antes da decolagem.

Satisfeita, ela segue para a fileira seguinte.

Pressiono meu nariz na janela, os olhos seguem os contornos do Sena. Mesmo sabendo que não íamos ficar nem uma hora em Paris, eu tinha analisado um mapa na revista da Air France para o caso de milagrosamente perdermos a conexão, e de sermos obrigadas a pernoitar ali. Conhecendo minha mãe, ela provavelmente conseguiria um trem que nos levasse para Atenas. De qualquer forma, um pouco acima do rio, consigo vê-la. Embora devesse ser invisível dessa altura e a tantos quilômetros de distância, a estrutura rendada da Torre Eiffel se destaca naquele mar de grama, parques arborizados e prédios antigos. Em meus sonhos, me imagino correndo por seus 1.665 degraus do chão ao observatório no alto, conseguindo chegar à metade do caminho e me esforçando para continuar, recuperando a energia e me obrigando a chegar ao terceiro nível como Rocky, subindo e descendo os degraus do Philadelphia Museum of Art. Eu me imagino como o meu pai, vestindo o uniforme de futebol americano e saltando sobre um bando de jogadores da defesa para correr quase quarenta metros até o fim do campo nas finais do AFC.

— Vamos voltar num outro dia — sussurra minha mãe. — Prometo.

Nem cheguei a notar quando ela sentou ao meu lado. Fantasiar quase sempre me deixa abstraída. Principalmente quando as fantasias me fazem pensar no meu pai. O único momento em que não estou tão ciente do mundo ao meu redor é quando estou correndo.

Pisco ao olhar para ela, invejando seus belos olhos verdes que parecem combinar muito mais com o tom castanho dos nossos cabelos do que os meus olhos marrom-escuros. Os olhos dela estão mais brilhantes do que nunca e sei que é por causa de Damian.

Eu me viro na direção da janela de novo e vejo que a Torre Eiffel sumiu; tudo o que vejo é o asfalto da pista crescendo rapidamente.

Maravilha, estou um pouco mais perto da idiota Serfopoula.

A única coisa remotamente interessante no voo para Atenas — sem contar a mulher que ficou tentando contrabandear um ouriço no avião — foi, na verdade, conseguir embarcar. Corremos pelo aeroporto como se *Cérbero* estivesse mordendo nossos calcanhares, conseguimos errar o caminho duas vezes até o portão de embarque — às vezes acho que os franceses *tentam* ser inúteis — e ainda tivemos que passar pela polícia mais uma vez antes de conseguir embarcar segundos antes de fecharem a porta.

Penso em nos atrasar de propósito — usando o truque do "tenho que ir ao banheiro" ou "estou com cólica" —, mas tenho a impressão de que perderei todos os pontos que consegui com a "cara feia" se usar um truque assim. Além do mais, é melhor superar do que prolongar algo inevitável.

Quando aterrissamos em Atenas — depois de três horas e meia ouvindo as duas mulheres ao meu lado na fileira conversando em grego sem parar, com muito entusiasmo —, estou quase feliz por estar em solo firme. Até que encontramos ele esperando por nós na área de restituição de bagagem.

Damian Petrolas, meu novo padrasto.

Se ele não tivesse se casado com a minha mãe, se não tivesse nos arrastado por meio mundo e se não tivesse me obrigado a estudar na sua escola idiota, com certeza eu não o acharia tão ruim assim. Ele é charmoso, o tipo de cara que faz você se sentir uma princesa mesmo quando quer odiá-lo — e eu o odeio. Ele é alto, tipo mais de 1,80 m, e, com aquele cabelo grisalho nas têmporas, parece sábio e poderoso. Não são características negativas para o diretor de uma escola particular, imagino.

Minha mãe, esquecendo todo o senso de decoro e decência em público, larga sua mala de mão substancialmente pesada e corre até onde Damian está, praticamente se jogando em seus braços. E eu fico para trás para levar a mala de mais de quarenta quilos até a esteira.

Minha mochila não pesa nada comparada à dela.

— Senti tanto a sua falta — diz minha mãe em meio a torrente de beijos que despeja no rosto dele.

— Eu também senti sua falta — afirma ele.

Então, sem consideração nenhuma pelo meu estômago sensível, ele segura o rosto dela com as mãos e dá um beijo — enorme e de boca aberta — nos seus lábios. E minha mãe abre a boca em resposta.

Estou olhando ao redor tentando encontrar a lata de lixo para vomitar os pretzels que comi no avião assim que ele vier falar comigo.

— Phoebe — diz ele, com aquele sotaque desgostosamente charmoso —, estou muito feliz por recebê-la em meu país. Em minha casa.

E então, sem nenhum aviso prévio — e não é como se eu estivesse enviando vibrações pró-aproximação —, ele dá um passo para a frente e coloca os braços ao meu redor. É um abraço.

Ecaaa!

Fico lá parada me sentindo como se estivesse na linha de largada, imobilizada e sem ter certeza do que fazer enquanto ele me aperta e acaricia minhas costas. Minha mãe encontra meus olhos por cima do ombro de Damian e me lança um olhar suplicante, algo que ignoro. Então ela muda para o olhar zangado-sou-sua-mãe-e-também-terapeuta.

O olhar que há muito tempo aprendi a não ignorar.

Assim, após reunir toda a coragem que consigo desde os dedões do pé, levanto o braço e dou uns tapinhas no ombro de Damian em retribuição ao abraço. Mamãe não está muito satisfeita, mas ele não parece notar que meu abraço é meio artificial.

Ele me solta e então — para meu maior horror — segura minha cabeça e me dá dois beijos, um em cada bochecha. Cesca me disse que todos os europeus fazem isso, embora o número de beijos mude de acordo com a cultura. Acho que os gregos dão dois beijos. Não resisto ao impulso de limpar minha pele. Felizmente ele já se virou e pegou minha mãe pela mão para ir com ela até a área de restituição de bagagem. E eu fico para trás mais uma vez com a *pasta* de chumbo.

Nossas malas — são duas para cada uma e são realmente enormes porque tivemos que trazer nelas grande parte de nossas roupas, já que nossas caixas não devem chegar em menos de uma semana — já estão na esteira quando chegamos lá com um carrinho alugado. Pelo menos eu não tive que carregar a pasta até chegar ao carro.

Damian, nos guiando e empurrando o carrinho, pergunta:

— Você prefere ir de ônibus ou de metrô?

Opa! Ônibus? Metrô? Tipo transporte público?

— Não sei — diz minha mãe. — O que você acha, Phoebola?

Eu paro de andar, mas ninguém parece perceber. Eles seguem em frente, embora a cada passo eu fique cada vez mais para trás. E então preciso correr para alcançá-los, porque não importa o quanto não queira estar na Grécia — quero menos ainda me perder na Grécia.

Enquanto corro, Damian explica:

— O sistema rodoviário é uma aventura bastante complicada, então acho melhor pegarmos o metrô e deixar para experimentar o ônibus em uma outra ocasião.

Legal. Mais uma decisão tomada sem a minha participação. Nem é como se essa fosse a minha vida e tal.

— Pffff — digo enquanto dou de ombros e ajeito minha *mochila*.

Damian tira as malas do carrinho, entregando uma para mim, outra para minha mãe e ficando com duas. Ele segue na direção de uma sinalização que lembra as listras do logo da Adidas ao lado de um campo de golfe. Minha mãe o segue feliz, obviamente para me irritar.

E assim será a minha vida pelo próximo ano — não, pelos próximos nove meses, porque não importa o que minha mãe diga, vou me mudar para a casa da Yia Yia Minta no verão antes do início das aulas na faculdade. Serão nove meses vendo minha mãe na alegrolândia sem nem ao menos se importar com o que sua única filha quer. Vai ser um pesadelo.

— Onde está Stella? — pergunta minha mãe.

Porcaria. Esqueci da meia-irmã malvada.

Certo, eu ainda não a conheci porque ela não se deu ao trabalho de ir ao casamento nos Estados Unidos, mas todas as meias-irmãs são más mesmo, não é verdade? (Não estou incluída nessa teoria, é claro.)

Damian olha para minha mãe, constrangido.

— Ela tinha outros compromissos.

Ah, tá. O que ele realmente quer dizer é que ela, assim como eu, não aprova isso tudo. Só que ele não conseguiu fazer com que ela viesse ao aeroporto, diferentemente de minha mãe que me forçou a me mudar para a Grécia. Ponto para Stella. Talvez eu deva ter umas aulas com ela.

— Ah — diz minha mãe, baixinho —, acho que então a encontraremos quando chegarmos em... casa.

É difícil não vomitar nos meus sapatos. Casa? Como se a casa dele um dia pudesse ser a minha casa. Como se qualquer casa, além do bangalô cor de borgonha e creme no qual vivemos desde que eu nasci, possa um dia ser meu lar. Minha mãe deve estar seriamente perturbada pelos hormônios do amor.

— Aí vamos nós. — Damian nos guia escada rolante abaixo e até a área de espera do trem na plataforma.

Andamos em fila para entrar, minha mãe e eu ficamos sentadas enquanto Damian fica de pé à nossa frente. Observo a janela do lado oposto quando o trem começa a deixar a estação.

Essa não é a minha primeira vez num metrô — andamos uma vez em Nova York nas férias —, mas eu demoro algumas estações para me acostumar ao movimento de para-e-anda. E então, depois de pararmos na terceira — ou seria a quarta ou a quinta, perdi a conta — estação, realmente noto algo além do desconforto no meu estômago.

A estação tem uma vitrine, como a de um museu, na parede atrás da plataforma. Há algumas velharias, tipo potes, pratos e tecidos; e um monte de placas com resumos históricos, linhas do tempo e coisas do tipo. Um letreiro acima da vitrine diz "A vida doméstica na Grécia antiga" em inglês e o correspondente em grego logo abaixo.

Hum. Bem legal, eu acho.

Se você gosta de história grega e coisas assim.

O trem para e procuro tentar manter o equilíbrio e controlar o enjoo. Quando chegamos à estação seguinte procuro pela vitrine de novo.

Dessa vez, o letreiro diz "O berço da democracia". Um mosaico gigantesco cobre grande parte da parede, mostrando uma multidão de homens observando um sujeito parado em cima de um palanque. Esse sujeito parece estar fazendo um discurso ou algo do gênero. Não há mulher alguma na multidão. Aliás, só aparecem sujeitos brancos e velhos. Típico.

Quando as portas se fecham, eu me recosto no assento de novo e cruzo os braços. Espero que esse país já tenha saído da idade da pedra. Não sou feminista nem nada, mas gosto de ter meus direitos e gostaria de continuar os tendo. No mundo antigo não havia oportunidades iguais.

Deslizamos até a próxima estação e estou quase temendo o que vou encontrar na próxima vitrine. Gladiadores sendo espancados até a morte? O terrível tráfico de escravos? Milhares de pessoas sendo massacradas em um cenário, tipo no filme *Troia*? Preparada para o pior, dou uma olhada para a janela e meus olhos cravam em uma palavra: Maratona. Antes mesmo de pensar, já corri para fora do trem na direção da exposição. É tudo sobre maratona, como na antiga corrida de Filípedes em 490 a.C. É o nacional original, a corrida de mar a mar. Há fotos da cidade de Maratona, cenário da corrida vitoriosa de Filípedes até Atenas para anunciar a vitória, e do lugar em Atenas onde ele supostamente caiu morto depois disso. Há pontas verdadeiras de lanças daquela época, como as que provavelmente foram usadas na batalha. Há sandálias antigas como as que ele talvez tenha usado na famosa corrida.

Graças a Deus a Nike existe, e nunca tive de correr de sandálias.

— Aqui está ela — ouço Damian dizer.

Eu me viro no momento em que minha mãe está correndo para me abraçar.

— Nunca mais saia correndo assim — grita ela.

Basicamente todos na estação estão nos encarando.

— Sinto muito — digo.

Mas ao olhar para trás, na direção da vitrine da maratona, noto que não sinto nada. Estive a centímetros das origens mais remotas das corridas de longa distância. Por que eu deveria lamentar?

— A cidade de Atenas construiu vitrines arqueológicas como esta em diversas estações de metrô para as Olimpíadas de 2004 — explica Damian.

Ele está carregando as quatro malas e a pasta de chumbo, mas nem parece chateado com isso.

— Nossa, uau — diz mamãe com suavidade e um tom impressionado na voz, chegando mais perto da vitrine para ver melhor, analisando cada detalhe, como ela sempre faz. — Aqui diz que a atual maratona de Atenas faz o mesmo trajeto que Filípedes percorreu em sua corrida de 490 a.C. Phoebe, isso é incrível.

Como se eu quisesse dividir minha visita ao santuário da corrida de longa distância com eles. Não mesmo.

— Tanto faz — digo enquanto me viro e volto para aguardar o trem que se aproxima. — Não é tão legal assim.

Quando o trem seguinte chega, embarcamos — minha mãe pegou de Damian suas duas malas, e ele está carregando a minha bagagem, o que me faz sorrir. Estou dividida entre não querer que eles saibam quanto ter visto aquilo significa para mim e querer ver mais um pouco do que há na vitrine antes de o trem sair.

No fim, giro no meu assento e fico olhando para a janela enquanto o calçado usado na corrida de Filípedes sai do meu campo de visão.

Um dia **eu** voltarei a essa estação para passar o tempo memorizando cada detalhezinho da exposição. Talvez quando eu estiver passando por Atenas a caminho da universidade e de volta à civilização.

Depois de *14* horas em uma apertada cadeira de avião e mais uma hora em um vagão de metrô lotado, na verdade estou ansiosa pela viagem de três horas na barca até Serifos, uma ilha *perto* de Serfopoula. É claro que não existem balsas que vão direto até Serfopoula.

Ainda assim, consigo me imaginar olhando fixamente o mar Egeu turquesa; a brisa salgada do oceano abafando o som da repulsiva conversa dos pombinhos — minha mãe e Damian — e bagunçando meus cabelos lisos em ondas desbastadas. Pelo menos não estávamos nos mudando para um lugar sem água por perto. Inferno! Provavelmente não há lugar em Serfopoula que não fique a uma corridinha de distância da praia. Corridas na praia são as minhas favoritas. Ar marinho entrando e saindo dos meus pulmões. A areia mudando de forma sob os meus pés, fazendo minhas panturrilhas queimarem com o esforço. Cair na areia depois do treino e assistir às ondas batendo na costa enquanto recupero as energias. Felicidade pura.

Mas, na verdade, a viagem de balsa não tem nada a ver com o pacífico passeio de barco pelo qual eu ansiava. Felizmente o remédio para enjoo já fez efeito, porque não estamos em um barco lento a caminho de Serifos, e sim em um aerobarco — uma lancha superrápida que me faz quicar até mesmo quando encontra a menor das ondas. O nome do barco é Golfinho sei-lá-o-quê, embora pareça mais com estar-montado-em-um-touro-zangado. Um touro que mal pode esperar para derrubar cada humano que subir nas suas costas.

A viagem no touro triturador é péssima, porém se eu passasse mais um segundo vendo aqueles olhares apaixonados iria pôr a cabeça para fora do barco e vomitar tudo o que havia no meu estômago. Mamãe e Damian nem parecem notar. Eles estão ocupados demais ficando grudados e piscando os olhinhos um para o outro. Vez ou outra, ele sussurra algo no ouvido dela e ela ri como uma menininha.

— Preciso fazer xixi — anuncio com mais grosseria do que o normal.

Tenho realmente a intenção de usar o banheiro até chegar lá e, quando estou prestes a abrir o zíper do meu jeans, o touro bravo bate numa ondulação e me joga de cara na porta. Fico imaginando o que aconteceria se eu tivesse me agachado e passássemos uma onda grande mesmo. Em vez de jogar com a sorte, decido me segurar até pisarmos em um chão de verdade.

Chegamos a Serifos e ficamos por alguns gloriosos passos em terra firme enquanto Damian nos leva até um iate — isso mesmo, um iate — particular com chofer — quem dirige um barco particular é chofer? — que vai nos levar pelo restante do caminho até a ilha idiota que nem faz parte da rota do aerobarco.

Será que isso quer dizer que não há forma de sair da ilha a não ser que eu tenha o meu próprio barco? Ótimo, vou ficar presa nessa ilha até ganhar minha liberdade condicional. Ou até que eu faça amizade com alguém que tenha um barco.

Essa é uma possibilidade.

Quando subo no iate, estou rindo só de pensar em me aproximar de alguém que tenha o próprio meio de transporte.

Damian leva minha mãe até um banco em um dos lados do deque traseiro, então sigo para o banco oposto ao deles. Espero que essa viagem se pareça menos com um terremoto do que a última. E também não quero que minha calma seja abalada por conversinhas infantis e coisas do gênero.

Acho que estou fora de alcance e não vou ouvir o que eles dizem.

Não que Damian respeite minha necessidade de ficar sozinha.

Encosto a cabeça no banco e, quando começo a fechar os olhos, ele senta ao meu lado. Abro um dos olhos para olhá-lo e pergunto:

— Sim?

Minha mãe está sentada do lado dele.

— Phoebe, tem algo que você precisa saber antes de chegarmos a Serfopoula. — Ele enlaça as mãos com cuidado sobre as pernas. — Você sabe o que é a Academia de Platão?

A grande escola de filosofia na qual um bando de deuses gregos antigos se juntava para falar sobre coisas profundas como a origem da vida e que tipo de veneno funcionava melhor?

— Sim.

— Bem — continua Damian —, a Academia é mais do que você encontra nos livros de história. No século VI, o imperador romano Justiniano expediu uma ordem para que a Academia fosse fechada e proibiu a educação filosófica. Os... arrãn... benfeitores da escola não estavam preparados para fechá-la, então a transferiram para cá, para Serfopoula.

Eu não conheço Damian muito bem, mas acho que não é característica dele soltar um "arrãn" no meio de uma frase. Ele parece ser um cara bem formal que mantém seu discurso livre de sons estridentes. Ainda assim, acredito que eu deva ignorar esse detalhe e simplesmente dizer:

— Justiniano deve ter ficado puto da vida quando descobriu que desobedeceram às ordens dele.

— Ele nunca ficou sabendo. — Damian engoliu com dificuldade. — Os... ahn... benfeitores mantiveram isso em segredo.

Tem alguma coisa esquisita no jeito como ele diz aquilo. Alguma coisa sinistra.

Deve ter sido difícil controlar um imperador romano e todos os fofoqueiros que adorariam correr para contar a ele o que descobriram. Talvez esses benfeitores tenham assassinado alguém que descobriu o segredo e enterrado o corpo no porão da escola. Sinto meu corpo tremer só de pensar nisso e preciso perguntar:

— Como?

— Bem, Phoebe. — Damian olha para trás, na direção da minha mãe, que assente, encorajando-o a continuar: — Quando os deuses gregos resolvem agir, há pouquíssimas coisas que não conseguem fazer.

Capítulo 2

A PRIMEIRA COISA que penso é: *Damian é louco*. Tipo, maluco, doidão, com um parafuso a menos na cabeça. Como se deuses gregos existissem de verdade.

É um mito. Mito é o tipo de coisa sobre a qual você lê na época da escola e que envolve sujeitos matando os pais e casando com as mães — eca, e eu achando que minha vida é nojenta. É o tipo de coisa que vemos Brad e Orlando fazendo na telona, um derrubando o outro — que delícia. *Não* o tipo de coisa que o homem com quem minha mãe se casou acredita piamente.

Olho para minha mãe para mostrar meu apoio e garantir a ela que estou pronta para voltar para os Estados Unidos e que podemos resolver o divórcio quando chegarmos lá. Mas ela não está desesperada.

Ela está balançando a cabeça.

De um jeito que demonstra que concorda.

E na *minha* direção.

Como se fosse eu quem tivesse descoberto que meu novo marido é um doido varrido.

E é quando, pela primeira vez, entendo que estou com problemas. Minha mãe é profissionalmente treinada na arte dos doidos varridos psicopatas. Uma vez ela me disse que nunca se deu muito bem com as fantasias deles — o que só piora tudo —, o que significa que, se minha mãe está calma é porque ela acredita nele. O que significa que ela também acredita que os deuses gregos existem.

E embora eu possa duvidar do julgamento dela em relação a mudanças drásticas, como casamento e mudança de país, minha mãe costuma ser totalmente sã quando se trata de discernir a fantasia da realidade.

Como se pudesse sentir meu estado de choque, ela se inclina para a frente e põe uma das mãos sobre o meu joelho.

— Sei que isso é difícil de aceitar...

— Difícil? — grito. — Difícil? Álgebra é difícil. A maratona Ironman é difícil. *Isso* é loucura.

— Eu também pensava assim — diz minha mãe. — No início.

— Então você acredita nisso? — O que houve com a minha mãe racional? — Você acredita nele?

Ela assente.

— Eu vi provas.

— Você viu... — Balanço a cabeça. Isso não está acontecendo. — Que tipo de provas?

— É complicado explicar — diz ela, corando. — Ele fez rosas... apareceram do nada.

— Rosas? — Ahá! Agora eu peguei o cara. — Ele é simplesmente um mágico. Tirou as rosas da manga.

Minha mãe fica ainda mais corada.

— Ele não tinha mangas de onde tirá-las naquele momento.

Aiiii! Terapia certamente é o meu futuro.

Tudo bem, então a abordagem racional, isso-na-verdade-não-é-possível não está funcionando. Mas tenho outras táticas no meu arsenal. Só preciso de um minuto para me reorganizar. Enquanto procuro entender qual será o próximo passo, percebo que, como não vi rosa alguma desde que desembarcamos na Grécia, minha mãe já sabia disso antes de o nosso avião decolar de Los Angeles.

Ainda que minha mãe estivesse representando, ela deveria ter dito alguma coisa.

Ela teve oportunidade de sobra, incluindo as 14 horas que passamos dentro de dois aviões apertados no qual eu teria sido mais que uma ouvinte, uma prisioneira. E sabe-se lá quantas vezes antes de...

— Espera um pouquinho! — Meu tom de voz se eleva até um grito acusatório. — Desde quando você sabe?

Pelo menos ela tem a decência de parecer envergonhada.

— Um pouco depois de Damian e eu termos nos conhecido. — Ela olha na direção dele e sorri. — Assim que descobrimos que estávamos apaixonados.

Como é? Não posso acreditar nisso. No que minha mãe me meteu?

— Tem mais uma coisa... — diz minha mãe.

Ah, não. Pela forma como a voz dela falhou no fim da frase, posso afirmar que não vou gostar do que vai dizer.

Ela cutuca Damian.

— Vá em frente. Conte a ela.

Ele pigarreia antes de falar.

— Os alunos da Academia não são crianças normais.

Como se eu não pudesse ter adivinhado algo assim. Pelo menos isso não era tão extraordinário.

— A média de aceitação é menor que 1%. Nossos padrões de admissão são bem mais severos do que grande parte das universidades de elite — diz ele —, e são também extremamente específicos.

Eu deveria parecer excepcionalmente feliz? Lanço para minha mãe um olhar que quer dizer que não estou agradecendo favor algum. Ela sabe que eu preferia voltar a Los Angeles a ser aceita em alguma escola metida a besta um dia.

— É sério — continua ele —, temos apenas um critério.

Superpopularidade? Riqueza incomensurável? QI de gênio? Ótimo, vou ser a lerda numa escola de Einsteins.

— Todos os alunos da Academia... — Ele ajeita a gravata azul-marinho, é a primeira pista que tenho de que ele está nervoso por me contar isso. — São... humm, descendentes de deuses.

O mundo ao meu redor começa a escurecer enquanto encaro a gravata desprezivelmente frouxa de Damian e ouço minha mãe dizer:

— Ah, não, acho que ela vai desmaiar.

Quando dou por mim, Damian está ajoelhado por cima de mim e minha mãe está balançando a bolsa de um jeito frenético na frente da minha cara. Acho que ela está tentando me trazer de volta à vida ao me abanar, mas só consigo pensar que ia doer muito se a bolsa batesse no meu nariz. A bolsa da minha mãe é como a da Mary Poppins — dentro tem muito mais coisas do que seria possível.

Ouço Damian dizer:

— Ela está recuperando a consciência. Zenos, recolha a prancha e traga a maca.

Xena?

A bolsa chega tão perto que roça na minha bochecha.

Espera. Uma maca?

A última coisa de que preciso é chegar à ilha amarrada em uma maca empurrada por uma princesa guerreira fictícia. Não é assim que se causa uma boa impressão — se essa escola idiota tem algo em comum com a Pacific Park, as fofocas circulam com mais rapidez que as gripes.

Não que eu tenha esperança de causar uma boa impressão. Deve ser realmente difícil impressionar alguém que se senta numa mesa de jantar em frente a Zeus.

Espere, o que estou dizendo? Devo estar em choque. Isso é ridículo. Deve ser uma pegadinha muito bem-elaborada de Damian. E da minha mãe.

Mas ela disse ter visto provas.

Tudo começa a escurecer de novo quando minha mãe finalmente acerta o meu nariz. E aí dói muito. Aquilo me tira do transe e eu me recomponho, ignorando o zumbido persistente no cérebro.

— Estou bem, de verdade.

Com a mão tento afastar alguns insetos amarelos brilhantes que rondam minha cabeça, mas só depois percebo que eles apenas existem na minha imaginação. Consciente de que minha mãe, Damian e a princesa guerreira que empurra macas terão muito assunto diante do meu comportamento, fecho os olhos e inspiro profundamente três vezes antes de dizer:

— Não preciso de maca, pode dispensar a Xena.

— Quem? — pergunta minha mãe, visivelmente desatualizada com a cultura televisiva.

— Não é Xena — explica Damian —, é Zenos. O capitão do nosso iate.

De alguma maneira, sinto um certo alívio ao descobrir que ele sabe que alguns personagens da ficção não são de carne e osso.

— Desculpe — digo. — Eu me enganei. — Por enquanto, acho que é melhor simplesmente entrar no jogo. Posso tentar argumentar racionalmente com a minha mãe depois, quando estivermos sozinhas. — Agora entendi. — Abri meus olhos, razoavelmente certa de que seria capaz de me manter consciente por um momento. — Xena, ficção. Zeus, realidade. Entendido.

Minha mãe e Damian trocam olhares que dizem acho-que-a-coitadinha-não-está-acreditando. E eles não estão errados. E quem poderia me culpar, com aquela história de que os deuses gregos existem ricocheteando no meu cérebro? Mereço pelo menos um pouco de flexibilidade quando se trata de misturar realidade e ficção. Talvez se eu tentasse um pouco de lógica científica, minha mãe veria o quanto tudo aquilo era maluco.

— Então, o que isso significa? — pergunto, esfregando minha têmpora para parecer que eu estava realmente considerando acreditar naquilo tudo. — Todos os estudantes são imortais?

— Não, não, é claro que não. A imortalidade é exclusiva dos deuses — diz ele, dando uma risadinha. Como se *essa* fosse a ideia mais louca circulando por ali. — Nós, descendentes, somos mais parecidos com os heróis das lendas antigas. Como Aquiles e Prometeu, temos alguns, humm, super...

— Opa — interrompo. — Nós?

— Damian também é um descendente — diz minha mãe.

Fecho os olhos e inspiro muito, muito profundamente. Isso só está melhorando.

— Certo. — Balanço as mãos na minha direção como se quisesse dizer, *Vem com tudo.* — Vocês são como... heróis?

— Sim — continua ele. — Como os heróis sobre os quais você provavelmente já leu, temos graus variados de poderes sobrenaturais. Na maioria dos descendentes, os poderes se manifestam na pré-adolescência, embora existam casos nos quais eles permanecem adormecidos até depois da puberdade.

— É muito impressionante — diz minha mãe, borbulhando de entusiasmo. — Aparentemente existem controles embutidos para proteger o restante do mundo, com os deuses monitorando o uso...

Eu me desligo. Quero dizer, minha mãe parece mesmo convencida daquilo, e até pouco tempo atrás eu confiava no julgamento dela. Mas esse não é o tipo de coisa fácil de se aceitar. Como se eu, de repente, decidisse que tudo o que aprendi sobre os deuses gregos não fosse simplesmente papo furado da aula de história. Não, era preciso bem mais que a palavra de Damian para que eu movesse os deuses gregos da terra encantada de Papai Noel, lobisomens e Cinderelas para a realidade do dia a dia. Mas mesmo que eu não tenha o hábito de acreditar em "realidades alternativas", como Nola costuma chamar, estou disposta a manter minha mente aberta. É claro que vou acreditar que eles existem. Assim que vir um...

— Ora, ora — diz a garota que acabou de surgir ao lado de Damian —, vejo que os bárbaros chegaram.

Quando digo surgir, não quero dizer que ela veio andando até parar ao lado dele. Não, ela surgiu. Como se vinda no nada. Tipo, ela não estava ali e depois estava. Ela se materializou.

É difícil ignorar esse tipo de prova.

— Stella — diz Damian, há uma sugestão real de advertência no tom de voz dele. — O que eu contei a você sobre se materializar?

— Por favor, papai — pia ela. — Eu precisava vê-los com meus próprios olhos. São como uma espécie rara de animais no zoológico.

A voz dela é doentia de tão doce, como aquelas sereias em *Odisseia*, quando usam suas belas vozes e cantam para atrair os homens em direção à morte. Não há nenhum resquício de sinceridade nela — das raízes castanhas do cabelo descolorido às unhas dos dedos dos pés pintadas de vermelho, nada. E eu não acredito que seja um simples caso de sobrancelha depilada além da conta que a faz se parecer com uma vadia com letras maiúsculas.

— Vamos conversar sobre isso depois — diz Damian. E ele não parece nada feliz. — Peço desculpas pelo comportamento... rude da minha filha. Bárbaros é um termo usado para descrever os não gregos. — Ele lança um olhar sério na direção da garota. — Não tem um sentido pejorativo. E além do mais é inadequado, já que Phoebe é grega por parte de pai e Valeria agora é grega duas vezes por causa dos dois casamentos, mas, como dizia Platão, o termo é um absurdo. Dividir o mundo entre gregos e não gregos nos diz muito pouco sobre o primeiro grupo e nada sobre o segundo.

Stella parece inabalável, como se enchesse o saco do pai diariamente. Por que eu acho que ela se supera quando o assunto é não se meter em encrenca com ele? Tenho um pressentimento de que ela vai se divertir tornando a minha vida um inferno — e provavelmente não vai se encrencar nem um pouco por isso.

— Nunca pensei nisso dessa maneira — diz minha mãe, pegando a mão de Damian —, mas isso também é verdadeiro na teoria da psicanálise moderna. Se alguém divide o próprio mundo em termos relacionados a "objeto" e "outro", então só ficará sabendo o que o objeto é e o que o outro não é.

Stella revira os olhos. Damian assente. Eu aprendi — depois de muito tempo de papo teórico sem pé nem cabeça — a ignorar o psicobláblábláblá. Tentar acompanhar sempre termina em dor de cabeça.

— Além disso — diz Damian, lançando um último olhar de censura a Stella antes de sorrir na minha direção — você não é a única não grega a frequentar a Academia. Primeiramente somos um colégio interno e muitos, se não a maioria, dos nossos alunos são estrangeiros. Devemos lembrar que nossos ancestrais não estavam confinados a uma única área geográfica.

Certo. Eu me lembro de todas aquelas histórias sobre Zeus e Apolo e os outros deuses pulando de um caso amoroso para outro. Provavelmente existem minideuses espalhados por todo o mundo.

Stella dá um sorriso forçado, como se quisesse dizer "tanto faz".

— Você deve ser Phoebe — diz ela, dando um passo para a frente e me oferecendo a mão. — Sou Stella... sua nova irmã.

Tá, sempre quis ter uma irmã, mas não uma assim. Na minha imaginação, visualizo uma menininha com cachos nos cabelos e covinhas que me segue por todos os lugares e imita meus movimentos a ponto de me deixar louca. Stella não é do tipo que segue ninguém. Posso dizer isso quando vejo as profundezas gélidas dos seus olhos cinzentos. Ela sabe como disfarçar o suficiente para que não vejam como realmente é. Mas eu não sou tão boba assim.

— Tá — digo, pegando a mão dela para deixar que me alcance. Fico perplexa porque ela não estica a mão. — Prazer em conhecê-la. — As palavras ficam entaladas na minha garganta, me sinto engasgar.

Em seguida ela consegue me deixar ainda mais perplexa quando me dá um abraço. Por cima do seu ombro consigo ver minha mãe segurando a mão de Damian e me olhando com orgulho, como se já pudessem nos ver indo dormir na casa de amigas, dividindo segredos e pintando as unhas dos pés uma da outra. Eles acreditam que já somos irmãs.

Só que minha mãe não ouve o que Stella sussurra no meu ouvido:

— Espero que esteja preparada para ter pesadelos acordada, *kako*, porque essa escola vai engolir e mastigar você, depois vai cuspir e lançar os pedacinhos que sobraram num jato de vômito direto até Hades.

Mamãe sorri na minha direção.

Eu sussurro de volta:

— Eu sobrevivi a animadoras de torcida bronzeadas e lindas, a um ex-namorado caçador de vagabundas e a cinco anos de corridas em um acampamento. Não tenho medo de nenhuma garota que acredita em mitos antigos, que tem luzes horrendas nos cabelos e um nariz digno da Barbra Streisand.

Ao encontrar o olhar da minha mãe dou um sorriso enorme, independentemente de Stella estar me apertando com tanta força nas costelas. Dou um pisão nos dedos dos pés dela, nas unhas recém-feitas, e estou livre.

— Estamos prontas — digo, pegando minha mochila no deque.

Enquanto ajeito a mochila nas costas, vejo um brilho pelo canto do olho um segundo antes de a alça arrebentar. Ela voa e bate diretamente no nariz de Stella. É claro, foi um acidente — não dá para prever quando a alça de uma mochila vai arrebentar —, mas eu podia ter mirado melhor se tivesse tentando.

Entretanto, é uma pena. Essa mochila é novinha.

O rosto de Stella ganha um tom avermelhado enquanto ela coloca a mão sobre o nariz machucado. Ela resmunga e levanta a outra mão como se pretendesse apontar na minha direção — muito indelicado, a propósito.

— Stella — alerta Damian, apontando a alça arrebentada com o dedo. O tecido rasgado brilha por um instante antes de se remendar sozinho como mágica.

Tiro a minha mochila do chão e verifico a alça. Está perfeita, como se nunca tivesse arrebentado.

Stella recolhe a mão e a sacode ao lado do corpo antes de se virar e sair do barco bufando toda arrogante. Meu olhar vai da expressão furiosa de Damian à retirada apressada de Stella.

Espera um pouquinho... ela fez aquilo com a alça da minha mochila? Deve ter sido por isso que vi um lampejo. Foi bem feito ela ter levado um golpe no nariz.

Da próxima vez, ela vai pensar duas vezes antes de destruir minhas coisas.

O jantar na casa dos Petrola é, no mínimo, diferente.

Minha mãe e eu normalmente levamos bandejas para a sala de TV para assistir a algum episódio novo de reality show enquanto comemos. Não é uma ideia muito boa se pensarmos nas proezas supernojentas que rolam, mas esse era o nosso ritual noturno.

Além de não ter televisão em Serfopoula, Damian e Stella comem em uma mesa de jantar de verdade. Em uma sala de jantar. Estranho, né?

— Há uma pequena vila distante do campus — explica Damian enquanto uma empregada, isso mesmo, uma empregada de verdade, serve a comida. — Basicamente é onde vivem todos os professores e funcionários da Academia, mas existem alguns estabelecimentos comerciais. Há uma livraria, uma pequena mercearia que vende frutas, legumes, verduras e laticínios produzidos na região, e uma sorveteria, que é a moda entre os alunos.

Só isso? Nada de farmácias ou lojas de esporte? E se eu precisar de band-aids ou de um par novo de tênis?

— E na outra ilha — pergunto —, onde pegamos o iate?

— Infelizmente — diz Damian — só quem está no Nível Treze tem permissão para visitar Serifos durante o período letivo.

Estou prestes a perguntar o que é um Nível Treze e por que são tão especiais, mas Stella diz:

— Estou no Nível Treze.

É claro que ela está.

— Sim — diz Damian. — Como planeja frequentar uma universidade na Inglaterra, Stella precisa estudar por um ano além dos usuais doze anos do sistema de educação norte-americano.

Do outro lado da mesa — uma peça gigantesca de madeira escura tão naturalmente desgastada que deve ser do tempo em que fundaram a Academia —, Stella dá um risinho.

— Sim — concorda ela com sua voz de passarinho. — Os padrões de exigência acadêmica dos ingleses são muito mais altos.

— Tá bem — digo. Estou prestes a dizer que ela talvez precise de um instituto correcional só que o pai é muito legal para admitir, mas minha mãe me dá um chute por debaixo da mesa. Ai! Agarro minha canela latejante e consigo disfarçar a dor dizendo:

— Vou para a USC, então não preciso de mais um ano.

— Se você precisar de qualquer coisa — diz Damian —, por favor, me avise e faremos o que for preciso. Há muito pouca coisa que não conseguimos aqui em Serfopoula.

Ah é, com exceção de uma TV.

A empregada, uma idosa enrugada com um vestido de algodão folgado bordado com flores azuis, põe um prato na minha frente. É um tipo de salada; reconheço pepinos, tomates, azeitonas e um queijo de cabra fedido que seria comestível se eu puder misturar com cebola. Ao lado da salada há dois pedaços de uma coisa imensa e viscosa que se parece com pepinos-do-mar.

Damian deve ser capaz de adivinhar o que estou pensando, porque diz:

— São *dolmades*, folhas de uva recheadas com arroz; é bem tradicional aqui.

Stella ri na minha direção e põe a mão sobre a boca.

— Yia Yia Minta cozinha isso — digo, cutucando uma das folhas com o garfo. — É que normalmente elas não parecem tão... molhadas.

— Ah — diz Damian, sorrindo na direção da velha empregada. — Isso faz parte da receita secreta de Hesper. Ela salpica azeite antes de servir.

— Shhhh — diz a idosa, Hesper, dando um tapinha nele. — Você fala demais.

— Mas, Hesper — argumenta ele —, elas são da família agora.

Os pelos da minha nuca se arrepiam. Inicialmente, penso que é por causa do comentário piegas de Damian — eu não acredito que um casamentozinho no cartório constrói uma nova família —, mas então encontro o olhar de Stella, e ela está encarando o meu prato. Parece que está, bem, constipada.

Uma luz vinda de algum lugar bate no meu prato, refletindo em mim.

Olho para baixo e...

— Ahhhhhhh, eca!

Saio da cadeira num pulo; tropeço em um dos cadarços do meu sapato e caio de cara no chão.

— Phoebe — grita minha mãe —, o que está acontecendo?

Ela corre para o meu lado, mas quando chega eu já tinha conseguido me virar e ficar de pé. Aponto para o prato — que agora se parece com um prato normal com salada — e grito:

— Mi-mi-nha comida! — Olho de relance para Stella, que parece um pouco orgulhosa demais de si mesma. — Estava viva!

Aqueles pepinos-do-mar verdes, os *dolmades*, ganharam vida e estavam se contorcendo na minha salada, entre as azeitonas e o queijo de cabra fedido.

Se fosse qualquer outro dia na história da minha vida, eu teria me internado em um hospício por ver coisas, mas depois de assistir a Stella se materializar no barco — e rasgar minha mochila — e ver meu prato brilhando, sei que não estou maluca.

Assim como Damian.

— Stella Omega Petrolas! — grita ele.

Duas veias pulsantes surgem na testa dele e seu rosto fica muito, muito vermelho. Uau, parece que ele vai explodir. Cruzo os braços sobre minha camiseta cinza que diz CORRA COMO UMA GAROTA e dou um sorriso afetado para Stella. Vamos ver ela se livrar dessa.

Damian inspira profundamente e com pouco mais de calma diz:

— Você sabe as regras sobre usar seus poderes para prejudicar os outros.

— Mas, papai — resmunga ela, e as lágrimas de crocodilo começam a rolar. Até o beicinho "tadinha de mim" ajuda a completar a cena.

Observo com admiração. Nunca fui capaz de chorar de verdade. Talvez, se eu prestar atenção, consiga alguma coisa.

— Não me contrarie. — Ele aponta para ela com a mão direita e uma luz clara sai do seu dedo; de repente Stella está brilhando. — Vai ficar sem seus poderes por uma semana.

— Uma semana! — grita ela enquanto o brilho diminui. — Isso não é justo. Eu só...

— Uma semana. Da próxima vez, será um mês.

Stella fica encarando o pai — como se algum dia na história do mundo isso já tivesse funcionado e feito os pais mudarem de ideia. Se funcionasse, neste momento eu estaria em Cali e não em uma ilha idiota presa com uma adolescente com poderes e claras intenções de arruinar a minha vida. Só posso torcer para que as outras pessoas da escola não sejam como ela.

— Por favor — diz Damian para mim, distraído, encarando o olhar furioso da filha —, continuem a comer.

Puxo minha cadeira, mas hesito antes de me sentar novamente. Não tenho intenção de comer nada do que estava engatinhando pelo meu prato há dois minutos.

Sentindo um olhar fulminante sobre mim, levanto a cabeça e vejo Stella. Seus olhos cinzentos queimam de um ódio que ela não disfarça. Se for comparar, os *dolmades* parecem muito mais atraentes agora.

Além do mais, preciso comer tudo o que puder antes de ela recuperar seus poderes.

— Então, como é a escola? — pergunto, espetando um pedaço de pepino com o garfo. — Quero dizer, se todos são de lugares diferentes, como podem assistir às mesmas aulas?

— Por séculos — ele começa a explicar — todas as aulas da Academia eram lecionadas em grego. Os deuses acreditavam que seus descendentes deveriam aprender a língua nativa.

Ah, que ótimo. Como vou conseguir a média B de que preciso para entrar USC se nem ao menos entendo o que o professor diz? Parece uma daquelas experiências nas quais alguém larga uma criança em um país estrangeiro e ela precisa aprender a língua ou ficará presa ali para sempre.

— Quando o império britânico ascendeu ao poder no início dos anos 1800, o diretor convenceu os deuses a mudarem o idioma oficial do colégio para o inglês. — Ele toma um gole de água. — Essa acabou sendo uma decisão muito acertada, pois muitos dos nossos alunos vão estudar em Oxford, em Cambridge e nas universidades da Ivy League.

Uau! Mesmo que, no panorama mais amplo, a barreira da língua seja um problema menor.

— E se todos, menos eu, têm superpoderes — digo com cuidado, reunindo coragem para perguntar o que realmente está me incomodando —, serei vítima desses poderes zilhões de vezes ao dia? Serei... — lanço um olhar nervoso para Stella, levemente convencida de que ela está sem seus poderes — atacada?

Damian lança um olhar de censura para Stella, como se soubesse que ela havia me ameaçado.

— Claro que não — diz ele, com a voz entrecortada. — Os alunos sabem da sua chegada e sabem muito bem que não devem usar poderes contra você. Se *alguém*... — a palavra ficou suspensa no ar, mas acho que todos sabíamos que ele estava falando com Stella — desobedecer às minhas ordens, você deve se dirigir a mim imediatamente.

— Claro — concordo, empurrando o prato para longe. Mas e se eu não puder me dirigir a ele porque fui transformada em um pepino-do-mar?

— Phoebe, garanto a você — diz ele, sorrindo como se eu tivesse dito alguma bobagem — que nenhum aluno foi atacado na Academia em gerações.

Tá bom, como se isso fizesse com que eu me sentisse melhor. Isso só quer dizer que estão enferrujados. Provavelmente farão alguma coisa, e do jeito errado, e eu vou parar em Marte ou algo semelhante.

— Sei que isso é um pouco difícil de aceitar — diz minha mãe e se senta na minha cama enquanto eu desfaço as malas.

— Difícil de aceitar? — grito, arremessando meu par bom de Nike no chão e dando a volta para chegar até ela. — Difícil de aceitar? Descobrir que a Ben & Jerry's não estava mais fabricando o sabor de sorvete White Russian foi difícil de aceitar. Isso é... — Balanço minha mão no ar, tentando encontrar as palavras certas para descrever como me sinto. — Bizarramente inacreditável.

Ela começa a tirar camisetas da mala e as dobra para depois empilhar ordenadamente de acordo com os tons de cores.

— Desculpe — diz ela, juntando uma camiseta vermelha na qual se lê CORRA COM VONTADE OU CORRA PARA CASA à pilha das vermelhas, laranjas e amarelas. — Eu deveria ter lhe contado antes, mas pensei que você já tinha problemas demais com todas as mudanças em nossas vidas. Não queria sobrecarregá-la com mais essa preocupação.

Em vez disso, ela espera até termos quase chegado. Quando não posso mais voltar atrás.

Separo as camisetas da camisa antes que ela possa recomeçar a empilhá-las, seguindo suas cores e tons. Código de cores não tem nada a ver comigo.

— Deixa pra lá — digo, sem que as palavras tenham um verdadeiro significado; quero dizer, ela escondeu isso de mim por mais de um mês. Um mês! — Já passou.

Há um armário alto no canto do meu quarto e tento puxar uma das gavetas do meio enquanto equilibro a imensa pilha de camisetas na minha mão esquerda. A gaveta não colabora e preciso dar um puxão vigoroso para abri-la, fazendo as camisetas caírem desordenadas.

Depois de recolher as camisetas do chão, continuo o processo de guardá-las.

O armário é o que há de mais próximo a um closet no meu quarto. Fora isso, eu, na verdade, gosto do quarto. Como no restante da casa, os móveis são bem velhos — do tipo resistente e feito para durar — e o piso de azulejo envelhecido é do mesmo tom marrom-escuro dos móveis. As paredes são de gesso branco brilhante e são frias ao toque. Não vejo a hora de a nossa mudança chegar para dar o meu toque de cor a elas.

— Phoebe — diz minha mãe, como se estivesse desapontada por eu não derramar meus sentimentos no chão. — Você não pode guardar suas emoções. Fale comigo. Você está preocupada. Acha que não vai se adaptar?

— Olha — digo (tá, na verdade, grito) enquanto fecho com força a porta do armário —, nada de ceninha de terapeuta. Estou bem. Não preciso de terapia, nem do teste de Rorschach, nem de uma conversa franca. Só me mostre onde é o computador para que eu possa escrever um e-mail para casa.

Parece que ela realmente quer dizer algo típico de terapeuta de novo, mas pensa melhor e desiste. Que bom. Cresci ouvindo sua técnica terapêutica, então não funciona mais em mim.

O computador — uma coisa da idade da pedra da tecnologia, se é que a peça de plástico cinza sujo for isso mesmo — está no escritório de Damian. Era de se pensar que um sujeito que tem os deuses gregos na sua reunião de pais da escola tivesse algo melhor.

Ele está no escritório quando chegamos lá, preenchendo uma papelada sobre a mesa. Ao levantar o olhar, ele sorri e pergunta:

— Você veio usar o computador, Phoebe?

Concordo com a cabeça, imaginando que aquilo seja suficiente como resposta. Até que minha mãe cutuca minhas costelas.

— Sim, quero mandar um e-mail para as minhas amigas.

— Ah. — A expressão dele desaba e ele olha para minha mãe.

Ótimo. Mais um segredo? Outra notícia de arrasar a realidade?

— Querida — começa ela. Sua voz é baixa e hesitante, mas é a mão dela sobre o meu ombro que entrega que o que vem por aí é muito ruim. — Não queremos dizer que você não pode entrar em contato com suas amigas, mas...

— Como é? Não posso nem mandar um e-mail para as minhas duas melhores amigas? — Tiro a mão dela do meu ombro. — Pensei que ficar presa nesta maldita ilha fosse ser ruim, mas não dá para acreditar! Por que não me colocam logo numa solitária e deixam pão e água pela fresta da porta duas vezes ao dia?

— Não é isso — insiste ela.

— Phoebe — diz Damian, usando o que imagino que deva ser seu tom de voz de diretor paciente —, você pode mandar um e-mail para quem quiser. Mas precisamos pedir que não revele a verdade sobre Serfopoula e sobre a Academia. Confiamos que agirá com responsabilidade.

É só isso?

— Tá — digo, fazendo soar como se fosse uma grande concessão quando na verdade estou pensando: *Como se alguém fosse acreditar em mim.*

Quero dizer, Nola e Cesca são minhas melhores amigas e tudo mais, porém existem limites em qualquer relação de confiança. E a confiança delas em mim estaria seriamente prejudicada se eu mandasse um e-mail dizendo: *Sã e salva em Serfopoula. Aqui é quente, minha irmã postiça malvada já me atacou e, ah, é claro, os deuses gregos administram minha nova escola.* Nem morta.

— Se você clicar no envelope que aparece no topo da tela, será direcionada para o processo de criação de uma conta de e-mail da Academia. Sugiro que você use este programa porque as mensagens de outras contas chegam com atraso por causa do nosso software de triagem. — Damian parece satisfeito quando me vê assentindo. — Bem, então vamos deixá-la à vontade para criar sua conta de e-mail.

Que bom. Estava com medo de que eles ficassem espiando por cima do meu ombro para ter certeza de que eu não ia contar nada. Minha mãe não aparenta tanta tranquilidade quanto Damian, mas deixa que ele segure sua mão e a guie para fora do cômodo de qualquer forma. Assim que eles saem, eu me sento na cadeira em frente ao computador e me conecto para criar minha nova conta de e-mail da Academia.

Depois de me fazer responder sobre toda a história da minha vida, o programa finalmente me deixa escolher um pseudônimo. Encaro a tela por um instante antes de entender que isso quer dizer que eu devo escolher meu nome de usuário. Legal.

Normalmente, uso PhoebeRuns. Esse era o meu nome na Pacific Park e no MSN.

Entretanto, esse nome parece muito ligado à minha casa. E aqui, definitivamente, não é a minha casa. Está mais para um desvio de curso. Como se eu tivesse me perdido a caminho da USC.

É isso! Rapidamente digito PhoebePerdida no campo "pseudônimo".

Enfim estou no programa de e-mail e clico em "Enviar e-mail"

Para: granolagrrl@pacificpark.us, princesacesca@pacific-park.us
De: phoebeperdida@academia.gr
Assunto: Na ilha do Dr. Demente

Oi, meninas,

Mamãe e eu chegamos. Finalmente. Vocês não podem imaginar pelo que passamos para chegar a esta ilha idiota. Aviões, trens, barcas. Diga o nome de um meio de transporte, e nós estivemos nele. E o meu padrasto estava no aeroporto esperando por nós. Eu seriamente cogitei me perder em Atenas. Sério, o que eles poderiam fazer se eu desaparecesse?

E então, assim que chegamos à ilha, surgiu a meia-irmã malvada. Gente, ela é uma viagem. Ela poderia ensinar algumas coisas a Mitzi Busch. Como eu vou conseguir sobreviver um ano inteiro sem vocês?

As aulas começam amanhã de manhã, e eu nem mesmo tive tempo de me adaptar ao fuso horário. Aparentemente, essa escola é superexclusiva. Posso apostar que está infestada de pretensiosos e riquinhos que pensam que o dinheiro dos pais dá a eles o direito de agir como superiores. Vocês não queriam estar no meu lugar?

Assim que puderem me respondam!

Amo vocês,

Phoebe

Clico em "enviar" e me desconecto. Estou com sono. Afinal de contas, em Serfopoula estamos dez horas adiantadas e isso quer dizer que eu não durmo há, tipo, 36 horas. E preciso ir para a Academia com Damian às 7h30 para preencher a papelada da matrícula e organizar meus horários.

Até agora, a única coisa boa desta catástrofe toda é que Damian disse que o treinador de corrida é excelente, assim como o time. E os treinos acontecem amanhã depois das aulas. Pelo menos passarei um ano treinando para o time da USC.

Mal encontrando forças para tirar as roupas que usei na viagem, puxo uma camiseta limpa e um short com estampa de *smileys* para usar e caio na cama. Pelo menos a cama é confortável — toda branca e macia na medida certa. Ainda assim acho que vou sonhar com pepinos-do-mar e irmãs brilhantes a noite inteira.

Quando meu alarme toca às seis da manhã, fico tentada a lançá-lo na parede. Meu *jet lag* está a toda, e sinto fraqueza nos músculos de todo o corpo e uma dor de cabeça que faria com que o congelamento de um cérebro não passasse de uma alfinetada. Cobrindo minha cabeça com o cobertor branco e fofo para abafar o som do alarme, avalio minhas duas opções.

Fico na cama afastada do mundo lá fora e torço para que às 7h30 — horário em que preciso encontrar Damian — minhas dores tenham desaparecido.

Ou... posso tirar as cobertas, calçar meus tênis e sair para uma boa e longa corrida, que pode não curar meu *jet lag*, mas pelo menos vai substituir essa sensação de lerdeza pela familiar exaustão física.

Tirar ou não uma soneca? Eis a questão.

Debaixo das cobertas ouço a porta do meu quarto abrir com força e bater contra a parede.

— Desligue essa porcaria! — grita Stella.

Saindo da minha zona de conforto por um segundo, consigo abrir um dos olhos e a vejo de soslaio. A princípio, não digo nada — primeiro porque estou meio surpresa por ela ter ouvido o meu alarme lá do outro lado, naquela masmorra viscosa que imaginei ser onde ela dorme, e segundo porque estou tentando não rir. Parece que um pote de sorvete de chocolate chips com menta explodiu no rosto dela.

— Você dormiu em cima de um pudim de pistache?

Ela faz uma careta e aponta o dedo para o ainda barulhento alarme.

Nada acontece.

— Arrghh!

Dou um sorriso. Talvez eu consiga fazer com que Stella fique de castigo o ano todo — pelo menos assim eu estaria segura.

Se o rosto dela não estivesse verde, eu poderia afirmar que estava vermelho de raiva.

Quando ela vem pisando duro na minha direção, ponho meu braço para fora e dou um tapa no topo do relógio. Não quero aquela gosma verde em cima do meu acolchoado, branco e fofo cobertor.

— Pode esquecer — digo, sentando e colocando as pernas para fora da cama. — Vou levantar de qualquer forma.

Por um momento parece que Stella quer continuar o ataque, mas então ela se vira e volta para o quarto pisando duro.

Meu cérebro está acordando — não dá mais para voltar atrás.

Pego uma calça de correr, uma camiseta e um par de meias brancas do armário. Visto tudo em segundos. No banheiro, jogo água no rosto, amarro os cadarços dos tênis e estou quase saindo pela porta quando o alarme volta a tocar. Sorrindo ao pensar em Stella tendo que caçar o relógio debaixo da minha cama, desço em direção às docas onde desembarcamos na noite anterior. Onde tem água deve haver uma praia.

A doca fica numa pequena lagoa agradavelmente protegida do mar aberto, com falésias de um lado e uma estreita faixa de areia do outro. Ainda que eu não tenha intenção de forçar muito meu corpo cansado, faço dez minutos de alongamento no deque. Ter uma câimbra é a última coisa de que preciso.

O sol está começando a nascer e lança um tom claro de rosa sobre tudo. Inspiro profundamente enquanto encosto as mãos nos dedos dos pés, absorvendo o ar puro e salgado do mar. Tem um cheiro diferente do das praias da Califórnia às quais estou acostumada. Mais puro, talvez.

Giro meu tronco para um lado, forçando um alongamento prolongado e oblíquo, e noto um aglomerado de pequenos prédios brancos no alto das montanhas. Sob a luz do sol da manhã, parece tão cor-de-rosa quanto o restante da ilha. Ali deve ser o vilarejo. Parece tão estranho que pessoas vivam lá no alto, naquele vilarejo, a um mundo de Los Angeles, mas com vidas que seguem independentemente de eu estar aqui vendo esta cena ou não. Acredito que esta seja uma verdade em qualquer lugar — tanto para os carros pelos quais passamos na estrada, para as cidades que sobrevoamos a milhares de quilômetros de distância e até para aqueles pequenos prédios brancos. De repente, Los Angeles parece ainda mais distante.

Rodeada pela luz rosada e pelo silêncio, a não ser pelo ruído das ondas estourando, aceito a paz interior e exterior. Saindo das docas pela estreita faixa de areia, começo a correr num ritmo moderado. Se meu ano aqui for como este momento, as coisas não seriam tão ruins. Mas eu sei que essa sensação só está presente quando corro. E é por isso que corro. Por isso e para me sentir mais perto do meu pai.

À medida que amasso a areia com meu Nike, me perco nas lembranças de nossas corridas matinais. Quando meu pai treinava entre as temporadas, corríamos juntos quase todas as manhãs, em geral na praia de Santa Monica. Estacionávamos perto do píer, corríamos os quase cinco quilômetros até a Marina Del Rey e depois voltávamos correndo para o píer para tomar sorvete. Se eu fosse a mais rápida, tinha direito a duas bolas.

Eu nem mesmo percebo que estou chorando até sentir o gosto das minhas lágrimas. Sem diminuir o ritmo, enxugo os olhos. E por que eu estava pensando no meu pai? Normalmente não penso em nada quando corro. Fico muito concentrada na sensação que o exercício me proporciona.

Esvazio minha mente e percebo que meus quadris estão doloridos. Há quanto tempo eu estava correndo? O mundo ao meu redor já não parecia mais banhado de cor-de-rosa. Uma rápida olhada sobre o ombro confirma as minhas suspeitas. As docas não estão no meu campo de visão e o sol agora é visível no horizonte.

Preciso voltar.

Desacelerando para uma caminhada, estou prestes a dar meia-volta quando percebo que há outra pessoa correndo na praia. Ele está a menos de duzentos metros de distância, perto o bastante para que eu consiga apreciar seu passo fácil e relaxado. Posso dizer que o corpo dele foi projetado para correr e, de alguma forma, sei que ele vive para isso, no seu íntimo. Acho que reconheço uma alma gêmea.

Antes que eu pudesse perceber — já que estou hipnotizada vendo-o correr —, ele está marchando até um lugar bem na minha frente. Eu praticamente derreto, me transformando em uma poça de baba feminina.

Ele parece ter mais ou menos a minha idade e é lindo demais. E não apenas por causa dos olhos azuis hipnóticos, do nariz bem-esculpido ou das maçãs do rosto definidas. Seus lábios são grossos, macios e deliciosamente rosados. Do tipo que faz você querer agarrá-lo pelo cabelo com as duas mãos — ainda que eu não consiga ver o cabelo dele direito sob a bandana azul — e dar uns amassos até não conseguir mais pensar.

— Oi — diz ele, sua voz é baixa o suficiente e suave o bastante para fazer os meus pelos se arrepiarem.

— Oi — respondo.

Maravilha. Normalmente falar não é um problema para mim, mas continuo hipnotizada.

Sua boca se curva para um lado, como se ele estivesse achando engraçado eu o encarar e ainda por cima ser incapaz de dizer qualquer coisa.

— Onde você começou a correr?

— Hum — digo, dando continuidade ao show de brilhantismo.

Grande parte do meu cérebro está distraída pelo leve sotaque que faz a pergunta dele soar como uma música. Dou um jeito de fazer um movimento por cima do ombro.

— Das docas.

As sobrancelhas dele se erguem.

— Fica a quase oito quilômetros.

— É?

Estou correndo há mais de meia hora. Ainda que eu mantenha o ritmo por todo o caminho de volta, não terei tempo de tomar banho antes de me encontrar com Damian. E se considerar o quanto estou sentindo minhas coxas, definitivamente vou voltar num ritmo mais lento.

Ótimo, vou para o meu primeiro dia de aula fedida e suada.

— Tem um atalho — sugere o Sr. Bonitão, apontando para as pedras no fim da praia. E explica: — Indo por ali você vai demorar metade do tempo para chegar em casa.

Dou uma conferida nas pedras, tentando localizar o caminho. Tudo o que vejo são pedras enormes e cor de areia e arbustos baixos que parecem prontos para arranhar minhas pernas.

— É por ali — diz ele, dando uma risada. — O começo é íngreme, mas em menos de quinhentos metros você já está na parte plana.

Avistando finalmente a passagem estreita, olho para trás e digo:

— Obrigada...

Mas ele já foi, voltando a correr pelo caminho de onde veio. Eu nem consegui perguntar seu nome.

— Obrigada! — grito para as costas dele.

Sem se virar ou diminuir a passada, ele acena sobre o ombro. Eu me permito ficar mais alguns segundos admirando — vê-lo de costas é ainda mais hipnotizante. Então, voltando daquele pedaço do mundo de fantasia, eu me viro e corro na direção do atalho.

Chego a casa em menos de vinte minutos, com tempo suficiente para tomar banho e secar meu cabelo antes de encontrar Damian.

Seguindo atrás de Damian pelas escadarias da entrada da Academia, sinto meu queixo cair quando vejo o belo prédio da minha nova escola. Era obviamente muito antigo — antigo do tipo de outro século —, e a entrada de pedra é margeada por colunas que vão até o teto. Em cima das colunas há um triângulo no qual se vê gravuras de homens e mulheres fazendo coisas diversas: de pé, sentados, deitados comendo uvas. Parece um desenho que vi um dia, que mostrava como deveria ser a aparência do Parthenon quando novo. Nada a ver com as casas de Pacific Park com a decoração tão sem graça quanto a de um hospital.

— Este prédio é da época da transferência da Academia para cá, no século VI — explica Damian. Ele empurra a gigantesca porta dourada da frente e faz um gesto para que eu entre. — A única coisa que mudou desde então foi que nos modernizamos tecnologicamente. Temos um dos mais avançados laboratórios de computação do mundo.

— É bom saber que algumas coisas nesta ilha estão de acordo com o século XXI — digo, me lembrando do computador caquético no escritório dele.

Então adentro um vasto hall e tudo em que estava pensando se esvai.

Diante de mim, em frente ao chão de azulejos da entrada principal, está a maior vitrine com troféus que já vi na vida. E está repleta de troféus dourados e reluzentes.

— Uau — sussurro, incapaz de esconder quanto estou impressionada.

— A Academia tem uma história ilustre — diz ele atrás de mim, tentando acompanhar o meu passo lento-zumbi na direção da vitrine; estou hipnotizada diante de tanto brilho.

— Todos os troféus foram por modalidades esportivas? — pergunto.

Na frente, bem no meio, há um grande troféu dourado que faria o Stanley Cup parecer uma taça de vinho. Deve ter sido o prêmio de uma competição muito importante.

— Dificilmente — diz Damian, quase soltando uma risada. — Os troféus de esportes estão lá atrás.

Sigo com os olhos o lugar para onde ele aponta. Preciso estreitar o olhar para enxergar a seção que ele está me mostrando, já que fica na metade do corredor que parece não ter fim.

O corredor tem mais de seis metros de largura e o pé-direito é tão alto quanto, todo de pedra polida e brilhante. Mármore, provavelmente. Está claro que é o mesmo material de todo o prédio — todas as centenas de metros. Agora percebo que há janelas na parede atrás das colunas, deixando bater no chão de mármore fachos da luz brilhante do sol matinal e refletindo o vidro das vitrines. O ambiente inteiro é envolto num brilho suave de âmbar semelhante à cor do mármore.

Em cada centímetro restante do corredor há vitrines de troféus.

— Então o que...

— Muitos deles foram conquistados em competições acadêmicas — explica ele, respondendo a minha pergunta antes que eu pudesse completá-la. — Mas temos também diversos artefatos históricos guardados aqui. Artefatos valiosos demais para ficarem expostos em um museu. Nossa segurança é impenetrável.

— Artefatos?

— Este — diz ele, apontando para uma maçã não-muito-diferente-de-uma-maçã-de-verdade, que parece ter sido mergulhada no ouro — é o pomo da discórdia, o motivo da Guerra de Troia.

Eu me inclino para ver melhor. A não ser pelo ouro, não é muito diferente de uma maçã normal. Mas então as letras de uma palavra grega gravada ao lado dela começam a brilhar, como se soubesse que alguém estava observando.

— Tenha cuidado. — Damian me puxa para trás. — O Pomo é extremamente poderoso e perigoso. Não chegue tão perto assim.

— Ah — digo, casualmente, tentando não demonstrar que estou impressionada. — O que mais tem aqui?

— Há uma vitrine em particular que acredito que você vai gostar.

Ele avança pelo corredor na direção da seção dos esportes. Quando Damian para em frente a uma vitrine praticamente vazia, quase tropeço nele.

Atrás do vidro há apenas uma coroa de galhos ressecados. Não é tão impressionante. Damian deve achar que eu me encanto com qualquer coisa.

Então leio a placa.

"Coroa de louros entregue ao primeiro campeão olímpico, Nikomedes, em 919 a.C."

Ai. Meu. Deus.

Eu pisco e encaro Damian, sem acreditar.

Ele dá um sorriso largo e satisfeito que me diz que sabe que eu fiquei impressionada e ele não vai me deixar esquecer daquilo. Eu não ligo. Então me aproximo e ponho um dedo no vidro que está na frente da coroa, maravilhada só de imaginar que um dia ela esteve na cabeça do primeiro de todos os campeões olímpicos. Ela faz com que nossas medalhas olímpicas se pareçam com brindes do McLanche Feliz.

— Venha, Phoebe — diz Damian —, precisamos conversar sobre seus horários.

— Mas...

Com gentileza, ele encosta a mão nas minhas costas e me afasta.

— Haverá tempo de sobra para venerar os artefatos atléticos — diz ele. — Você vai ficar aqui por pelo menos um ano.

Sim, sim, um ano.

— Da próxima vez — ele para em frente a uma porta e, quando a destranca, me conduz para dentro —, vou lhe mostrar as verdadeiras Sandálias de Filípedes.

Felizmente Damian aponta para a cadeira à frente de sua mesa, porque estou prestes a morrer de tanta empolgação. De repente, correr de volta a Atenas para ver a exposição do metrô — a caminho da civilização ou não — parece uma expedição extremamente desnecessária.

Quem precisa de uma cópia quando se pode ver a coisa de verdade?

Capítulo 3

— VOCÊ É A *nothos*.

Então me viro na minha mesa e olho para a menina sentada atrás de mim.

— A o quê? — pergunto.

— *Nothos* — repete ela. — A que é normal.

— Normal? — replico, rindo. — Depende do que você considera normal.

— Normal, não descendente.

— Ah, isso sim, eu acho. — Afinal de contas, é a verdade.

Ela estende a mão para mim.

— Sou Nicole.

— Phoebe — digo, sorrindo ao cumprimentá-la.

Nicole é a primeira pessoa que conheço na Academia. Tudo bem, tecnicamente esta é a minha primeira aula — literatura do século XX —, que nem ao menos começou, mas ainda assim. Uma primeira vez é uma primeira vez.

— Sua meia-irmã é uma *harpia* do mal. — A voz dela é gélida. Devo ter aparentado o tamanho do assombro que sinto porque ela se apressa em acrescentar — Dizendo de uma maneira totalmente metafórica, claro.

— Ah. — Ufa. Não que aquilo me surpreendesse minimamente se fosse verdade, considerando tudo o que aprendi nas últimas dezoito horas. E "bela, mas cruel" descreve Stella com perfeição. — Pode crer.

— Você tem um ano? — pergunta Nicole, e gosto dela imediatamente.

Está claro que Stella também não se dá muito bem com aquela menina.

Ainda estou rindo quando a professora, a Srta. Tyrovolas — já consigo me ver na detenção pela pronúncia incorreta e recorrente do seu nome, então é melhor chamá-la de Srta. T —, entra na sala. As professoras do Ensino Médio na Pacific Park não se parecem com esta: mais de 1,80m de altura, cabelo castanho-claro encaracolado e preso no topo da cabeça como se fosse uma coroa, e usando algo que parece ser uma mistura de lençol e vestido de noite.

Encarar é falta de educação extrema, mas não consigo evitar. Eu nunca vi ninguém nem ao menos parecido com ela — nem em Los Angeles, onde tem gente esquisita em cada esquina.

Sem olhar na minha direção, a Srta. Tyrovolas diz:

— Vejo que não está familiarizada com os costumes da Grécia antiga, Srta. Castro.

Pisco, sem saber exatamente como devo responder. Ela viu que eu a estava encarando, afinal de contas, mesmo estando de costas.

A turma inteira se vira para me olhar.

Tentando parecer descolada, passo a mão pela cabeça para ter certeza de que não cresceram chifres ou nada parecido. Nunca tiveram um aluno novo na turma antes?

— Humm, na verdade não, Srta. Tra... hum, Tivo... Tul...

Nicole sussurra:

— Tyrovolas.

— Turvolis — digo, engasgando. Por que não falei apenas Srta. T?

A Srta. T se vira e todos imediatamente voltam a atenção para suas próprias mesas.

Tento sorrir, mas acho que minha cara estava mais para uma careta.

— A tradição existe desde o início da Academia — explica ela —, e eu prefiro não desrespeitar nossa história.

Pelo menos eu não preciso me vestir daquele jeito. Meu uniforme por escolha, jeans e camiseta, me cai muito bem. No caso de um evento mais formal, algo raro, minha mãe normalmente precisa me subornar para que eu use calça social. Um vestido lhe custaria algo parecido com ingressos da Copa do Mundo.

Não pense que ela estará livre de me subornar para que eu entre em um vestido de dama de honra para o casamento.

— Tyrant é fiel às tradições — sussurra Nicole.

O que talvez explique por que a Srta. T. está lançando para Nicole um olhar reprovador. Com seu cabelo curto e descolorido — de um jeito sou-meio-punk que não tem nada a ver com sou-animadora-de-torcida —, metade do braço coberto por pulseiras de silicone rosa-shocking e brancas, e sombra prateada brilhante nos olhos, Nicole está longe de ser tradicional.

— Obrigada pelo apoio — devolvo. — Então, as professoras aqui... quero dizer, a Srta. T é...

— Descendente? — pergunta Nicole. — Ah, sim. Ela é descendente direta da deusa Atenas. Estamos falando de uma *rata de biblioteca* autêntica.

— Pensei que Atenas fosse a deusa da guerra.

— Você acha que Tyrovolas é incapaz de entrar numa briga? — pergunta Nicole, rindo. — Estou brincando. A guerra é apenas parte dos domínios de Atenas. Ela é também a deusa da sabedoria, o que faz dela uma intrometida em relação a tudo que acontece na Academia.

Conhecer essa escola vai ser bem mais difícil do que pensei. Achei que pelo menos os professores seriam normais, mas nada feito.

Preciso de um novo manual do aluno.

E os deveres de casa? Vamos apenas dizer que terei que me esforçar para me manter na média que preciso para entrar na USC. O plano de estudos da Srta. T parece abranger realmente toda a literatura e em um ano vamos ler mais livros do que li na minha vida toda. Podem esquecer da fantasia de Cesca de que estou descansando na praia — ficarei todo o meu tempo livre lendo Kafka ou Orwell e escrevendo trabalhos de 25 páginas.

A Srta. T dá aula de verdade — no primeiro dia! — e mergulha fundo nas influências de Freud e Einstein no pensamento contemporâneo e em suas ramificações, da própria literatura à guerra. Quando ela nos dispensa — na Academia não há um sinal tocando no fim a aula —, meu cérebro está exaurido.

Faltam apenas três aulas até o almoço.

Saímos para o corredor e vejo os alunos por toda parte

Diferentemente do hall da entrada, o restante do prédio é bem parecido com uma escola. Os corredores e o piso são do típico tom de branco lavado, com armários em fileiras. As salas de aula se dividem entre os dois lados do corredor, com grandes janelas que dão para as montanhas que cercam o colégio ou para o pátio interno. As aulas dos alunos mais velhos são no segundo andar, enquanto as aulas dos mais novos acontecem no primeiro. Acho que é para facilitar o acesso dos pequenos ao pátio na hora do recreio.

— Qual é a sua próxima aula? — pergunta Nicole.

Dou uma olhada nos horários que Damian organizou.

— Álgebra II com o Sr. C...

— Cornball — diz ela puxando o horário da minha mão. — Eu também.

— Cornélio — concluo o que ia dizer antes.

— Veja. — Ela passa o dedo pelo horário e a segunda metade brilha por um instante. — Nossas aulas da tarde são as mesmas.

Quando eu me inclino, vejo quais são as três últimas aulas. física II, história da arte e filosofia.

— Eu deveria ir para as aulas de computação aplicada e biologia — argumento. — Odeio arte e nunca tive aula de física I.

— Não se preocupe — diz Nicole. — Vou ajudar você. Ciências exatas é comigo mesmo, e a Sra. Otis costuma dar nota máxima só por apreciação artística. — Ela franze o cenho ao olhar para o horário de novo. — Teremos apenas que sobreviver ao Dorcas juntas, ninguém se forma na Academia sem a aula de filosofia.

Ela dá de ombros e me devolve o horário, como se não tivesse muito mais a fazer em relação a ele. Eu deveria ficar preocupada? Eu deveria ir até Damian para que ele trocasse as minhas aulas?

Ou deveria me sentir grata por alguém parecer feliz por me ter por perto e por, talvez, apenas talvez, ter feito uma amiga?

Dobro o meu horário e coloco no bolso.

— Uau — digo. — Como você fez isso?

Nicole me olha como se eu tivesse dito a coisa mais idiota do mundo.

— Você é mesmo uma *neo*, hein?

— Se isso quer dizer que eu sou boa demais para estar aqui, então a resposta é sim.

— Não precisa se esforçar, você me pegou. — Nicole segura a minha mão e me puxa até uma parede nua, longe do caminho da multidão. — Só comecei a frequentar a Academia no Nível Nove. É bem difícil se não se tem ajuda, e a maioria dos alunos daqui não é chegada a ajudar uma *nothos*, ou, como alguns vão dizer, uma *kako*. Existem algumas regras básicas que você precisa saber.

Pela manhã, Damian me pareceu tão focado e entusiasmado falando sobre a impressionante história da escola, que me deixou resolver a parte social sozinha. A única ajuda que ele havia me dado tinha sido oferecer Stella como guia. Não que eu achasse que ela não conhecesse cada canto da escola, mas passar o dia todo correndo atrás dela não é o que eu chamaria de diversão. Educadamente, rejeitei a sugestão dele.

Se Nicole passou por isso há apenas alguns anos, então ela me parece uma mentora bem mais adequada. Ainda que ela também seja uma descendente.

— O que *kako* quer dizer, afinal de contas? — pergunto ao me lembrar de como Stella se dirigiu a mim quando nos conhecemos. — Não é algo bom, certo?

Nicole dá de ombros.

— É uma maneira mais rude de dizer que você não é descendente. *Nothos* é a palavra politicamente correta.

Tenho a impressão de que quando ela disse "rude" quis dizer, na verdade, "ofensiva".

— Para começar — diz ela, continuando a aula —, as tribos da Academia são um pouco diferentes entre si. Praticamente não há meios de se infiltrar em uma, não que você queira fazê-lo, pois elas são determinadas pela sua associação.

Associação? Eu não entendo o que ela quer dizer, mas decido não falar nada esperando compreender mais tarde. Mas ela deve ter percebido o quanto estou perdida.

— Sua família. — Ela me lança um olhar penetrante. — Seu deus.

Ainda não entendo, então olho ao redor.

O segundo andar está tomado por alunos e a aparência de todos eles é totalmente normal. Reconheço todas as tribos tradicionais. Os populares ali e os nerds lá. Os esportistas reunidos e as animadoras de torcidas em volta deles. Os esquisitos olhando para todo mundo de rabo de olho e os *geeks* tentando evitar serem derrubados. Os doidões, os deprimidos, os sensíveis e as piriguetes. Nada diferente.

— Veja aquele grupo. — Nicole aponta para o outro lado do corredor.

Ao lado de uma fileira de armários há um grupo de garotas com cabelos perfeitos, muita maquiagem e vestimentas adequadas para agarrar o primeiro menino com tendências metrossexuais na moda e cabelo espetado com gel. Minissaias e camisetas apertadas. Elas não diferiam em nada das meninas populares da minha antiga escola.

— Passe bem longe delas — avisa Nicole. — O grupinho de Zeus. Poder, privilégio e porres. Elas fazem com que Paris Hilton se pareça com uma Virgem Vestal.

Grupinho de Zeus? Acho que já consigo entender que estar ligado ao líder de todos os deuses tem a ver com imensa popularidade. Quem se atreveria a desafiá-los correndo o risco de ser atingido por um raio pelas costas?

Um dos meninos se desloca e consigo ver a outra parte do grupo. Stella retribui a encarada, desejando que um daqueles raios me atinja; disso eu tenho certeza.

— Stella é um deles? — pergunto, virando o rosto antes que aqueles olhos cinzentos me transformem em pedra ou algo assim.

— Não exatamente. — Nicole lança um olhar zombeteiro na direção do grupo. — Ela é do grupo de Hera.

— Então por que... — começo. Mas logo me lembro de qual era o papel de Hera no Olimpo: a companheira de Zeus.

— Existem alianças — explica Nicole. — E a aliança entre Zeus e Hera é a mais forte.

Dá pra imaginar? Stella não só é extremamente má como tem a popularidade e os genes a seu favor. Estou mais do que grata por ela estar de castigo sem poder usar seus poderes no momento. Do contrário, Nicole teria que me levar para as aulas em uma sacolinha.

Olhando ao redor à procura de outra coisa além da meia-irmã do mal para falar sobre, acabo perguntando:

— E eles?

Há um outro grupo de alunos, todos de cabelos descoloridos, reunido em volta da fonte. Colar de conchas havaiano e chinelos. Os garotos usam bermudas coloridas de surfista com blusas com estampas florais. Algumas meninas estavam de vestidos, outras de saias e camisetas leves. Uma delas lembra com perfeição uma foto que vi da Cameron Diaz surfando.

— Aquele — diz Nicole, apontando para o grupo de surfistas — é o pelotão de Poseidon. Grande parte dos neurônios deles queimou graças à exposição prolongada ao sol.

No centro do grupo, percebo um garoto de cabelo louro bem claro que se parece com Heath Ledger em *Coração de Cavaleiro*.

— Pode esquecer — alerta Nicole quando me vê olhando para ele. — Deacon é mais burro que uma pedra. — Ela inclina a cabeça como se estivesse considerando o que disse por um instante. — Na verdade, dizendo isso eu estaria insultando as pedras.

Do outro lado do corredor, ouço um menino gritar:

— Consegui! Consegui entrar no sistema principal olímpico!

Obviamente ele é um *geek* — usa óculos de armação grossa e preta, e calças de cintura alta. Ele segura um PDA do tamanho de uma calculadora em uma das mãos enquanto pula, demonstrando uma total falta de coordenação motora quando praticamente tropeça nos próprios pés e cai em cima dos outros do grupo.

— E os *geeks*? — pergunto.

— Hefesto — devolve ela com um suspiro. — Acho que ele deve estar envergonhado por isso. Eu estaria. Nenhum deles tem chance de conquistar alguém como Afrodite, como ele fez, mas tenho certeza de que um dia farão com que Bill Gates pareça pobre.

Eu sempre achei romântico o deus deformado do fogo ter se casado com a bela deusa do amor. Tipo *A bela e a fera* da mitologia. Entretanto, ao analisar seus descendentes, estou pensando bem mais em *Mulher nota 1000* — e esses caras não parecem entrosados o bastante para construírem a mulher perfeita.

Ver todas as tribos reunidas de acordo com seus deuses ancestrais me faz pensar em Nicole. Parece que ela não anda com ninguém além dela mesma — e eu, agora. Mas ela tem sua parte imortal também.

— Então, qual é o deus...

De repente ela me empurra no corredor em direção a uma porta aberta, quase me derrubando no chão.

— O que está...

— O harém de Hades — explica ela. — Você *não* vai querer problemas com eles.

Espreitando da porta, eu entendo por que ela disse isso.

O grupo se parece com os góticos de sempre — cabelos pretos, roupas pretas, delineador preto —, só que mais irritados. Bem adequado aos descendentes do deus do submundo.

Lado a lado, eles seguem com passos largos pelo corredor, desafiando a todos que cruzam seu caminho. O grupinho de Zeus os encara enquanto descem, mas a maior parte dos alunos simplesmente sai da frente. Quando eles passam pela entrada, uma garota alta, magra, de pele bem clara, cabelos na altura dos ombros e olhos azuis penetrantes me encara com uma intensidade intimidadora. Sei que eu pareço novata e tudo o mais, porém ela não precisa me olhar como se quisesse que eu derretesse.

— Quem é aquela? — pergunto num sussurro.

— Aquela — diz ela, segurando meu ombro e me levando para dentro da sala — é Kassandra. Problemas de proporções cósmicas.

Não preciso que ela diga para saber disso.

— Esta é a aula de Cornball — continua, deslizando numa carteira da última fila. — Sobreviva a esta aula e o resto do dia até o almoço vai ser bem mais fácil.

— Ótimo — digo, desviando minha atenção de Kassandra e do harém de Hades para me sentar com Nicole no fundo da sala.

Posso fazer isso. Com a ajuda de Nicole, estarei sintonizada com a pirâmide social da escola rapidamente e tudo o que precisarei fazer é conseguir ficar na média. Sem proble...

— Imagino que todos tenham praticado a função quadrática ao longo do verão — diz o grande e musculoso professor na frente da sala de aula. — Peguem uma folha de papel, encontrem o valor de X e demonstrem como encontraram a solução.

Ele se vira para o quadro e escreve uma lista de dez equações, cada uma maior do que um número de telefone internacional. Droga. Talvez a USC aceite alguém um pouco abaixo da média.

Acho que eu deveria ter me sentado lá na frente.

— Como está sendo o seu dia por enquanto, Phoebe?

Olho na direção de onde veio a voz de Damian. Que pergunta, hein? É um milagre que eu tenha sobrevivido até o almoço e a última coisa de que preciso é Damian me perturbando na única meia hora livre de aulas que tenho no dia. Meu cérebro precisa seriamente de uma descompressão.

— Bom — digo.

É verdade, embora meu cérebro esteja a mil. Foi pura sorte ter conseguido chegar ao fim da aula de álgebra — com a ajuda de algumas respostas pontuais de Nicole. Cornball faz um monte de piadas idiotas durante a aula, mas quando o assunto é matemática ele é tão sério quanto um terremoto 8.0 na escala Richter.

Grego moderno foi um pouco mais fácil — é uma turma de primeiro ano e tudo o mais —, porém eu era a única na classe saindo da adolescência. Ninguém sabe quanto pessoas de 14 anos podem ser imaturas até estar preso numa sala com um bando delas por uma hora.

A única coisa que fez com que história mundial, minha última aula antes do almoço, fosse suportável foi o Sr. Sakola, um gostoso. Ele se parece com um astro do cinema dos anos 1950, com seu sorriso branco e brilhante, cabelo perfeitamente escovado e uma covinha muito fofa na bochecha esquerda. Ele é também tão charmoso quanto Will Smith — e com uma esposa igualmente bela, pelo que pude ver no porta-retrato na mesa dele. Sua aula, entretanto, foi uma avalanche de informações. Anotei tantas coisas que uma floresta inteira deve ter sido derrubada por isso.

Então, quando digo "bom" estou querendo dizer "extremamente cansativo", mas não falo nada.

— Bom. — Damian sorri aquele sorriso de diretor, largo e orgulhoso, seu rosto elegante repartindo em elegantes linhas nos cantos dos olhos e da boca. — Algum problema ou alguma pergunta?

— Não... — digo, mas não estou sendo sincera. — Na verdade, tem uma coisa, sim.

Ele assente, me encorajando a perguntar.

Embora eu tenha considerado seriamente não contar isso a ele, acho que a longo prazo é melhor que eu seja o mais honesta possível. Então incorporo o lado puxa-saco e digo:

— Eu, hum, dei uma ajustadinha nos meus horários...

Ele assente novamente.

— Como assim?

— Bem — digo, engolindo em seco e esperando que ele não questione os meus pré-requisitos. — Troquei computação aplicada e biologia por história da arte e física II.

E ele assente. Por que ele faz tanto aquilo?

— Contanto que você cumpra com as suas obrigações, não vejo problema algum. Só quero que seja feliz aqui. — Agora seu sorriso é mais paternal, contido, mas ainda assim chega aos olhos e faz ruguinhas aparecerem nos cantos. Ele se inclina na mesa em direção a Nicole e sussurra: — Srta. Matios, o último aluno que tentou usar mágica para tirar filosofia da sua grade de aulas passou uma semana como um monte de areia.

Então, sem dizer mais nada, ele se levanta e sai, inspecionando o refeitório como se fosse um general verificando suas tropas.

— Cara — diz Nicole quando Damian está longe e já não pode nos ouvir —, que bom que eu não sou você. Eu não ia querer que Petrolas fosse meu pai.

— Ele não é meu pai — devolvo. E me sinto culpada na mesma hora. Não é culpa dela eu ter sido jogada nessa pequena e defeituosa família. — Desculpa. Meu pai morreu há bastante tempo. Damian é só meu padrasto.

Ela dá de ombros, como se eu não tivesse sido grosseira ou como se não pudesse ligar menos para o que eu fiz. Fico aliviada por ela não ter feito um escarcéu ao saber que meu pai tinha morrido. Nem sempre sou sensível ao assunto — mamãe terapeuta me guiou psicologicamente por todo o processo do luto —, mas tenho pensando nele muito mais do que o normal desde que essa coisa toda de padrasto começou. Ter um pai de mentira faz com que eu tenha mais saudade do meu pai de verdade. Ótimo, mais uma coisa pela qual esperar pelos próximos nove meses.

Pelo menos Nicole não parece se importar por eu ser uma psicopata instável. Algo por cima do meu ombro chama a atenção dela.

— Travatas! — grita ela na direção do lado oposto do refeitório, balançando o braço no ar para chamar a atenção de alguém.

Na frente da fila do almoço tem um menino bonitinho de cabelos dourados-escuros — louro e saudável do tipo Chad Michael Murray — com uma camiseta da banda My Chemical Romance. Ele olha quando Nicole grita e sorri.

— Ei, Nicole — cumprimenta, trazendo a bandeja para a nossa mesa e se sentando ao meu lado.

— Phoebe — diz ela, apontando o garfo para o menino bonito —, esse é Troy.

— Oi — digo, fazendo um gesto para cumprimentá-lo.

Ele sorri, mostrando os dentes brancos e certinhos e responde:

— Oi também.

— Ele é basicamente a única pessoa nesta escola que vale a pena conhecer. — Ela começa a beber sua Dr. Pepper, mas logo acrescenta: — Além de mim, é claro.

Nicole não tem problema de autoestima.

— Nicole mostrou a escola pra você? — pergunta ele, os lábios curvando nos cantos.

— Sim — digo, concordando com a cabeça.

Nicole é uma guia muito melhor do que Stella teria sido. Posso imaginar como seria meu dia sendo o bichinho de estimação dela, forçada a segui-la e a limpar suas botas com a língua.

Mesmo do outro lado do refeitório lotado, posso sentir o olhar dela sobre mim.

Ela está numa mesa do lado oposto do corredor — muito, muito longe da nossa — com o restante dos Zeus & Heras. Está sentada ao lado de um menino de cabelo louro-avermelhado curto que, pela atitude confiante, é o líder do grupo. Bronzeado, inteligente e arrogante, parece ser o par perfeito para ela.

Troy deve ter me visto olhando para ela porque diz:

— Ouvi dizer que Stella é sua meia-irmã. — Ele pega um pedaço de lasanha vegetariana e engole. — Lamento.

Como é? Tinham divulgado um relatório sobre mim para a escola inteira? Parece que todo mundo sabe quem eu sou, de onde vim e como cheguei aqui. Neste instante, metade das pessoas que estão na lanchonete olha para mim enquanto tenta fingir que não olha. Sou um tipo de celebridade, mas não de um jeito legal.

Eles não têm coisa melhor sobre o que conversar?

— Sou o único assunto da escola? — pergunto.

— Basicamente — responde Nicole.

Dou de ombros. Ótimo.

— Então, acredite — digo para Troy —, Stella é o menor dos meus desafios.

— É, imagino que deva ser difícil ser jogada nesse mundo. — Os olhos dele, de um tom muito bonito de verde, com manchas douradas no centro da íris, transmitem simpatia. — Não se preocupe... Você vai sobreviver.

Ele é uma graça, e provavelmente por isso eu confesso:

— Talvez fosse mais fácil se eu tivesse descoberto sobre essa coisa de "deuses serem reais" antes de ter desembarcado em Serfopoula.

Troy fica abismado.

— Não contaram para você?

— Quê? — diz Nicole, revirando os olhos. — Até parece que você está surpreso. Você sabe como Petrolas é quando o assunto é segurança.

— Eu sei, mas... — Ele balança a cabeça, como se não estivesse acreditando.

Bem-vindo ao clube.

— Vamos apenas dizer que este tem sido um verão cheio de surpresas — digo.

— O que *exatamente* disseram a você? — pergunta Nicole.

— Basicamente que a escola foi fundada por Platão e transferida para este lugar há alguns séculos, e é protegida pelos deuses gregos. E, ah, que todos os alunos têm alguma relação com os deuses.

Ela bufa, e é visível como não está nada impressionada pelo pouco que sei.

— Contar histórias sem nenhuma informação útil ou verdadeira é algo bem típico de Petrolas.

— Como assim? — pergunto, tentando não deixar transparecer meu nervosismo.

Não tenho certeza se quero saber muito mais do que preciso.

— Usar qualquer poder que infrinja as regras da escola — começa Troy —, como trapacear, matar aulas ou alterar a memória de um professor, é proibido e dá um tempo enorme de detenção.

— E ninguém quer ficar na detenção do Petrolas — diz Nicole, num tom sério. — Faz com que os doze trabalhos de Hércules se pareçam com dever de casa do jardim de infância.

— Você deve saber, não é? — implica Troy. — Já esteve na detenção mais vezes do que qualquer outro aluno do nosso ano.

— Está se candidatando para pegar o meu lugar da próxima vez, Travatas?

Troy fica pálido.

— Na-não, quero dizer, eu só estava...

Nicole joga um salgadinho nele.

Eu dou um sorriso porque isso faz com que eu me lembre muito de Nola e Cesca no ringue. Por um momento, acho que estou de volta a Los Angeles com as minhas melhores amigas. Até que Nicole diz:

— E, independentemente do que você fizer, não vá ao último cubículo do banheiro feminino do segundo andar.

— Por quê? — pergunto, com medo da resposta. — Vai abrir um portal para um universo paralelo ou algo assim?

— Não — diz Nicole, com uma gargalhada. — Entope o tempo todo e faz com que a sala de física fique com cheiro de esgoto.

Troy me oferece um salgadinho e eu o jogo em Nicole.

— Não se preocupe — diz ele quando paramos de rir. — Nic e eu vamos lhe ensinar como as coisas funcionam por aqui. Você vai ser Ph.D. em relações sociais antes mesmo de termos terminado.

— Bom, pelo menos tente não usar seus novos conhecimentos da forma errada — completa ela. — O almoço é a oportunidade perfeita para ver as pequenas Górgonas em ação. Por onde vamos começar?

Ambos dão uma olhada pelo refeitório, procurando exemplos para me educar.

— Que tal por você? — sugiro. — Com quais, hum, deuses, você tem ligação?

Nicole aponta para Troy.

— Travatas é da quinta geração desde Asclépio.

— Quem é Ascópio? — pergunto.

— Asclépio — corrige Troy. — É o deus da cura.

— Legal.

— Tá. — Troy revira os olhos. — Estou louco para me unir à longa e milenar linhagem de médicos e enfermeiras.

Imagina a pressão. Acho que, no fim das contas, não deve ser tão maravilhoso assim.

Então me viro para Nicole, que está olhando ao redor novamente, e pergunto:

— E você?

— Aquela é a mesa de Atenas — informa ela. — São todos cabeçudos como Tyrovolas.

Troy se inclina para a frente e sussurra:

— Nerds.

Como se eu não pudesse perceber. Os óculos de armação grossa e os *protetores de bolso* já são pistas mais que suficientes, e eles estão agrupados ao redor da mesa brigando por causa de um jogo de baralho. As cartas brilham e se acendem a cada movimento. Tenho a impressão de que não são as cartas tradicionais do Pokémon.

— Aquelas garotas — diz Troy, me cutucando para me mostrar um bando de louras paradas próximas a uma porta — são as animadoras de torcida.

Esse cara pensa que vim de onde? Da Sibéria? O sul da Califórnia é a capital mundial das animadoras de torcida — bem, talvez fique atrás do Texas — e eu não tenho problema algum em identificá-las. Os uniformes azuis e brancos já entregavam. Mesmo usando roupas normais, os laços de fita no cabelo combinando marcam que aquele é o pelotão de animadoras.

Mas Troy é uma graça e não quero fazer inimigos logo no primeiro dia — Stella já é uma inimiga e tanto —, então me limito a perguntar:

— Quem são?

Troy franze o cenho, confuso, mas Nicole entende.

— Afrodites. — O tom de voz não disfarça sua repulsa e ela revira os olhos ao complementar: — Você pode até pensar que ela era a deusa dos esportes e não do amor.

— Os esportes estão sob a proteção de Ares — explica Troy.

Sigo o olhar dele até uma mesa no centro do refeitório. Enquanto observo, as animadoras de torcida se aproximam da mesa e ocupam alguns dos lugares vazios.

Uma delas, a mais loura, chega por trás de um menino. Ele está de costas para mim, então tudo o que consigo ver é seu cabelo preto e cacheado. Ele se levanta para abraçar a lourinha, encosta os lábios nos lábios dela e passa a mão em sua bunda.

Minha nossa!

Ao meu lado, Troy diz:

— Parece que Griffin e Adara estão juntos de novo. Por enquanto.

— Quem? — pergunto vagamente.

— Griffin Blake e Adara Spencer. Eles sempre voltam a namorar no verão — explica Nicole. — Mas nunca dura mais de uma semana na escola.

Griffin Blake. O nome passa pela minha mente como um raio delicado. Ele é um deus — tá, péssima escolha de adjetivo, mas mesmo com o rosto escondido atrás da animadora de torcida ele ainda é o espécime do sexo masculino mais bonito que já vi.

Depois de fantasiar por um instante sobre seu cabelo sedoso, consigo prestar atenção no resto, começando pela altura — todo o seu 1,80m. (Calma aí, é metro mesmo que eles usam na Grécia, né?) Talvez eu deva arredondar logo para dois metros. Alto, ombros largos, mas com o porte magro e saudável que só um corredor pode ter. O que imediatamente me chama atenção, é claro.

Há alguma coisa levemente familiar nele também.

Os cachos escuros do seu cabelo sobre a gola branca da blusa de *rugby* listrada em dois tons de azul que ele usa. Depois de beijar a lourinha, ele levanta a cabeça e se vira para rir de alguma coisa que alguém da mesa disse.

É ele! O menino da praia.

Aqueles lábios carnudos e macios se curvam no mais belo e sincero sorriso que já vi. Algo tão maior do que aquele meio sorriso que ele havia me dado de manhã. E eu sei, tenho absoluta certeza agora, que um dia quero que ele sorria para mim daquele jeito.

Então vejo uma menina à mesa — uma das menos louras — apontando um dedo na minha direção. O olhar de Griffin se vira para mim, ele vê claramente que eu o estou encarando e começa a gargalhar.

Ganhar aquele sorriso vai ser muito mais difícil do que pensei.

— De jeito nenhum.

— O quê? — pergunto e me viro para Nicole, vendo que ela está me observando.

— Acredite em mim — diz ela com o azedume já característico. — Você não quer ter nada a ver com Griffin Blake.

— Por que não?

— Porque Nic e Gri... — começa a explicar Troy.

— Não diga nada. — Nicole lança um olhar de advertência para Troy e depois se vira na minha direção novamente, seus olhos azuis brilhantes transmitem firmeza e seriedade. — Porque nenhuma garota deve deixar a Academia com a alma em frangalhos.

Sem dizer mais nada, ela olha para a comida no seu prato e volta a comer. Olho para Troy em busca de respostas, mas a atenção dele também está toda no prato.

O aviso de Nicole não faz o menor sentido. Claro, ele anda com animadoras de torcida e atletas — a combinação que normalmente dá origem aos idiotas —, mas quando nos vimos na praia mais cedo ele foi totalmente legal. Ele até me ajudou a voltar para casa a tempo de tomar banho antes da aula.

Nicole deve estar enganada.

Griffin Blake é um cara bacana.

— Bem-vindos à pista da Academia e ao treino do time de corrida — diz o treinador Zakinthos. — Alguns de vocês já conhecem os procedimentos, mas vou explicar para os alunos novos.

Posso estar imaginando coisas, mas tenho a impressão de que ele está falando somente comigo. Os outros parecem entediados com o discurso de boas-vindas do treinador.

Estamos sentados no campo de futebol, que fica no centro de um grande estádio de pedra do outro lado do campo e da casa de Damian. Parece uma miniatura perfeita do Coliseu, em Roma, com fileiras e mais fileiras de bancos de pedra. Já nos alongamos e fizemos alguns exercícios para nos aquecer, tipo pular corda e flexão, enquanto isso o treinador Z anda de um lado para o outro. A sua calça azul e branca de corrida faz um barulho a cada passo que ele dá.

Descontando o figurino, ele parece nunca ter visto o lado atlético de um evento esportivo. Aparentemente ser um semideus não garante perfeição física. Perto de ser um ancião — pelo menos mais de 50 anos —, ele tem uma barriga de cerveja de fazer inveja aos fanáticos por futebol americano. Uma corridinha leve se assemelha ao alongamento, imagina se corresse de verdade.

Talvez ele treine lançamento de disco.

— Cada um de vocês vai escolher até cinco modalidades e vai competir nas mesmas para conseguir um lugar no time. Os três finalistas de cada evento automaticamente garantem uma chance, mas a escalação final cabe ao treinador. Para corrida de longa distancia há apenas uma prova. Seis rapazes e seis moças se classificam. Alguma pergunta?

Ele olha diretamente para mim. Há pelo menos sessenta alunos sentados no campo, mas a pergunta é só para mim. Lanço um olhar de esguelha na direção de Griffin, que está sentado com um grupo lá atrás com Adara entre suas pernas e rodeados pela facção de Ares. Seus olhos azuis penetrantes estão focados em mim.

Começo a sorrir, mas assim que percebe que estou olhando, ele disfarça e desvia o olhar. Os garotos são tão esquisitos.

Não respondo nada, e o treinador Z dá uma olhada em sua prancheta.

— São 25 modalidades esportivas para vocês escolherem. Os arremessadores ficam aqui comigo. Quem salta deve procurar o treinador Andriakos. Corrida com barreiras é com o treinador Karatzas. Velocistas devem encontrar o treinador Vandoros no ponto de partida. Corredores de longas distâncias, o treinador Leonidas está esperando por vocês na entrada a caminho do túnel.

Ao meu redor, todos se levantam e seguem para seus respectivos treinadores. Sei que vou em direção ao túnel, mas espero um pouco para ver para onde Griffin vai.

Com os braços ao redor do pescoço dele, Adara lhe dá um beijo rápido antes de sair pulando com os demais velocistas. Ele se vira e começa a correr.

Em direção ao túnel.

Aimeudeus.

Sigo Griffin de perto, meu coração bate rápido. Desde o instante em que o vi na praia imaginei que ele fosse um corredor de longa distância, mas agora tenho certeza.

Pelo menos temos algo em comum.

— Srta. Castro — diz o treinador Leonidas enquanto sigo em direção ao túnel —, então é uma corredora de longa distância. — Ele sorri e esfrega as mãos. — Excelente. Fale sobre sua experiência.

Griffin está na minha frente e se vira para ouvir o que vou dizer.

— Bem — começo, tentando me manter focada e não pensar no maravilhoso pedaço de mau caminho me encarando com os olhos azuis mais lindos que já vi. — Pratico corrida ao ar livre e corrida de longa distância há três anos na minha antiga escola.

— Como você tem se saído? — pergunta Griffin.

Não consigo dizer se ele está implicando comigo ou só perguntando, então respondo:

— Ganhei o campeonato regional ocidental duas vezes.

— E o que houve no terceiro ano?

Agora posso afirmar que ele está brincando — só para impressionar os amigos antipáticos, é claro. Por que mais ele seria tão babaca se pela manhã tinha sido tão gentil?

Bem, ainda que eu deseje vê-lo sorrindo para mim um dia, com direito a uma ou duas gargalhadas, na verdade, não quero que ele ria *de* mim. É uma linha tênue.

— No primeiro ano cheguei em segundo lugar.

Pela sua expressão, parece que ele vai dizer alguma coisa, mas o treinador Leonidas interrompe:

— Maravilha — diz o treinador. — Tenho certeza que você vai contribuir muito para o time.

— Obrigada, treinador Leo...

Certo, o treinador Z disse o nome dele, mas eu não me lembro da pronúncia correta. Tudo neste país faz a língua enrolar.

— Pode me chamar de Lenny — diz. — Todos me chamam assim.

— Obrigada — repito. — Treinador Lenny.

— Agora que terminamos com as gracinhas — diz ele —, vamos correr.

Todos comemoram — ainda animados pelo primeiro dia da temporada.

Eu comemoro também. Depois de todo constrangimento e humilhação que enfrentei hoje, estou pronta para mostrar a todos o que eu realmente sei fazer.

— Vamos começar com um aquecimento leve antes da corrida classificatória. — O treinador Lenny parece feliz, como se adorasse correr e achasse que tem muita sorte por ganhar a vida fazendo aquilo. — Podem me seguir.

Ele se vira e segue na direção do túnel, à luz do entardecer.

O treinador realmente parece um atleta. Não há sinal de barriga ou coisa que o valha em sua estrutura esbelta — e ele não está encolhendo, porque a camiseta branca e os shorts azuis justos não deixam muito espaço para a imaginação. Ele acerta o ritmo; os vinte alunos que escolheram o túnel seguem atrás dele. É uma corrida leve que não faz ninguém suar por enquanto. Eu me concentro em seus tênis, seus passos, seguindo mentalmente o ritmo e deixando que meu corpo mergulhe no compasso.

O ritmo estável se adapta ao meu batimento cardíaco.

Percebo que a marcha está aumentando sutilmente. À medida que ganhamos velocidade, continuo mantendo a concentração no tênis do treinador Lenny, sem deixar que ele fique mais do que uns poucos metros à minha frente.

Eu me deixo levar pela corrida.

Mal percebo o que acontece ao meu redor, então me surpreendo quando o treinador olha sobre seu ombro e avisa:

— Daremos mais duas voltas no estádio antes de seguirmos para o percurso.

Estou no meio do grupo e satisfeita porque o aquecimento segurou o meu ritmo. Não quero me desgastar antes da classificação.

Amo tudo relacionado à corrida: o contato do tênis batendo no chão, a adrenalina e a endorfina pulsando no sistema circulatório, o algodão da minha camisa que diz A DOR É A FRAQUEZA DEIXANDO O CORPO em atrito com a minha pele a cada passo. Se eu pudesse correr sem bater em uma árvore ou cair numa trincheira, fecharia os olhos para simplesmente... sentir.

Quando corro, sei que estou viva.

Todo o resto aguarda.

Passo, passo, passo, respira. Passo, passo, passo, respira.

Este padrão é o meu conforto.

Nada mais do que aconteceu hoje importa. A loucura que cercou minha vida se esvai. Na minha cabeça, estou em casa — correndo na praia com meu pai, ele grita me encorajando, pedindo que eu me esforce. Nada de deuses, meia-irmã malvada ou meninos que embaralham meus pensamentos. Só sei que estou correndo e me sinto perfeita.

— Vamos parar aqui — avisa o treinador Lenny, nos mandando parar em uma clareira com um caminho de terra macia que levava para uma floresta de pinheiros. — Podem começar a andar. Deixem que o batimento cardíaco volte ao normal. Bebam um gole de água.

Ele aponta uma fonte próxima ao início da trilha. Espero todos beberem antes de fazer o mesmo.

Alguém dá um tapinha no meu ombro justamente quando estou tomando um grande gole de água.

Tossindo, me viro e vejo Troy parado logo atrás de mim, com um sorriso enorme no rosto.

— Ei — digo, tentando limpar a água que escorre pelo meu queixo. — O que você está fazendo aqui?

— Achei que você pudesse precisar de um amuleto.

Ele estende a mão, mantendo o punho fechado, e não consigo ver o que há lá dentro. Estendo a minha mão abaixo da dele. Troy gira o pulso, relaxa os dedos e sinto alguma coisa cair na palma da minha mão.

— Uma pena?

— É — diz ele, enrubescendo um pouquinho. Suas bochechas ficam lindas com aquele tom de rosa. — Para ajudar você a voar mais rápido.

— Obrigada — digo, enrubescendo também. — Isto foi legal.

— Vai correr hoje, Travatas? — pergunta o treinador Lenny.

— Não — responde ele. — Só vim dizer um oi.

— Se ficar, tem que correr.

Troy se vira para mim, parecendo em pânico.

— Tenho que correr. Quero dizer, tenho que ir. — Nervoso, ele olha de relance para o treinador. — Vejo você amanhã.

Antes que eu possa dizer "até amanhã", ele sumiu.

Não tenho tempo de rir da saída apressada de Troy. O treinador apita e nos chama para o ponto de partida.

— Vou orientar o percurso — diz. — E estarei esperando aqui mesmo quando vocês terminarem o circuito. Sigam o caminho das bandeiras brancas.

Mostrando o cronômetro, ele se vira na direção do percurso, sopra o apito e dá início à corrida. Minha pulsação se acelera com o som, sabendo que é agora que preciso mostrar o meu valor.

Monitorando minha marcha, me mantenho no meio da multidão. Sempre fui boa na finalização, e é melhor economizar energia para o último quilômetro do que queimar tudo na largada. Dois alunos disparam na frente e sei que estarão sem forças na metade da corrida.

Mantenho o ritmo, como meu pai me ensinou.

Passo, passo, passo, respira. Passo, passo, passo...

— Por que se preocupa em tentar?

A pergunta de Griffin — que está ao meu lado — me dá um susto e tropeço em meu próprio tênis, mas consigo continuar de pé e seguindo em frente. Demoro vários passos para retomar o ritmo.

— O que quer dizer?

Arrisco olhar para ele de relance.

Seus olhos azuis estão grudados na pista e os lábios retorcidos em uma careta.

— Você nunca se classificará — diz ele. — É uma *nothos*. Não vai conseguir.

Quem ele pensa que é para me dizer o que posso e o que não posso fazer? Ele não me conhece. Bonitinho ou não, eu posso ultrapassá-lo.

— Estou no mesmo ritmo que você — devolvo.

— Só porque estou deixando.

A expressão de Griffin não muda e ele não tira os olhos da pista, mas percebo que está rindo de mim. Eu realmente não suporto quando riem de mim.

Sinto uma onda de energia — adrenalina — e acerto meu ritmo.

— Quando a corrida terminar — digo, usando todo o meu sarcasmo —, você pode me contar como é a sensação de perder para uma *nothos*.

Acerto em cheio. A raiva dele não fica evidente em seu rosto, mas seus punhos se fecham e seus movimentos parecem tensos.

— Isso — diz ele, entre dentes — não vai acontecer nunca.

Onde foi parar o sujeito gentil que conheci na praia? Este aí está muito mais para o cara sobre o qual Nicole me alertou.

— Você foi possuído por Fúrias depois que nos encontramos pela manhã? Ou eu só peguei você desprevenido antes de ter tomado seu suco para babacas?

— De manhã — devolve ele — eu não sabia quem você era.

— Ah — digo —, então só é gentil com estranhos. Agora que nos conhecemos você precisa ser grosso. Entendi.

— Se eu estivesse sendo grosso — diz ele, o tom de voz frio e implacável —, você saberia. Só estou me distraindo para passar o tempo. Daqui a cerca de um quilômetro, você vai engolir minha poeira.

Bem, não fui campeã da regional ocidental — duas vezes — sem aprender a ignorar esses joguinhos mentais. Corrida ao ar livre tem muita conversa fiada, mas só funciona se você se deixar levar.

— Tanto faz — digo, dando de ombros. — Veremos na linha de chegada.

Olhando à frente, percebo que nos afastamos um pouco do grupo principal. Não posso permitir que ele me desvie da corrida. Conto até três antes de acelerar o passo novamente. Já consigo sentir que a diferença diminui.

— Nunca — diz Griffin enquanto ganha velocidade — se meta com um descendente de Ares, *nothos*.

Então, antes que eu pudesse responder, um lampejo atinge meus pés e quando dou por mim estou caída na estrada de terra.

Griffin e os demais corredores desaparecem em uma curva na pista e uma nuvem de poeira é tudo o que me resta. Ficando de pé, olho para baixo e vejo meus cadarços desamarrados ou, melhor, desamarrados e amarrados novamente.

Tirando o tênis em vez de me incomodar em desfazer o nó sobrenatural — que provavelmente é impossível de ser desfeito —, eu me viro e inicio o longo caminho de volta até o ponto de partida.

Capítulo 4

QUANDO O TREINADOR Lenny cruza a linha de chegada, ainda estou sentada no chão tentando sem nenhum sucesso desamarrar o nó do meu tênis. Mesmo depois de passar meia hora tentando desfazê-lo, o nó não se moveu um milímetro. Ou eu corto os cadarços ou compro um par novo de Nike.

— O que aconteceu? — pergunta ele, diminuindo o ritmo e parando ao lado dos meus pés descalços.

Dou de ombros.

— Tropecei.

— Tropeçou? — pergunta ele, com a respiração entrecortada. Ele começa a andar em círculos ao meu redor. — Então você simplesmente desistiu?

— O que você queria que eu fizesse? — grito sem esperança, jogando os tênis unidos na direção do bosque. — Sou apenas uma simples mortal, não tenho relação alguma com nenhum deus. Não consigo acompanhar.

Ainda que eu conseguisse ninguém me deixaria fazer parte disto aqui. Com exceção de minha mãe — e talvez de Damian —, ninguém quer que eu fique nesta ilha idiota. Eu gostaria de poder ir para casa. Só que nem tenho uma casa para onde ir. A essa altura, passar um ano com Yia Yia Minta — com seu cheiro de queijo de cabra, e seus hábitos de fumar feito chaminé e de cuspir em tudo para dar boa sorte — seria uma bênção.

O treinador Lenny se agacha na minha frente. Olha nos meus olhos como se tentasse enxergar o que havia no meu cérebro. Ops, ele é descendente de deuses. Talvez ele consiga.

O som de passos e de pessoas ofegando que vem da pista indica que o primeiro grupo de corredores está se aproximando. Griffin, é claro, está na liderança. Fico pensando se ele trapaceou com todos os outros também.

O olhar do treinador Lenny se desvia do meu rosto e segue na direção de Griffin, depois volta para mim. Seus lábios formam uma linha fina. Posso ver os músculos do maxilar dele trincando.

— Ele usou poderes em você? — Ele enuncia cada palavra com muito cuidado. Parece muito zangado.

Griffin, andando próximo da linha de chegada com as mãos nos quadris, me olha com uma expressão que lembra um cachorrinho que foi pego fazendo xixi no tapete. Nicole e Troy me explicaram que a coisa toda com os poderes é supercontrolada, e que usá-los em outra pessoa é super hiper proibido. Tipo quando Stella rasgou minha mochila.

Posso apostar que sabotar minha corrida equivale a mais de uma semana de detenção.

O destino dele está em minhas mãos.

Eu sorrio para Griffin, satisfeitíssima em ver suas orelhas ficando vermelhas. Não sei dizer se ele se sente constrangido por ter sido um babaca ou se está com medo que eu o entregue, mas gosto igualmente das duas opções.

Ou eu o entrego e me vingo por ele ter sido tão idiota ou o acoberto e ele fica me devendo uma. Em grande estilo.

— Ah, não — digo com um riso forçado, amplo e inocente, piscando dramaticamente para impressionar —, Griffin nunca faria algo tão errado, faria?

Não tenho muita certeza de por que não gritei ao dizer isso. Talvez eu realmente goste da ideia de ter algum crédito com ele. Ou talvez eu ache que a coisa toda não vale tanto aborrecimento. Ou talvez — e essa é uma possibilidade assustadora depois do que ele fez comigo — eu ainda queira que ele goste de mim.

Pelo menos o "ele" que conheci de manhã, na praia.

O "ele" que Griffin mostrou nesta tarde pode sumir.

Griffin suspira alto o bastante para que eu pudesse ouvir, como se estivesse extremamente aliviado por eu não tê-lo entregado.

Outros corredores cruzam a linha de chegada. Griffin os cumprimenta e em seguida todos dão tapinhas em suas costas por ter chegado em primeiro lugar. Eles provavelmente acham que as bochechas e orelhas dele estão vermelhas pelo esforço da corrida, mas eu sei que está constrangido. Ele sabe que foi uma vitória injusta.

O treinador Lenny me olha desconfiado. Eu minto muito mal, e ele provavelmente sabe que estou acobertando Griffin. Mas aparentemente decide deixar passar essa e sai andando.

Só agora me dou conta de que terei que andar por todo o caminho de volta para a casa de Damian — passando pelo campus e pela encosta cheia de pedregulhos — só de meias.

Olho para Griffin de relance, ele está inclinado sobre a fonte exibindo aquela bunda gracinha — quero dizer, seu traseiro podre. Bem, não vou atravessar um bosque à procura do meu tênis usando meias porque foi culpa dele eu ter jogado o tênis lá.

Ficando de pé, vou pisando duro — dando o melhor de mim ao fazer isso, pois estou usando só meias — até o ponto de largada e dou um tapinha no ombro de Griffin.

— Devolva meu tênis — exijo.

Ele se ajeita rapidamente e olha para trás, como se estivesse impressionado por eu ter tido coragem de falar com ele.

— Como é que é? — pergunta ele, como se *eu* estivesse sendo grossa.

E de repente eu não consigo me lembrar direito do que havia pedido, porque seus lábios estão tão brilhosos e úmidos da água da fonte.

— Ei, humm... — E me esforço para engolir, esperando que aquilo aliviasse meu cérebro. — Tênis. Eles estão... no bosque.

Aceno para trás, apontando mais ou menos a direção onde meus sapatos foram parar. Então, enquanto meus olhos estão grudados nos lábios de Griffin, a língua dele aparece para pegar uma última gota de água no canto da boca. Eu meio que estremeço e penso que é uma grande demonstração de força de vontade eu não ter choramingado quando disse aquilo.

Os lábios dele ficam tortos de um lado, formando aquele sorrisinho arrogante.

Como se ele soubesse exatamente o que eu estava pensando.

E aquilo me tira do transe.

Desvio o olhar dos lábios dele e foco em seus olhos — aqueles olhos azuis, hipnóticos...

— Meu tênis — digo da maneira mais enfática que consigo. — Eu joguei no bosque. Pegue de volta.

— Por que você jogou seu tê...

— Porque não consegui desfazer o nó. Aliás, muito obrigada por isso.

— Ah — balbucia ele, com uma expressão ameaçadora no rosto. Como se não soubesse que eu não poderia desfazer aquele nó sobrenatural.

Então, antes que eu conseguisse piscar, ele faz um gesto na direção do bosque e meu par de tênis aparece ali, bem na minha frente. O nó nos cadarços sumiu, e eles estão amarrados com laços perfeitos. Griffin os oferece para mim e, assim que os pego, ele vira as costas e vai embora.

Eu fico olhando, confusa.

Sinto que deixei de entender alguma coisa, de novo. Como se eu devesse agradecê-lo por ter desfeito a porcaria que ele mesmo fez. Como se ele estivesse me afastando e tentando se aproximar ao mesmo tempo.

E eu achava que as garotas é que deveriam ser complicadas.

Eu me forço a esquecer Griffin e suas contradições, então calço meu tênis e sigo para casa. Não há motivo para ficar por ali para ouvir que não consegui entrar para o time. Ótimo! Adeus, USC. A única coisa com a qual eu contava para conseguir sobreviver naquela ilha. Adeus minha vida até o final do ano — e além.

— Espere um instante, Castro — grita o treinador Lenny. — Vamos nos reunir no vestiário para anunciar a escalação do time.

É, tô sabendo. Ele acha que gosto de ser humilhada? Eu nem mesmo terminei a corrida — não que isso tivesse sido culpa minha ou algo assim, mas desistir é desistir. Tudo bem. Já que preciso passar na escola para pegar o material do dever de casa, talvez eu possa ouvir o que ele tem a dizer. Como Griffin chegou em primeiro, tenho certeza de que ele fará parte do time, mas talvez eu tenha o prazer de ver Adara não ser escalada.

O barulho no vestiário é ensurdecedor, com todos falando ao mesmo tempo. Os treinadores estão trancados no escritório do treinador Z, decidindo o que vão dizer ou algo do tipo.

Mesmo com sessenta alunos ao meu redor, me sinto completamente sozinha.

Ninguém fala comigo, mas muitos deles estão falando *de* mim. E olhando para mim. E apontando para mim. E rindo de mim.

Em vez de ficar lá suportando, vou buscar água na fonte. Dou um gole demorado, com vontade. Acho que nunca tomei tanta água de uma vez — a não ser quando corri a maratona de Death Valley. E me afogar é definitivamente mais atraente do que ficar lá sentada enquanto todos me observam como se eu fosse um cachorro falante.

Quando não consigo mais beber água, dou uma olhada no corredor e seco os lábios. Vejo uma vitrine logo adiante e imagino o que há naquela. Outras medalhas olímpicas? Outros artefatos da primeira maratona?

Não, simplesmente uma colagem de fotos do time de corrida do ano anterior.

Um grupo de meninos de shorts azuis de corrida virando um *cooler* cheio de gelo na cabeça do treinador Lenny. Um grupo de meninas posando ao redor do treinador Z. Adara e Griffin se beijando na linha de chegada.

Quero morrer.

É o bastante para mim. Não vou ficar parada esperando ouvir o quanto me saí mal e que nunca mais deveria correr de novo e...

— Ela nem mesmo terminou a corrida — diz uma voz masculina grave.

Quando olho em volta, não vejo ninguém por perto.

— Porque Blake usou seus poderes nela — diz uma voz parecida com a do treinador Lenny.

As vozes vêm de uma porta entreaberta. É errado, é bisbilhotice e essas coisas todas, mas, na ponta dos pés, me aproximo da porta para ouvir melhor. Estão falando de mim, afinal. Acho que tenho direito de ouvir.

— Se ele fez isso — diz a primeira voz, e acho que é o treinador Z —, então teremos que impedi-lo de usar seus poderes.

— Eu não posso provar — responde o treinador Lenny, parecendo desesperado. — Ela não iria admitir que ele os usou. Está protegendo-o.

Eu sabia que ele não tinha acreditado em mim.

— Mas isso não muda um fato: ela não completou a corrida. Como poderemos saber do que ela é capaz em uma competição...

— Droga, ela conseguiu me acompanhar durante o aquecimento!

Uau, o treinador Lenny parece muito aborrecido mesmo. Talvez não lhe agrade a ideia de uma garota normal correndo tão rápido quanto ele. Cara esses descendentes são um bando de egoístas compulsivos.

— Eu queria manter um ritmo mais lento — explica o treinador Lenny —, então não exigi muito dela. Mas ela manteve o ritmo. Depois forcei mais um pouco. E ela conseguiu me acompanhar. No fim, eu estava praticamente dando o meu máximo e ainda assim ela acompanhou. Mal se notava que estava ofegante quando paramos. A menina tem um grande talento, independentemente de ter poderes ou não.

Opa. Ele parecia impressionado de verdade.

— Verdade?

Ambos soavam impressionados.

— Petrolas disse que ela poderia nos surpreender, mas não tenho tanta certeza, Lenny — diz o treinador Z. — Ainda não sabemos como ela vai se sair sob a pressão de competir.

Quase revelei que estava por perto para gritar: *Eu vivo para competir!* Mas não acredito que me intrometer nessa conversa poderia me favorecer.

— Z, se você não está convencido, então dê a ela uma vaga para treinar no time. Deixemos que ela nos mostre do que realmente é capaz em uma corrida sem que ninguém enfeitice seus cadarços.

Há um longo e doloroso silêncio. Consigo ver o treinador Z sentado, pensando, acariciando sua grande barriga enquanto decide se sou ou não digna de uma chance.

Prendo a respiração. Se ele não responder logo, provavelmente desmaiarei e só depois me encontrarão caída do lado de fora da porta.

— Certo — diz ele finalmente, e inspiro um pouco de oxigênio. — Ela pode treinar com o time e correr em nosso primeiro encontro. Mas se não conseguir chegar entre os três primeiros, está fora. Parece justo?

Justo? Totalmente! Porque embora todos os outros tenham poderes divinos, eu não termino uma corrida abaixo do segundo lugar desde... bom, sempre.

— Ótimo — concorda o treinador Lenny, satisfeito. — Vamos revelar quem está no time.

Eu me viro e saio correndo como uma louca até chegar ao vestiário. Quando encontro um lugar atrás e no canto, os treinadores chegam. Preciso me esforçar para não deixar um sorrisinho no rosto. Do outro lado do vestiário, Adara olha na minha direção, e eu nem mesmo consigo esboçar uma careta.

— Pessoal, preciso da atenção de vocês, por favor. — O treinador Z bate a prancheta na perna enquanto todos param de falar e o observam. — Esta é a lista do time...

À medida que ele lê os nomes de acordo com as respectivas categorias, dou uma olhada no treinador Lenny. Ele me observa com um sorriso orgulhoso no rosto. Devolvo um sorriso radiante para ele. Não posso evitar, ainda que entregue meu ato de bisbilhotice.

Ele sorri de volta. Em seguida põe as mãos em forma de concha sobre um dos ouvidos, como alguém escutando atrás da porta, e pisca para mim.

Dou uma risada bem alta. Cara, não dá para esconder nada nesta escola.

— Como foi seu primeiro dia? — pergunta minha mãe quanto entro voando em casa e deixo minha mochila cair no chão com um estrondo.

Ela está sentada na mesa de jantar com várias revistas espalhadas à sua frente. São revistas de casamento. Ela tem meses para planejar, então não entendo por que está tão obsessiva.

— Longo — respondo antes de seguir para a cozinha para o meu tradicional lanchinho pós-exercício: Gatorade e barrinha de cereal.

Só que aqui não tem nem uma coisa nem outra.

— Ah, me esqueci de te avisar — diz minha mãe. — Hesper vai ao mercado em Serifos uma vez por semana. Ela vai comprar o que você precisa na sexta-feira.

Fecho meus olhos e penso: qual será a próxima coisa que ela vai se esquecer de me contar? Primeiro, a coisa toda com os imortais. Agora, o supermercado semanal. Talvez eu acabe descobrindo que Alexandre, o Grande, vai ressuscitar e trará seu exército para jantar aqui.

— Tanto faz.

Bato a porta da geladeira e sigo de volta para a sala de estar para pegar minha mochila. Nesse momento, preciso fugir da realidade. Queria muito que a porta do meu quarto tivesse fechadura.

— Como foram as aulas? — pergunta ela. — Gostou dos professores?

— Sim.

— E os alunos? Você fez amigos?

— Alguns.

— Eles são descendentes de quais deuses? — O tom de voz dela muda para aquele tom de analista profissional. — Damian tentou me explicar a dinâmica social da escola, mas quero ouvir o que você...

— Pode parar com isso, tá? Tenho um monte de dever de casa para fazer.

Minha vontade é sair pisando duro em direção ao meu quarto, mas a sede fala mais alto. Largo a mochila mais uma vez e vou buscar um copo d'água — na torneira. É muito querer água mineral?

— Querida, sei que é muita coisa para enfrentar ao mesmo tempo.

— Estou bem. Não tem Gatorade. Vou desidratar como uma pessoa normal, tudo bem.

Ela parece magoada, mas era exatamente isso que eu queria. Tudo nesta situação é bom para ela e uma droga para mim.

— Você acha... — começa minha mãe, mas logo se interrompe.

Coloco a mochila no ombro novamente e vou para o quarto. Posso sentir minha mãe me seguindo, mas fico feliz em ignorá-la. Depois que abro a mochila, vou colocando os imensos livros sobre a cama. Acho que tenho mais deveres para fazer esta noite do que durante meus três anos em Pacific Park.

— Damian me disse que os testes de corrida aconteceram hoje — diz ela da porta. — Como foi?

Dou de ombros.

— Vou fazer parte do time.

— Isso é maravilhoso. Nunca duvidei de que você conseguisse. — Ela fica muda.

— Olha, mãe — digo, levando meu livro de álgebra II até a mesa e depois largando-o sobre o tampo macio de madeira. — Tenho muito dever para fazer, então...

— Ah. — Ela olha ao redor e vê todos os livros sobre a cama. — Claro. Vou deixá-la sozinha para que possa começar o trabalho. Aviso quando o jantar estiver pronto.

— Tá — digo. — E em seguida, porque me sinto um pouco culpada por ter sido tão cruel, acrescento: — Obrigada.

Depois de uma hora e trinta equações com raiz quadrada, meus olhos estão embaçados de tanto olhar para os números. Acho que mesmo dormindo consigo descobrir o valor de *x* agora. A casa está estranhamente silenciosa — o monstro Stella deve ter saído e não ouvi Damian chegar. Também não ouvi minha mãe.

Saindo do quarto para buscar um copo d'água, vejo minha mãe ainda cercada pelas revistas na mesa de jantar.

— Oi, Phoebola. — Ela sorri quando me aproximo.

— Oi. — Sorrio também.

De alguma forma, isso me faz lembrar de como costumávamos ser. Talvez porque não haja mais ninguém em casa, mas sinto como se estivéssemos em Los Angeles de novo, rindo e conversando sobre moda.

Estimulada pelo sentimentalismo, deslizo até a cadeira ao lado dela.

— O que está vendo?

Ela resmunga.

— Vestidos de damas de honra. Há tantos modelos e cores para escolher que nem mesmo sei por onde começar.

— Bem — digo, analisando as imagens na frente dela, com modelos magérrimas e vestidos de cores vivas —, talvez você devesse primeiro escolher as cores do casamento. Depois é só decidir o estilo.

— Que ideia maravilhosa. — Ela puxa alguns papéis com amostras de cores grampeadas neles. — Aqui são algumas das cores que separei. O que você acha?

Ela me lança um olhar sério. Sei que se olharmos sob uma perspectiva mais ampla, escolher as cores de um casamento não é lá uma grande responsabilidade, mas só porque minha mãe perguntou minha opinião com seriedade eu me sinto realmente importante.

Acho que ela tem praticamente todas as cores do mundo nessas amostras, mas estão agrupadas em paletas coordenadas que combinam entre si. Uma delas tem um tom horrível de verde-oliva que não ficaria bonito em ninguém — nem mesmo em Adara. Descarto essa paleta. Algumas têm tons de laranja e amarelo que lembram mais Halloween do que casamento. Descarto essas também. Sobram duas opções: uma que tem três tons de cor-de-rosa que você nunca veria minha mãe usando e um com três tons de azul e um verde quase turquesa.

— Este — digo, apontando para a paleta azul e verde. — Todos ficam bem de azul-claro. E tem a ver com o cenário mediterrâneo.

Minha mãe analisa as cores, como se estivesse vendo o casamento e pincelando detalhes de verde e azul por todo canto.

— Eu gosto — diz mamãe, sorrindo e se animando com a escolha. — E azul e branco são as cores da Grécia. Parece adequado, já que em breve serei cidadã grega.

— O quê? — Fico de queixo caído e olho para ela. — Você vai ser grega?

— É claro — diz ela com um sorriso mole no rosto. — Damian não pode deixar a Academia. Seu trabalho e sua vida estão aqui. E aqui ele está protegido. Nos Estados Unidos, ele sempre estaria vulnerável e poderia ser descoberto.

— Mas você não pode simplesmente deixar de ser americana — insisto.

Certo, meu problema não é que ela queira renunciar à cidadania americana. Se ela se tornar cidadã grega, vai fazer com que tudo seja muito mais real. Como se ela não pudesse voltar atrás. Como se eu não pudesse voltar atrás.

— E eu? — pergunto.

— Damian e eu nos amamos. Vamos construir uma vida juntos e isso só será possível aqui. — Ela pega as paletas de cores que foram descartadas e as joga num cesto de lixo na cozinha. — Isso não significa que você não é uma grande parte da minha vida, mesmo que decida voltar para os Estados Unidos. Você é minha filha. Meu amor. Meu mundo. Isso nunca vai mudar. Mas não acha que eu mereço um pouco de felicidade depois de tantos anos?

Nós éramos felizes. Na Califórnia.

Minha mãe tinha um emprego e tinha a tia Megan e Yia Yia Minta.

Eu tinha Nola e Cesca e um time de atletismo e vários amigos.

Tudo era ótimo. Então por que tivemos que nos mudar para o outro lado do mundo só por causa de um cara?

— Além do mais — diz ela, o tom de voz ávido —, gosto da Grécia. Eu me sinto mais perto do seu pai estando na terra natal dele.

— Terra natal? — pergunto, impressionada. — Papai era de Detroit. Motown é sua terra natal.

— A família dele é grega. No fundo, ele sempre foi grego.

— Isso é esquisito. — Eu me levanto e começo a andar. — Você se casa com esse sujeito novo e se muda para a Grécia para se sentir mais próxima do seu falecido marido?

Ela engasga quando digo aquilo. Sei que foi muito agressivo, mas é a verdade.

— Phoebe — começa ela, e sei que está falando sério porque usa meu nome verdadeiro —, o que seu pai e eu tínhamos era muito especial. Nada, nem a morte dele ou o meu novo casamento, será capaz de mudar isso. E Damian entende.

Bem, eu não entendo. Minha mãe pode pensar que tudo bem arranjar outro marido, mas eu não preciso de um novo pai. E estar na Grécia nunca fará com que eu me sinta mais próxima dele.

Certo, é verdade que tenho pensado mais em meu pai desde que chegamos a Serfopoula, mas isso é por causa da coisa toda de ter um padrasto. Minha mãe deve estar passando pela coisa toda de ter um novo marido. É um tipo de culpa ou algo assim, porque ela se sente mal por casar de novo. Esse é o seu fardo.

Meu pai era perfeito, mas ele se foi. Não posso tê-lo de volta e não quero substituí-lo.

— Tá. — Entro na cozinha limpando as lágrimas que não quero que minha mãe veja e coloco mais água no copo. — Você fica aqui e vira grega. Eu mando um cartão-postal da USC quando me formar.

Batendo a porta com satisfação, fico no quarto e me jogo na cama. Consigo imaginar minha mãe me vendo sair como um furacão, dando de ombros para o meu comportamento infantil e voltando a planejar seu casamento.

É como se eu não tivesse mais importância alguma.

Rolando para a beira da cama, alcanço a mesa para pegar o livro de física II. Se for como tudo o mais nesta escola, meu oitavo dever de casa deverá se transformar em uma grande dissertação científica.

Quando minha mãe bate na porta para me chamar para jantar, eu a ignoro. A última coisa que quero é enfrentar outra refeição com olhares apaixonados e pepinos-do-mar — ainda que Stella esteja sem seus poderes, não duvido que ela possa colocar algo realmente vivo no meu prato dessa vez. Além do mais, ainda tenho metade de um livro para ler para a Srta. T.

Minha porta se abre.

— Phoebe, o jantar está...

— Mãe! — grito, dando um salto da cama. — Você não pode simplesmente ir entrando no meu quarto. Não tenho privacidade?

— Desculpe. Como você não respondeu, eu...

— Olha, não quero jantar. Não estou com fome. — Na verdade, estou faminta, mas preferia sentir fome até o almoço do dia seguinte a ter de encarar um jantar *em família*. — Tenho muito dever de casa, então só me deixe sozinha.

A mágoa em seus olhos verdes fez meu coração apertar. Entretanto, não o suficiente para eu retirar o que tinha dito.

Estou surpresa por não presenciar um ataque de fúria em resposta.

— Tudo bem — diz ela, suavemente. — Entendo sua necessidade de se distanciar. Vou pedir a Hesper que deixe um prato pronto para você na geladeira.

Dou de ombros como se não estivesse interessada. Como se eu já não estivesse armando uma forma de escapar para comer o que tiver naquele prato assim que todos estivessem na cama.

— Tanto faz.

Seu sorriso triste revela que ela já sabe o que pretendo fazer.

Sem nenhuma outra palavra, ela se vira e sai.

Com *A revolução dos bichos* nas mãos, caio na cama.

Todos os animais são iguais, mas alguns animais são mais iguais do que outros.

Parece a minha vida.

Talvez esse livro não seja tão ruim, no fim das contas.

Depois de duas horas e 47 páginas, ainda faltam vinte páginas para eu terminar o dever de casa.

Não consigo continuar *A revolução dos bichos* antes de parar um pouco para descansar, então vou para o escritório de Damian ver meus e-mails. Ele está lá, debruçado sobre um monte de papéis. É uma pilha bem grande e me pergunto se ele precisa verificar tudo aquilo esta noite.

Ele realmente parece ocupado o tempo todo.

Não tenho certeza se devo interromper, então fico rondando a porta. Ele levanta o olhar e sorri.

— Boa noite, Phoebe. — Ele afasta a papelada e sorri na minha direção. — Como está se saindo com os deveres de casa?

— Tudo pronto — digo, animada.

Certo, ainda preciso ler vinte páginas de *A revolução dos bichos* e escolher um quadro do livro de história da arte para estudar ao longo do semestre, mas todo o resto está pronto.

— Não consigo ler mentes tanto quanto consigo ler emoções — diz ele. — Posso sentir sua culpa por estar mentindo para mim.

— Eu não estou mentin...

— Você está mascarando a verdade. — Ele me lança um olhar de reprovação típico de um diretor.

— Tá — confesso. — Estou *quase* acabando.

Ele aponta para a cadeira em frente à mesa.

— Por favor, sente-se.

Fico nervosa com o tom de "discussão" que há em sua voz, então afundo na cadeira, desanimada. Estou prestes a ouvir um sermão, sei disso.

— Não se preocupe — diz ele, lendo meus pensamentos (ou emoções ou sei lá) mais uma vez. — Sei que esta é uma transição difícil para você. São muitas mudanças ao mesmo tempo. Independentemente da sua opinião sobre o meu relacionamento com a sua mãe, gostaria que confiasse em mim. Não importa o tipo de problema que estiver enfrentando, você pode conversar comigo que vou aconselhá-la da melhor forma que conseguir. E será totalmente confidencial.

Concordo com a cabeça, sabendo que é muito gentil da parte dele. Ainda assim, há uma parte em mim que não vai simplesmente se abrir e aceitar a ajuda. Não deixo isso evidente, claro. Mas é bom saber que está ali. Se eu precisar.

— Você precisa saber — continua ele, pegando a pilha de papéis de novo para trabalhar — que a Srta. Tyrovolas normalmente aplica um teste detalhado sobre as leituras que pede para que façam em casa.

— Ah. — Legal. Informação privilegiada. Estou começando a entender por que ter Damian como um aliado pode ser útil. — Vou apenas checar meu e-mail rapidinho.

Ele assente e continua lendo seus papéis.

Ansiosa para ver se Cesca e Nola me mandaram alguma mensagem para depois poder terminar *A revolução dos bichos*, pulo na cadeira em frente ao computador e faço o login na minha conta de e-mail.

Tenho duas mensagens.

Para: phoebeperdida@academia.gr
De: treinadorlenny@academia.gr
Assunto: Encontro sobre treinos

Phoebe, como você deve ter ouvido por aí, sua vaga no time depende da sua colocação no primeiro treino. Será em três semanas. Passe na minha sala depois da aula para conversarmos sobre sua agenda de treinos.
Treinador Lenny

Mando uma resposta para ele, dizendo que estarei em sua sala assim que sair da aula de filosofia. Em seguida salvo a mensagem do treinador na pasta Corrida e vou ler a segunda mensagem. E ela não é da Califórnia.

Para: phoebeperdida@academia.gr
De: gblake@academia.gr
Assunto: (sem assunto)

Entrar no time foi a parte fácil.
G

Com os dentes trincados, aperto o botão de apagar. E aquela mensagem desaparece... mas aparece outra em seu lugar. Aperto o botão para deletar novamente. Outra mensagem aparece. Desaparece. Aparece. Desaparece. Aparece, aparece, aparece. Desaparece, desaparece, desapa...

Para: phoebeperdida@academia.gr
De: gblake@academia.gr
Assunto: (sem assunto)

Você não pode se livrar de mim apertando um botão.
Lembre-se de quem tem poderes aqui.

— Filho da...
— Algum problema? — Damian levanta o olhar dos papéis.
— Hum, não — murmuro.

Para: gblake@academia.gr
De: phoebeperdida@academia.gr
Assunto: Equilibrando o poder

Lembre-se de quem pode contar ao treinador Lenny sobre cadarços amarrados por magia.
P

Mando o e-mail e as mensagens irritantes de Griffin somem. Muito satisfeita, estou prestes a fechar minha caixa de entrada quando o chat se abre.

Tigredetroia: Phoebe? Tá aí?

Quem é esse? Talvez seja Griffin tentando me cercar de outra maneira — esse cara passa tempo demais pensando em formas de me atormentar. E tudo que fiz foi ter ousado frequentar a mesma escola que ele. Será que ele não consegue perceber que eu não queria estar ali tanto quanto ele queria me ver longe?

Além do mais, Trojan alguma coisa não é um vírus superperigoso? Talvez ele esteja tentando estragar meu computador. Quase deixo, já que ele estaria estragando o computador de Damian e isso o deixaria bem encrencado.

Mas decido que não vale a pena. Preciso voltar para minha leitura. O cursor está sobre o botão de desligar quando outra mensagem aparece.

Tigredetroia: Sou eu. Troy.

phoebeperdida: Troy! Pensei que fosse outra pessoa.

Tigredetroia: Desapontada?

phoebeperdida: não!!!

phoebeperdida: aliviada

Tigredetroia: ☺ como foram os treinos?

phoebeperdida: consegui entrar no time

Tigredetroia: Sabia q conseguiria

phoebeperdida: Só um de nós sabia

Tigredetroia: haha

O cursor fica piscando na tela à minha frente. Não sei o que falar. Quero dizer, Troy está sendo superlegal comigo, mas... por quê? Quero que um garoto seja superlegal comigo? Claro, ele é bonitinho, gentil e tudo o que eu *deveria* querer num menino, mas eu quero? Quando na história as meninas gostam dos meninos que deveriam gostar?

Além do mais, ele parece não saber mais o que dizer.

Pisca, pisca, pisca.

Tigredetroia: ainda tá aí?

phoebeperdida: tô

phoebeperdida: e vc?

Tigredetroia: tô

phoebeperdida: ok

Pisca, pisca, pisca.

Tigredetroia: bem

Tigredetroia: só queria saber mesmo

phoebeperdida: obrigada

Tigredetroia: melhor eu terminar de fazer o dever

phoebeperdida: eu também

phoebeperdida: tenho que ler mais umas páginas pra aula de literatura

Tigredetroia: termina sim!

Tigredetroia: a tyrant dá teste

Olho de relance para Damian. Ele está concentrado em sua pilha de papéis e não me vê olhando para ele. Vou dar a ele um ponto positivo por ter me falado sobre o teste.

phoebeperdida: ouvi dizer

phoebeperdida: tô quase terminando

Tigredetroia: ok. vejo vc amanhã?

phoebeperdida: claro!

Tigredetroia: guarda um lugar pra mim no almoço

Tigredetroia: a não ser que vc sente com Ares agora

phoebeperdida: até parece!

phoebeperdida: não me aceitariam nem seu eu quisesse

phoebeperdida: e eu não quero mesmo!

Tigredetroia: legal ☺

phoebeperdida: boa noite

Tigredetroia: boa noite

A janela do chat se fecha.

Dou um suspiro. *A revolução dos bichos* me chama.

Deslizando a bandeja com o teclado sob a mesa, eu me levanto e sigo na direção da porta.

Damian me interrompe antes que eu chegue lá.

— Já que você depende tanto da comunicação eletrônica para conversar com seus amigos — diz ele —, sua mãe e eu decidimos que você precisa ter um laptop no seu quarto.

Eu me viro para olhar para ele.

— É sério?

— E internet também.

Ele não tirou os olhos dos papéis, mas consigo perceber um leve sorriso diante da minha reação entusiasmada.

— Isso é ótimo!

— Hesper vai pegar o computador quando viajar até Serifos na sexta-feira. A internet será instalada amanhã.

Sexta-feira? Faltam apenas dois dias. Dois dias até total liberdade para acessar a internet da privacidade do meu quarto.

— Uau, Damian, isso é... — Incrível? Maravilhoso? Nada parece expressar exatamente o que sinto, então digo apenas: — Obrigada.

— É um prazer.

Eu me viro e saio saltitando do escritório.

— Só não passe o tempo todo conversando com o Sr. Travatas. Os estudos vêm em primeiro lugar.

Cara, não posso ter segredos.

— Ei, Damian — pergunto, olhando para trás. — Você consegue ler emoções através de paredes?

— Não — diz ele, meio que rindo.

— Que bom. — Saio pela porta e fico atrás da parede para dizer: — Porque eu provavelmente iria me encrencar pelo que estou sentindo agora.

Para meu completo espanto, Damian ri alto.

— Não preciso ler emoções para saber o que você está sentindo neste momento — diz ele. — Mas prometo não usar isso contra você.

Com um sorriso, corro de volta para o meu quarto.

Pela primeira vez desde que pousamos nesta ilha, sinto como se duas coisas estivessem dando certo em sequência. Talvez não dure, mas eu vou segurar as pontas enquanto puder.

Capítulo 5

— Você precisa se esforçar mais do que nunca nos treinos — diz o treinador Lenny me olhando de trás de sua mesa. — Vai ter que superar não só os demais corredores do nosso time como os atletas das outras equipes, que eu sei que são muito bons.

— Tudo bem — concordo. — Farei o que for preciso.

— Felizmente — diz ele enquanto revira as folhas do calendário — você não vai competir com Blake. Mas vocês vão correr o mesmo percurso.

Fico em silêncio. Ainda que o treinador Lenny saiba que Griffin amarrou meus cadarços usando magia, isso não faz de mim uma dedo-duro. Além do mais, uma garota precisa manter as próprias mentiras, certo?

— Mas não se preocupe com ele — continua o treinador. Percebo um brilho maldoso em seus olhos, então ele sorri. — O treinador Z e eu combinamos de confiscar os poderes dele no dia da corrida.

— Certo — digo, de maneira controlada. Mas por dentro estou pulando de alegria.

Griffin vai ficar tão irritado!

— Na verdade, decidimos confiscar os poderes de todo mundo. — Ele dá uma piscadela para mim. — Os atletas são proibidos de usar poderes durante uma corrida, mas dessa vez preferimos ter certeza de que isso será cumprido.

Uau. Se todos apenas me odeiam agora, vão realmente me desprezar quando eu sair daqui.

O treinador Lenny começa a fazer anotações num papel, aparentemente de volta ao trabalho.

— Ainda que estejam impedidos de usar seus poderes, os outros corredores do time possuem uma força excepcional e muita resistência. Quero ter certeza de que você vai deixá-los para trás. — Ele me entrega um cartão. — Faça esses exercícios todos os dias antes de dormir.

Leio o que está no cartão:

25 abdominais

15 flexões

50 polichinelos

Repetir a série 4 vezes

— Combinado — digo. — Sem problemas. O que mais?

Ele começa a escrever em outro cartão.

— Hidratação. Precisa beber cerca de dois litros de água por dia. E consumir proteína e carboidratos em quantidade suficiente. — Ele desliza o segundo cartão pela mesa. — Você vai precisar de energia.

O segundo cartão diz: *6h seg. a sex. e 8h sáb. e dom.*

Olho para ele, confusa.

— Vamos nos encontrar todos os dias antes da aula e nas manhãs do fim de semana para treinar. Isso além dos treinos diários depois da aula e das tardes de sábado. Quando eu terminar com você, estará em forma como nunca esteve. Ficará pronta para vencer a maratona de Atenas.

— Ótimo. — Guardo o cartão na minha mochila. — Estou pronta para começar.

Ele sorri para mim.

— Pode se trocar para o treino. Encontro você na pista.

Saio do vestiário, ansiando a liberdade da corrida. Depois do dia que tive, poderia correr vinte quilômetros. Sim, é mais barato que terapia.

O teste da Srta. T. se parecia mais com uma prova de conclusão de semestre. Se eu não tivesse lido cada linha da tarefa, teria me dado muito mal. Faço uma anotação mental para me lembrar de agradecer a Damian e a Troy pela informação privilegiada.

— Vejam quem o voto de compaixão trouxe de volta — diz uma voz enjoada quando entro no vestiário. Um mar de risadinhas cerca Adara.

Levantando meu queixo um pouco, sigo até um armário e giro a combinação do cadeado. Em situações como esta, é sempre melhor ignorar os insultos perversos das animadoras de torcida. Respostas espirituosas só as deixam mais irritadas.

— Qual é o problema, *kako*? — Ela anda até onde estou e planta um dos pés de Reebok no banco. — Tem medo de se meter com uma deusa? Tem medo de perder?

Trinco o maxilar, mas ainda assim não digo nada. Tiro minha calça de corrida do armário e a jogo no banco — ao lado do pé de Adara —, antes de começar a desabotoar meu jeans.

Pelo canto do olho, vejo-a se inclinar, o cabelo louro balançando sobre os ombros, e pegar minha calça.

— Por favor, me devolve isso — digo.

Ela sobe no banco e segura a calça acima da cabeça.

— Venha pegar.

Resmungando, ponho os dois pés no banco. Ela se inclina para trás e deixa a calça fora do meu alcance.

— Anda, me devolve isso — aviso — ou vou...

— Vai o quê? — O lábio inferior dela se vira em um beicinho e ela pisca os longos cílios devagar. — Vai ligar pro seu papai para ele tomar de mim?

Engasgo. No início, acho que ela não deve saber que meu pai está morto — talvez a fofoca na Academia não siga os padrões da Pacific Park.

Então ela completa:

— Ops, é mesmo. Seu pai está morto.

Não sei como ela sabe, mas ela sabe. E não se importa.

Adara joga minha calça no chão de cimento, deixando-a cair numa poça de água do chuveiro. É a gota d'água.

Minha visão fica turva, como se uma luz muito forte estivesse acertado meus olhos.

Com todo e qualquer grama de poder que consigo reunir — aditivado por uma fúria desesperada e pelo bolinho que Nicole dividira comigo no intervalo do quinto para o sexto tempo —, ataco Adara com as duas mãos, acertando minhas palmas no peito dela. Adara sai voando do banco, até que a parede cinzenta bloqueia o movimento.

Ela cai no chão em silêncio.

Eu olho, sem sentir nada, enquanto ela tenta recuperar o fôlego. Acho que o choque contra a parede a deixou sem ar. De repente fico triste. Então, enquanto ela fica de pé e tira a poeira dos shorts, pego casualmente minha calça da poça e visto.

Minhas mãos tremem com a adrenalina. Por um minuto, me senti invencível, como se pudesse fazer qualquer coisa. Acho que nem eu mesma conhecia minha força. Na musculação costumo pegar pouco peso, então não tenho músculos muito definidos. Talvez eu deva pegar ainda menos peso.

Suas amigas animadoras de torcida correm para ajudá-la, mas Adara simplesmente dá de ombros.

— Você vai desejar não ter feito isso.

— Quer saber, Adara? — digo, passeando até a porta. — Acho que não.

— Vou fazer da sua vida um inferno.

— Entre na fila.

Ignoro-a e me apresso em começar a correr na direção da pista. Estou mais do que pronta para as duas exaustivas horas que a corrida me reserva.

— Trégua? — Stella entra em meu quarto e se senta na cama como se fosse dela.

Eca, agora terei que lavar os lençóis.

Olho para ela, desconfiada.

— Qual é o truque?

— Sem truques — garante ela. — Só acho que precisamos tentar nos entender, como irmãs. Afinal de contas, teremos um ano horrível pela frente se ficarmos brigando o tempo todo.

Concordo. Mas não acredito nela.

Nenhum osso do corpo de Stella é partidário dessa coisa de vamos-nos-dar-bem. E os olhos dela ainda parecem frios como se estivessem rodeados por uma camada de gelo.

— Não estou acreditando — digo antes de voltar minha atenção para a conjugação de verbos em grego; e eles estão me dando uma surra. Não podem usar o nosso alfabeto? — Simplesmente faça qualquer que seja a brincadeira que veio fazer e me deixe terminar meus deveres.

— Que falta de confiança, Phoebe. — Ela se levanta e se prepara para sair. — Eu falo grego, fluentemente, você sabe. Ia oferecer ajuda...

Quero ignorá-la, quero mesmo. Mas é justamente quando estou tentando conjugar o verbo *ser* no tempo aorístico, que vem a ser um dos, sei lá, quarenta tempos verbais que preciso conjugar.

— Espere! — deixo escapar.

— Sim? — Pelo tom de voz dela, identifico que sabe que estou desesperada.

Ela para na porta, mas não se vira. Como se estivesse esperando que eu implorasse. Isso nunca vai acontecer, mas estou disposta a negociar.

— O que você quer? — pergunto. — De verdade?

Os ombros dela se elevam sob a blusa polo cor-de-rosa que está usando.

— Nada de mais.

— Stella...

— Três coisas. — Ela muda de direção subitamente e fecha a porta com um estrondo. — Em troca de aulas de grego, quero três coisas de você.

Estreito o olhar para ouvir suas exigências maquiavélicas.

— Estou ouvindo.

— Primeiro: nunca fale comigo na escola.

Como se isso fosse difícil de aceitar. Preciso ficar o tempo todo me controlando para não ir atrás de Stella para lhe contar cada detalhe do meu dia... Sem chance!

Ela está esperando minha resposta, então concordo.

— Segundo: preciso dizer pro meu pai que você quer assinar a *Vogue* e a *Cosmo*.

— Mas eu não leio...

— Não é pra você, *kako*. — Ela revira os olhos diante da minha ignorância. — Ele não me deixa ler essas revistas porque acha que são um "lixo social inútil" que dão às mulheres uma "visão distorcida da perfeição física" ou algo assim.

— O que faz você pensar que ele vai me deixar...

— Ele quer conquistar o seu afeto — interrompe ela mais uma vez. — Ele vai dar o que você quiser.

— Certo — digo. — *Vogue* e *Cosmo*.

Embora eu precise dizer que concordo 100% com Damian. Eu preferia assinar uma revista mais útil, tipo a *Her Sports*.

— E terceiro... — O tom de voz dela diminui para um sussurro, tão baixo que preciso me aproximar para ouvi-la. — Quero que você faça Griffin terminar o namoro com Adara.

Meu queixo cai.

De todas as coisas que eu podia imaginar que ela pediria, isso nem passou perto da lista. Isso nem ao menos estava no mesmo universo da lista.

E aquele menino que vi sentado com ela na hora do almoço? Eu tive a nítida impressão de que estava rolando algo entre eles. De qualquer modo, não vou me meter nisso.

— Nem pensar — digo, lembrando o quanto aquele casal já me odeia. — Além do mais, todos dizem que eles sempre terminam depois da primeira semana de aulas.

— Não este ano — diz Stella num tom de voz triste que eu não imaginava ser possível vir dela. Deve estar fingindo.

— Por que você se importa que eles estejam juntos?

Ela desvia o olhar por um momento e, quando me olha novamente, seus olhos estão cheios de lágrimas. Elas parecem reais, mas, se tratando de Stella, quem pode ter certeza?

— Quero Griffin só pra mim. É meu último ano, minha última chance.

— Então por que você não fala com ele...

— Porque Adara é minha amiga — devolve ela. — Não quero estragar isso. Só quero...

— Roubar o namorado dela. — Isso não se parece muito com amizade para mim.

— Temos um trato ou não?

— Desculpe — eu me pego dizendo. — Mas não vou me envolver nisso.

— Ah, acho que vai, sim — afirma ela, o maxilar tenso.

Andando até a porta para acompanhá-la até que saia, começo a explicar:

— Não...

— Vai, sim, se quiser voltar para os Estados Unidos no ano que vem.

Minha mão congela a centímetros da maçaneta.

— Sei que você está contando os dias para ir embora, até poder ir para a faculdade. — Ela fica atrás de mim e sussurra em meu ouvido: — Papai acha essa uma péssima ideia. Ele acha que você deve ficar até o Nível Treze e ir para uma universidade na Inglaterra.

— É claro que não...

— Eu o ouvi conversando sobre isso com a sua mãe. — O sorriso dela é perverso. — Ela concordou com ele.

— Minha mãe nunca iria...

— Ela concordaria, e concordou.

— Pare de me interromper! — grito, mas estou mesmo zangada por causa da coisa toda com a faculdade.

Sua expressão muda e de repente ela se parece com a obediente presidente do conselho estudantil que vem mesmo a ser.

— Acho que você tem razão, pai — diz ela num tom de voz melodioso, típico dos puxa-sacos linguarudos. — Phoebe me confessou que tem tido muita dificuldade nas aulas. Ela tem medo que as obrigações da faculdade sejam pesadas demais para ela.

— Você não se atreveria... — digo num tom de aviso.

— Ah, eu me atreveria. — Ela dá um sorriso falso. — É claro que, da mesma forma, posso comprovar o contrário.

Desconfiada, pergunto:

— Como posso ter certeza de que você me ajudaria?

Ela dá de ombros.

— Vou para Oxford. A última coisa que quero é passar mais tempo presa em uma ilha com você. Prefiro que exista um oceano entre nós.

Pelo menos ela está sendo sincera.

Avalio minhas opções. Posso mandar Stella pastar e me deixar lutando sozinha com o grego moderno, provavelmente presa neste lugar por mais um ano. Ou posso aceitar os termos dela, conseguir uma nota dez nessa matéria, partir para a USC depois deste ano desprezível e provavelmente ser condenada ao esquecimento eterno por Adara.

E, claro, com a segunda opção vem um bônus em potencial incluído. Ao afastar Griffin de Adara, eu poderia, de maneira concebível, ficar com ele para mim no fim das contas — o que significa que veria Stella perdendo algo que realmente deseja. Uma coisa bem rara, imagino.

Vitória.

— Tudo bem — digo finalmente. — Você me ajuda, eu te ajudo.

Ela sorri de verdade, um sorriso genuíno e não ameaçador. Isso não vai durar.

— Mas não posso garantir nada — completo. — Como vou conseguir desfazer o casal dourado? E se eu não conseguir?

— Você vai dar um jeito. — Ela se vira para sair. — Ouvi dizer que colegas de treino ficam muito próximos. Roube ele dela, dê um chute na bunda dele e eu juntarei os caquinhos.

Ela abre a porta e começa a sair.

— Ei — grito. — E meu dever de casa?

Ela olha para trás. Seu sorriso é sinistro.

— Assim que você cumprir sua parte no trato, eu faço a minha.

Então ela sai do quarto, batendo a porta.

Jogo meu livro de grego pelos ares em sua direção.

— Phoebe? — Ouço uma voz abafada chamar. Em seguida mais e mais alto: — Phoebe?

— Humpf — murmuro e volto a me acomodar na terra dos sonhos.

— Phoebe!

Então me ajeito depressa na cadeira.

— O qu... o que está acontecendo?

— Phoebe, querida — diz minha mãe, pousando uma das mãos no meu ombro —, você dormiu em cima do dever de casa.

Dou uma olhada na mesa e consigo ver alguns papéis amassados e, felizmente, nenhuma poça de baba. Ao desgrudar da bochecha uma folha de caderno, dou uma olhada no papel e noto que terminei o questionário de história da arte antes de desmaiar.

— Obrigada — digo, alisando a folha de papel para guardá-la na pasta. — Acho que o treino acabou comigo.

— Você quer ver seu e-mail antes de Damian e eu irmos deitar?

Eca. Estremeço só de pensar em minha mãe e Damian indo para a cama juntos. Quero dizer, sei que não é nossa primeira noite aqui, mas não preciso que me lembrem de onde minha mãe dorme agora.

— Claro — respondo antes que ela consiga se aprofundar no assunto. — Vou agora mesmo.

Antes que eu saia do quarto, ela me interrompe.

— Está tudo bem? Phoebola?

— Claro — repito. — Por que não estaria?

— Você parece um pouco... — Ela me lança um olhar triste. — Distante.

— Tem muita coisa acontecendo — explico.

— Está tendo algum problema com as aulas?

— Não — garanto. — Quero dizer, tenho muito mais deveres do que na Pacific Park, mas estou conseguindo me virar.

— Então é alguma coisa com seus colegas de turma? — Ela franze o cenho como se estivesse muito concentrada. — Achei que você tivesse dito que tinha feito novos amigos, não?

— É. — E alguns inimigos também. Não que eu fosse contar isso a ela; seria o mesmo que tagarelar para o diretor. — Nicole e Troy são ótimos.

— E o pessoal do time de corrida?

Não consigo evitar e reviro os olhos.

— Não preciso gostar deles para corrermos juntos.

— Quer conversar sobre isso?

Estou tentada a aceitar. Quero dizer, não conversei com ninguém que não fosse um descendente divino desde que cheguei. E minha mãe é a única não descendente com quem posso conversar sobre qualquer coisa que esteja acontecendo. Além do mais, antes do padrasto surgir na história, nós éramos como melhores amigas. Falávamos sobre tudo. Com ela eu podia me abrir sobre assuntos que não conseguia discutir nem com Nola ou Cesca. Chorei em seu ombro quando o idiota do Justin me largou e ela não fez com que eu me sentisse diminuída.

Mas não consigo esquecer do que Stella me disse sobre a opinião da minha mãe sobre a minha permanência aqui — ou que, na verdade, seja culpa dela que eu esteja nesta confusão toda para início de conversa.

— Não, estou exausta — digo. — Vou só verificar os e-mails e me deitar.

— Você se sentiria melhor se tirasse algum peso do peito.

— Sério — insisto. — Estou bem.

Dá para perceber que ela não ficou satisfeita. Talvez, se ela simplesmente estivesse sendo mãe, eu conversasse com ela, para analisar as coisas sob o ponto de vista racional.

Mas não estou no clima de descarregar meus problemas. Principalmente na mãe superterapeuta.

— Sabe, eu tenho pensado... — Ela abre um sorriso largo, de um jeito que sugere uma ideia maravilhosa. — Por que não reservamos um dia para mãe e filha? Podemos ir ao vilarejo para andar pelas lojas, tomar sorvete.

— Não sei, mãe. Tem tanta coisa acontecendo...

— Você não pode correr e estudar o tempo *todo*. — Ela tira uma mecha de cabelo solta da frente do meu rosto. — Que tal no sábado? Talvez seja difícil, mas vou deixar minha agitada agenda livre.

Por um instante, é como se minha velha e querida dupla Mãe e Phoebe estivesse de volta. Ela está brincando comigo, e eu estou revirando os olhos diante de seu humor cafona. Talvez fosse bom passar um tempo junto dela. Além do mais, ainda não conheço nada do vilarejo, com exceção das docas. E se tiver uma ou duas lojas legais? Posso comprar alguma lembrança para Nola e Cesca.

— Claro — digo. — Sábado.

Com um aceno rápido, deixo-a sozinha no meu quarto e sigo para o escritório de Damian e para a minha conexão eletrônica e civilizada com o mundo.

Clico em abrir na minha caixa de entrada. Os *emoticons* de sorrisinhos ao lado dos nomes de Cesca e Nola estão bem amarelos. Elas estão on-line!

Com apenas dois cliques vejo a janela do IM aberta.

phoebeperdida: oi!!!

GranolaGrrl: Phoebe!

PrincesaCesca: finalmente! fiquei esperando on-line o dia inteiro

GranolaGrrl: não ficamos não

phoebeperdida: estou feliz que estejam aqui agora

phoebeperdida: vocês receberam meu e-mail?

PrincesaCesca: claro

GranolaGrrl: as coisas não podem ser tão ruins assim

GranolaGrrl: nunca são

PrincesaCesca: você já conseguiu ir à praia?

phoebeperdida: só para dar uma corrida rápida

GranolaGrrl: aposto que são poluídas

GranolaGrrl: todos esses anos de barcos e seus motores cruzando o Mediterrâneo

PrincesaCesca: ignore a natureba esquisita

PrincesaCesca: vamos falar sobre os rapazes daí

GranolaGrrl: <insultada>

phoebeperdida: bem, tem alguns meninos bem bonitinhos

GranolaGrrl: estou chateada por ter sido chamada de esquisita

PrincesaCesca: qual deles vai te levar para o baile de boas-vindas?

GranolaGrrl: prefiro ser chamada de ativista do meio ambiente

phoebeperdida: não acho que vão dar um baile de boas-vindas

phoebeperdida: além do mais, um deles já me odeia

GranolaGrrl: o ódio é o espelho do amor

PrincesaCesca: e o outro menino?

Paro de escrever, pensando em Troy. Ele é uma graça. E legal. E um bom amigo. E legal. E profundo. E legal.

Suspiro. Legal não necessariamente quer dizer que ele seja para namorar.

Nem mesmo para uma paquera.

Pelo menos não para mim.

phoebeperdida: Troy é só meu amigo

GranolaGrrl: amigos serão bons namorados

PrincesaCesca: <revira os olhos> e o outro?

phoebeperdida: o que me odeia?

GranolaGrrl: ele não odeia você

PrincesaCesca: sim, ele odeia

O que eu podia dizer de Griffin Blake?

Que ele deu um nó nos cadarços do meu tênis num passe de mágica? Ops, não posso contar sobre a coisa toda envolvendo a-ilha-secreta-dos-deuses-gregos.

Que perto dele o Orlando Bloom parece um troll? Não, isso entregaria demais o meu não revelado interesse por ele — por que eu sempre me interesso por idiotas?

Que a minha irmã postiça maligna me fez uma encomenda? Que eu faça com que ele termine com a namorada? A última coisa sobre a qual quero conversar é Stella. Além do mais, isso me faz pensar de novo nos *verdadeiros* motivos que me fizeram aceitar a proposta dela — algo a ver com o fato de o meu coração bater como um tambor a cada vez que o vejo —, e é melhor não me aprofundar nesses pensamentos.

De alguma maneira, não me parece adequado falar sobre nada.

phoebeperdida: nada pra contar

phoebeperdida: juro

PrincesaCesca: só se jura quando se está guardando um segredo

GranolaGrrl: devemos preservar a privacidade dela
PrincesaCesca: por ter reclamado
PrincesaCesca: você não quer saber nada sobre o cara pelo qual nossa melhor amiga está interessada?
GranolaGrrl: é claro que sim, mas isso não quer dizer que precisemos nos intrometer
phoebeperdida: eu não estou interessada nele
PrincesaCesca: claro que precisamos nos intrometer
PrincesaCesca: é exatamente o que isso quer dizer
GranolaGrrl: ela tem direito à privacidade
PrincesaCesca: ela precisa nos contar, somos suas melhores amigas
phoebeperdida: parem!!!

A conversa frenética parou. Fiquei olhando o cursor piscar, pensando em quanto eu sentia falta de ver aquelas duas discutindo pessoalmente. Simplesmente não é a mesma coisa pelo computador. Ficar conferindo a conversa no chat está me deixando tonta.

GranolaGrrl: tudo bem com você?
phoebeperdida: por que todo mundo me pergunta isso o tempo todo?
PrincesaCesca: você tá bem?
phoebeperdida: estou bem
phoebeperdida: é tarde e estou cansada
GranolaGrrl: você deve descansar
PrincesaCesca: que horas são aí?

Verifico o relógio do computador. Já passa das onze da noite. Droga, preciso encontrar o treinador Lenny às seis.

phoebeperdida: são quase 11h15 e tenho que acordar cedo
GranolaGrrl: vamos deixar você dormir
PrincesaCesca: mas não pense que vamos esquecer da sua paixonite
phoebeperdida: obrigada
phoebeperdida: sinto falta de vocês, meninas
GranolaGrrl: sentimos sua falta também
PrincesaCesca: Pacific Park é um saco sem você
PrincesaCesca: Justin age como se fosse o rei do colégio
PrincesaCesca: ele é um idiota
phoebeperdida: não posso dizer que sinto falta disso! ☺
GranolaGrrl: durma bem
PrincesaCesca: boa noite
phoebeperdida: tchau

Eu me desconecto do chat, triste por estar tão distante das minhas amigas quando mais preciso delas.

Já estou deitada na cama, quase pronta para mergulhar no sono abençoado, quando me lembro dos exercícios que o treinador Lenny passou. Ele vai me matar se eu não os tiver feito. Dando um pulo da cama, procuro pelo cartão na minha mochila e começo a contar os abdominais.

— Um, dois, três...

Quem poderia imaginar que leva uma hora para fazer cem abdominais, sessenta flexões e duzentos polichinelos? Quando consigo me jogar de volta na cama, estou exausta. Durmo no instante em que minha cabeça pousa no travesseiro.

Quando o alarme toca, sinto como se tivesse dormido apenas cinco minutos.

Vai ser um dia duro.

— Você está parecida com Hades — diz Troy quando ajeita a bandeja do almoço ao lado da minha.

Graças a algum tipo de milagre relacionado à adrenalina ou a ondas alfa, ainda estou acordada apesar de um teste surpresa de álgebra e de um documentário sobre o processo de mumificação no Antigo Egito. Mas estou à beira do fracasso.

— Obrigada — murmuro, lutando para evitar que minha cabeça caia dentro do prato de bolo de carne sufocado pela pasta de grão de bico. E pensei que não havia como fazer um bolo de carne pior do que aquele.

Entretanto, comida é a última coisa em que penso nesse momento. Vamos estudar pêndulos na aula de física de hoje e simplesmente sei que balançar e circular vai desencadear meus enjoos. Estou tentando não ingerir nada que eu não queira ver novamente.

— Fui dormir tarde — explico. — E tive treino bem cedo.

— Pensei que os treinos fossem depois da aula — comenta Troy.

— São — digo. — Mas preciso de treinos extras.

— Por quê? — Nicole dá uma cutucada em seu bolo de carne como se tivesse medo de que se levantasse do prato e saísse andando. — Você já entrou no time.

— Só se eu conseguir chegar entre os três primeiros na primeira corrida.

Nicole deixa escapar um assobio. Eu sempre quis fazer aquilo. Não consigo assobiar de forma alguma, apesar de anos de treinos secretos e até mesmo de lições com Justin usando as mãos, algo que prefiro esquecer.

— Acredito em você — diz Troy. — Vou ajudar como puder.

Dou um sorriso para ele. Troy é tão gentil e fica realmente uma graça com aquele sorriso bobo estampado no rosto. E aquele cabelo louro espetado em todas as direções não interfere em sua boa aparência. E ele se parece tanto comigo. Talvez pudesse ser mais que um amigo, no fim das contas.

— Obrigada. — Fico corada mesmo sabendo que ele não pode ler meus pensamentos.

Seu sorriso fica um pouco mais expressivo.

Ah, é, ele é parte deus... talvez possa ler meus pensamentos, sim. O que me leva a imaginar se...

— Tenho uma pergunta — digo para ambos.

— Manda — fala Nicole.

Penso naquilo por alguns instantes, procurando as palavras certas, tentando entender como perguntar o que realmente quero saber.

— Os poderes de vocês são ilimitados? — pergunto enfim. — Quero dizer, vocês meio que podem fazer qualquer coisa que quiserem?

— Sim e não — responde Nicole.

— Ótimo. — Então me arrisco e provo um pouquinho da gelatina azul. — Isso esclarece tudo.

Troy engole uma garfada gigantesca de bolo de carne antes de dizer:

— Não é uma pergunta simples. Por um lado, não existem limites para o que podemos fazer. Mas tem um porém. Só porque temos potencial para fazer alguma coisa, não quer dizer que tenhamos a habilidade para fazê-la.

— Não dormi quase nada hoje — imploro. — Você pode explicar melhor?

— Nossos poderes não surgem com facilidade — completa Nicole. — Quando nascemos, na verdade não conseguimos acessá-los direito. Eles estão lá, mas precisamos de anos, de uma vida inteira, para ser sincera, de treinamento para aprender a usá-los.

— Há exceções, claro. — Troy abaixa o garfo para tomar um gole de leite. — Quanto mais próximo você é do deus da sua árvore genealógica, mais fortes são seus poderes desde o início. Grande parte de nós está bem afastada deles.

— E como é esse treinamento? — pergunto. Não é como se eu estivesse acostumada a assistir a aulas com pessoas aprendendo a mover coisas com a mente no quintal.

— É complicado. — Nicole empurra o bolo de carne intocado para um canto do prato. — Parte do treinamento consiste em aprender a focar suas energias, como canalizar os poderes no que está tentando fazer. Mas grande parte dele tem a ver com autoconhecimento. Você precisa conhecer a si mesmo, entender a si mesmo para então sentir a extensão dos seus poderes. Quanto mais você se conhece, mais fortes seus poderes se tornam.

— Uau — digo. — Isso parece tão...

— Vago? — sugere Nicole. — E é.

— Eu ia dizer perigoso. E se uma pessoa, de repente, atinge um nível novo de autoconhecimento e, tipo, acidentalmente, explode alguém em pedacinhos?

— Ah, não se preocupe — diz Troy, alegre —, existem meios de controle.

— Controle?

— É — completa Nicole. — Como não somos inteiramente deuses, os doze do Monte Olimpo instauraram uma medida de proteção sobre nossos poderes.

— Como assim?

— Bem, não podemos matar ninguém, nem acidentalmente nem de propósito, usando nossos poderes. — Nicole fica encarando a mesa, como se estivesse perdida nos próprios pensamentos. Pelo tom de voz, ela parece distante. — Somente os deuses podem agir de maneira irreversível.

O silêncio se instala na mesa. Nicole continua longe. Sinto como se eu estivesse deixando de entender algo importante. Faço um movimento com as sobrancelhas em uma tentativa de perguntar a Troy, em silêncio, o que está acontecendo. Ele só balança a cabeça e se vira para esvaziar a bandeja.

Uma coisa fica clara: Nicole guarda muitos segredos. Foi assim que eles reagiram quando conversamos sobre Griffin, outro dia. É claro que não espero que eles comecem a revelar todo o passado na primeira semana de nossa amizade, mas fico pensando: aqueles dois segredos teriam alguma relação?

Ainda assim, é óbvio que esse é um assunto a ser evitado no momento.

— Tenho pensado sobre os deuses — digo, tentando quebrar o estranho silêncio que se instalou. — Eles vêm torcer nos jogos de futebol americano? Ou fazem discursos na formatura ou algo assim?

Troy bufa e rapidamente passa um guardanapo sobre a boca antes de dizer:

— Não exatamente. Ninguém sabe muito deles desde que deixaram de ser idolatrados pelos homens.

— Por quê?

— Ninguém sabe ao certo — responde ele.

— Eles estão fazendo doce — diz Nicole, voltando a ser a Nicole irritada tão rápido quanto deixou de sê-la.

— Eles não estão fazendo doce — defende Troy. — São deuses, não precisam disso.

— Não ligo se precisam ou não. — Nicole pega um pedaço de maçã da bandeja de Troy. É o que estão fazendo.

— Isso é ridículo — diz Troy, oferecendo um pedaço de maçã para mim também e em seguida deixando o pote no centro da mesa.

— Parece fazer sentido para mim — comento. — Se alguém perde algo que pensava merecer, tem direito de ficar magoado.

Não que eu saiba disso por experiência própria ou algo assim.

— Não é isso — insiste Troy, e eu percebo que seu argumento está ficando mais fraco.

Nicole se inclina sobre a mesa, olhando Troy nos olhos para perguntar:

— Quem aqui está em posição melhor para saber disso?

Ele faz uma careta, como se estivesse confuso.

— Por que você saberia...

— *Você* já esteve no Monte Olimpo? — pergunta ela.

Troy começa a balançar a cabeça. E então, de repente, seus olhos se arregalam e a boca escancara.

— Oh, deuses — diz ele. — Eu me esqueci completamente.

— Pois é — diz Nicole, voltando a se sentar. — Eu não esqueci.

— Esqueceu o quê? — pergunto.

— Nada. — Nicole faz um gesto com a mão dispensando minha pergunta. — Não é importante.

Tá bom. Não preciso do diploma da terapeuta da minha mãe para saber que, seja qual for o assunto que estão discutindo — Nicole indo ao Olimpo? —, é algo muito importante. Também não preciso ler mentes para entender que esse é um segredo do tipo que não-saberei-tão-cedo-do-que-se-trata.

— Você vai nos encontrar na fogueira mais tarde? — pergunta Troy, do nada.

— Fogueira?

— Todo ano — responde Nicole olhando para cima e parecendo desinteressada pela coisa toda —, na primeira sexta-feira depois da volta às aulas, todos os grupos se reúnem em torno de uma grande fogueira na praia. É o único momento em que todos os deuses se dão bem.

Pelo que tenho visto, os clãs não se misturam.

— Por que todo mundo se dá bem quando está reunido na fogueira?

— É uma noite para homenagear Prometeu — explica Troy.

— O cara que roubou o fogo e entregou aos humanos? — pergunto.

Viu? Eu presto atenção na aula.

— Isso — assente Troy. — Quando ele fez isso, foi criada uma espécie de ponte entre os deuses e os homens. Sem essa ligação, nenhum de nós estaria aqui.

— Então o homenageamos dando uma festa de arromba, iluminando toda a praia e fingindo que não nos odiamos durante o restante do tempo — diz Nicole.

— Ignore essa rabugenta — reprova Troy. — É a melhor festa do ano.

— Parece divertido — falo. Poderia ter algumas horas sem dever de casa ou treinos. E pelo menos posso dormir até tarde amanhã, já que só encontro o treinador Lenny depois das oito aos sábados.

— A festa começa às nove. — Troy olha para baixo, na direção das mãos. — Que tal eu...

Outro assobio baixo de Nicole interrompe o que quer que Troy estivesse prestes a dizer — e fico meio irritada porque acho que ele ia me convidar para ir à festa da fogueira com ele, tipo um *encontro*.

— Aqueles dois estão levando as demonstrações públicas de afeto para outro nível. — Nicole resmunga de nojo e volta a atenção para a comida.

Alguns passos de nós, Griffin e Adara estão se beijando como se a boca de um fosse presa à do outro. Uau, pelo menos eles poderiam manter suas fixações orais só para eles.

Justo quando vou fazer um comentário de repúdio sobre a cena para então voltar minha atenção para Troy, um avião de papel vem voando até meu bolo de carne. Dou uma olhada ao redor e vejo Stella me observando a três mesas de distância, fazendo gestos na direção do aviãozinho indicando que eu deveria abri-lo.

Retiro o papel daquela gororoba e o desdobro.

Não se esqueça do nosso trato.
É o momento perfeito para começar.

O trato. É verdade, como num passe de mágica eu devo me intrometer no relacionamento do casal de ouro da escola. Eu devia estar seriamente privada de sono quando concordei com isso. Não tem como eu...

O papel na minha mão brilha por um instante e palavras novas surgem.

Meus poderes estarão de volta em três dias, kako.
Quer comer vermes da próxima vez?

— O que *kako* significa mesmo? — pergunto.

— Já falei — diz Nicole. — Quer dizer que você não é uma...

— Não — interrompo. — O que quer dizer *de verdade*?

Troy levanta os olhos do bolo de carne e dá um sorriso compreensivo para mim.

— Quer dizer que seu sangue é ruim.

Eu começo a amassar o papel numa bolinha, pronta para jogá-lo de volta na cara de Stella. É o mínimo que ela merece. Mas algo me detém.

O papel brilha de novo.

E não conte a ninguém que está fazendo isso para mim ou nunca mais sairá desta ilha!

Assim que termino de ler a última palavra, o bilhete reluz novamente e estou segurando apenas uma folha de papel em branco.

Se ela está sem seus poderes, como fez aquilo?

Levanto o olhar e outra harpia de cabelos descoloridos está perto de Stella, apontando um dedo na minha direção. Acho que vale a pena ter amigos com poderes. Antes que a amiga de Stella me transforme num morcego ou algo assim, fico de pé de repente, esbarrando na bandeja e derrubando refrigerante em cima do bolo de carne.

Aquilo bem que poderia deixá-lo um pouco melhor.

— Eu já volto — digo, fazendo uma careta quando olho para Stella para que ela saiba que não estou nada feliz por ser obrigada a entrar em ação.

Tenho meus próprios motivos para agir, mas se fazer do jeito dela a deixa distante dos meus motivos, então estou dentro. Não tenho por que enfrentá-la, já que ela acabou de sair do meu pé.

— Tem algo errado? — pergunta Troy.

— Não — garanto a ele. — Só preciso ver uma coisa.

Meu estômago revira quando me aproximo deles — não tenho certeza se é porque estou nervosa ou com nojo do que vou fazer. Dou uma olhada rápida para trás. Stella assente, me encorajando. Nicole e Troy me encaram como se eu tivesse enlouquecido.

Mas às vezes uma garota precisa tomar decisões difíceis.

No meu íntimo, sei que isso é bem mais do que um trato com Stella. Apesar de todos os sinais que piscam para mim dizendo GRIFFIN BLAKE NÃO É UMA BOA IDEIA, eu não consigo resistir a alguma coisa nele. Algo que vi na praia naquela primeira manhã, antes que ele soubesse quem eu era. Algo que mesmo a sabotagem que ele fez comigo no treino não conseguiu apagar. A corredora que há em mim quer acreditar que uma pessoa que ama aquele esporte como ele evidentemente ama — tanto quanto eu — no fundo precisa ter um coração. Eu não posso perder a esperança, então preciso encontrá-la.

Reúno toda a coragem que consigo, sigo até lá e dou um tapinha nas costas de Griffin. Neste exato momento, não tenho a mínima ideia do que pretendo dizer e apenas espero que algo compreensível saia da minha boca quando a hora chegar.

Sem largar Adara, Griffin se vira para olhar sobre o ombro. Atrás dele, posso ver a garota me encarando, aqueles olhos cinzentos monótonos me perfurando como adagas. Acho que tenho sorte por não existir adagas de verdade me cortando inteira agora. Deixá-la irritada é definitivamente um bônus.

O olhar que Griffin me lança não é mais convidativo que o dela.

— Bem, *nothos* — rosna ele —, o que você quer?

Capítulo 6

Os olhos azuis faiscantes de Griffin abriram um buraco em mim.

Meus joelhos ficam meio fracos por ficar tão perto dele. Não importa quantas vezes eu tenha dito ao meu coração que aquele cara era uma F-U-R-A-D-A, o mesmo coração ainda bate mais rápido sempre que penso nele. Posso sentir a adrenalina atravessar o meu corpo — preparada para fugir se o nível de constrangimento transbordar até a zona proibida.

— Hum, eu, hum.

Ótimo começo, Phoebe. Por que não se transforma logo numa poça sob os pés dele? Assim ele poderá lavar os sapatos com o seu patético...

Meu corpo balança de repente quando sinto um beliscão no bumbum. Então me viro e vejo Stella e sua amiga rindo alto.

Grrrh.

— Você queria alguma coisa? — pergunta Adara, o tom de voz tomado por desdém. — Ou só queria ficar perto o suficiente para que víssemos essa expressão patética no seu rosto?

Basta! De repente, sei que terei prazer em roubar Griffin dela.

— Na verdade... — Foco minha atenção e meu olhar em Griffin, piscando de maneira charmosa como uma fã durante o flerte. Digo a mim mesma que Adara nem mesmo está ali. — Gostaria de pedir sua ajuda.

Pisca, pisca, pisca.

Mordo o lábio e procuro fazer minha pose mais sensual.

Griffin bufa.

— Ajuda com o quê?

— Com a competição, a trilha — digo e ao mesmo tempo me aproximo e aumento a velocidade das piscadas. — Você deve conhecer todos os obstáculos e... — coloco as mãos nos quadris e dou uma puxada na minha camiseta, para que fique mais justa no corpo. — As curvas.

O canto da boca extremamente beijável de Griffin se levanta num quase sorriso bobo.

— Por que eu iria querer ajudar você?

O tom de voz dele é ríspido, mas seu olhar não se afasta do meu — como se ele realmente estivesse se perguntando por que eu pediria sua ajuda.

É hora de mostrar minhas cartas: chantagem. Dou um passo para a frente e pouso minhas mãos sobre os ombros dele, então fico nas pontas dos pés e em seu ouvido sussurro:

— Porque você não ia querer que eu contasse ao treinador Lenny sobre os cadarços.

Consigo ouvir o maxilar dele travando de frustração.

Descendo da ponta dos pés, continuo:

— Mas se quando o assunto é corrida, você na verdade só fala e não age, talvez realmente não possa me ajudar, no fim das contas.

Figindo ter nervos de aço, dou meia-volta. Meu coração está disparado e não consigo sentir minhas mãos ou meus pés. Ainda assim, de alguma maneira, começo a caminhar e vou em frente. Dou três passos antes de ele me chamar.

— Pode me encontrar na linha de partida ao meio-dia no domingo. — Seu tom de voz é arrogante e, mesmo sem olhar para trás, posso afirmar que ele está agindo como se tudo não passasse de uma grande brincadeira. — Vou lhe mostrar como terminar o percurso.

— Vejo você lá — digo casualmente e sigo andando.

Stella, que assistiu ao show todo, sorri e balança a cabeça na minha direção. Acho que ela aprovou minha primeira tentativa. Felizmente, isso quer dizer que não precisarei me preocupar se ela vai transformar minha comida em alguma criatura nojenta por enquanto.

Mas se ela soubesse quanto eu estava ansiosa pelo encontro com Griffin, talvez não estivesse sorrindo.

Quando volto à mesa do almoço, vejo Troy atentamente focado no seu pudim. Nicole me olha como se eu tivesse enlouquecido.

— Você pirou? — Exige saber ela.

Dou de ombros, ao mesmo tempo exultante e apavorada demais com a situação toda para conseguir responder. Meu cérebro está a mil, fico pensando no que vou dizer a Griffin no domingo, como agir, que roupa usar. Isso não tem a ver com Stella, tem a ver comigo.

— Terra chamando Phoebe. — Nicole estala os dedos em frente ao meu rosto.

— O quê? — Olho para ela, confusa.

— O que você estava pensando? — As sobrancelhas de Nicole estão levantadas de surpresa. — Griffin Blake é tão imbecil quanto um traseiro de centauro.

— Eu só... — Eu me esforço para encontrar algo para dizer que não seja completamente mentira. Ou completamente verdade. — ...pensei que ele pudesse me ajudar.

Nicole joga seu garfo no prato.

— Você é louca.

Talvez... mas não consigo tirar o sorriso do rosto.

Troy, que não disse uma palavra desde que voltei à mesa, levanta e pega sua bandeja.

— Talvez Blake possa levar você à festa.

Antes que eu consiga responder, ele se vira e vai embora.

Pareceu muito chateado.

Eu observo enquanto ele vai até a esteira, joga sua bandeja e sai do refeitório. Sem olhar de volta para nossa mesa nem uma vez.

— O que foi isso? — pergunto.

Nicole olha para mim.

— Você é tão lerda assim?

— O quê?

Ela balança a cabeça.

— Não me espanta que você tenha feito papel de boba. É totalmente ignorante quando se trata de garotos.

Ela espeta um pedaço de bolo de carne com o garfo. Imagino que dessa vez vá realmente comer um pouco daquele troço, mas, em vez disso, ela lança o pedaço pelo ar. O montinho de carne se gruda ao teto por alguns instantes antes de cair de volta na mesa com um som molhado.

— Você realmente não sabia o que estava prestes a acontecer? — pergunta ela.

Percebo que Nicole imagina que eu saiba do que ela está falando — ela também acha que devo ficar bem longe de Griffin, mas *já* sei que isso não faz diferença.

— Eu não sei o qu...

— Troy ia convidar você para ir àquela festa.

Quase consigo ouvi-la dizendo a palavra *idiota* ao fim da frase. Sim, eu sabia que Troy ia me convidar. E eu ia aceitar.

— Podemos ir todos juntos — sugiro. — Como amigos.

— Você poderia fazer algo pior do que gostar de Troy, sabe disso. — Ela volta o olhar para o casal dourado, que continua na disputa para bater o recorde de demonstração pública de afeto. — Espere, você já fez isso.

Dou um suspiro; ela está certa. Depois de tudo o que passei com Justin, sei o quanto dói quando uma paixão ruim atinge uma pessoa boa. Mas não importa quantas vezes eu tenha dito a mim mesma que Griffin é problema na certa, simplesmente não consigo tirá-lo da cabeça. Sou a prova de que o amor é cego, surdo e burro.

— Eu sei — digo. — Mas não posso...

Balanço a cabeça.

Tenho medo de estragar minha amizade com Nicole — e com Troy —, e tudo porque não consigo controlar minha estúpida atração por Griffin. Isso, confessei. Estou interessada em Griffin Blake.

Tá, eu não disse de verdade, mas pensei.

Admitir um problema é o primeiro passo para se recuperar, certo?

— Entendo — diz Nicole, a voz repleta de compaixão. — Nem sempre conseguimos escolher por quem nos apaixonamos.

— Exatamente.

— Não se preocupe. — Ela parece otimista, e fico aliviada por não estar me amaldiçoando só porque tenho mau gosto para garotos. — Ele vai acabar partindo seu coração e talvez Troy e eu estejamos por perto para colar as peças de volta.

Essa é uma visão animadora.

— Espero que vocês não precisem fazer isso — respondo, sorrindo.

Nicole é uma amiga de verdade — o que faz com que eu me lembre de Nola e Cesca. Elas a adorariam. Cesca gostaria do jeito de Nicole dizer o que realmente está pensando, e Nola apreciaria sua independência e o fato de não ligar a mínima para o que os outros acham dela. Seríamos um quarteto e tanto. Talvez, um dia, possamos sair juntas.

— Então não posso convencê-la a sair dessa?

Balanço a cabeça. É o momento de revelar toda a verdade.

— É muito mais do que uma, hum, paixonite.

Ela arqueia as sobrancelhas.

— Fiz um trato com Stella, confesso.

Ela não diz nada, só fica me encarando, na expectativa.

— Ela vai me ensinar grego moderno e me ajudará a convencer o pai dela de que não preciso ficar aqui por mais um ano.

— Em troca de quê?

— Preciso separar Griffin e Adara.

Outro assobio baixo.

— Você fez um trato com Hades, sabe disso.

— É — respondo, derrotada. — Eu sei.

— Anime-se — diz ela enquanto empilha nossas bandejas repletas de bolo de carne intocado, a não ser pelo pedaço que voou até o teto. — Vou te ajudar nessa missão idiota.

— É mesmo? — pergunto, surpresa pelo comportamento dela ter mudado de repente. — Por quê?

— Porque acho que esse trato não passa de uma desculpa. — Ela dá um sorriso diabólico. — Quer ele para você e o quanto antes conseguir o que quer, mais cedo ele vai partir seu coração. E mais cedo você vai se recuperar. Eu odiaria ver você presa a ele durante o ano inteiro. — Ela pega as bandejas. — Ele não vale a pena. E se for você a partir o coração dele, melhor ainda.

Estou com um pressentimento de que Nicole tem seus próprios motivos, mas me limito a perguntar:

— Quando começamos?

— Hoje à noite — diz ela, decidida. — Iniciaremos a Operação Anteros na festa da fogueira.

— Anteros?

— O deus vingador do amor não correspondido. — Nicole me dá um sorriso perverso. — Ele não vai ter nenhuma chance.

Sigo para a aula de física meio que flutuando, sonhando acordada com a romântica festa na fogueira e pensando em como Nicole vai me ajudar a conquistar Griffin Blake para que eu possa esquecê-lo. Algo no fundo da minha mente grita que não quero esquecê-lo, mas ignoro o chamado.

O entardecer na praia é frio, mas a areia que ficara sob o sol o dia todo e a fogueira crepitante me mantêm mais que aquecida. As águas do Egeu se estendem à minha frente até onde consigo enxergar e se perdem no pôr do sol. O mar azul-escuro com toques de carmesim reluz a cada onda. Posso imaginar os milhares de navios zarpando num deslize silencioso sobre as ondas para salvar Helena de Troia — independentemente de ela querer ou não ser resgatada.

— A ilha é muito romântica à noite — diz Troy atrás de mim.

Eu me viro, surpresa por vê-lo depois que saiu às pressas do almoço — eu não o culpo, considerando o papel de boba que fiz por causa de Griffin. Só mesmo o grande milagre da força de vontade me impediu de vomitar meu almoço.

— É — respondo com brilhantismo. — É lindo.

E como.

Nicole e eu tínhamos chegado à praia um pouco antes do pôr do sol, então estou assistindo ao espetáculo que é o sol deixar o Egeu em um mar de chamas. Tudo brilha em milhões de tons de laranja. Até mesmo os prédios do vilarejo — as paredes do mesmo gesso branco da casa de Damian — empoleirados nas colinas sobre a água refletem aquela luz quente, adquirindo um tom rosado de pêssego. É de tirar o fôlego.

Por alguns instantes me sinto até grata por estar nesta ilha idiota, pois só assim pude ter esta visão.

— Dizem que Leda, uma serva de Hélios e apaixonada pelo deus do sol, construiu esta ilha à mão — explica ele. — Ela trouxe terra de Serifos, um punhado de cada vez.

— Por quê? — pergunto, imaginando o que levaria alguém a realizar uma tarefa tão exaustiva.

— Todas as noites, quando Hélios dirigia sua carruagem até depois do horizonte, ela chorava sua perda. — A voz de Troy é suave e hipnótica. — Ela construiu esta ilha para que pudesse vê-lo até que o último raio de sua luz desaparecesse.

— Uau. — Isso é que é devoção. É uma das histórias mais românticas que já ouvi. Viro de costas para o sol minguante para olhar para Troy. — Então a ilha foi construída para assistir ao pôr do sol?

Ele dá de ombros.

— É só um conto de fadas. Uma história que os homens inventaram para contar ao redor da fogueira à noite.

Pelo olhar distante dele — e Troy não está olhando para mim —, posso dizer que continua magoado.

— Até poucos dias atrás — devolvo — eu achava que você fosse parte de um conto de fadas.

— Há uma diferença. Mitos e contos de fadas não são a mesma coisa.

— Então me explique a diferença.

Ainda com o olhar parado na água, ele diz:

— Um mito é uma tradição, uma lenda criada para explicar o inexplicável. Os deuses são inexplicáveis, então são mitos.

— E os contos de fadas?

Observo o rosto dele com atenção, avaliando sua reação. Finalmente, depois de alguns longos instantes, ele se vira na minha direção. Seu olhar encontra o meu; ele está concentrado, como se estivesse tentando me entender. Boa sorte com isso. Em algum momento, sua expressão relaxa e ele dá um pequeno sorriso.

— Um conto de fadas — diz ele — é uma história que gostaríamos que fosse real.

Dou um sorriso de alívio. Seja o que for que Troy e eu estejamos destinados a ser, sei que já somos amigos. E fico feliz por meu trato idiota com Stella não ter estragado isso.

O que me faz lembrar...

— Preciso te contar uma coisa.

As sobrancelhas dele se arqueiam.

Eu me levanto para contar tudo olhando-o nos olhos.

— É sobre mim e minha meia-irmã.

— Estou ouvindo — diz ele.

É melhor que Troy saiba o que está acontecendo; assim, da próxima vez que eu fizer papel de boba com Griffin, ele não vai tirar nenhuma conclusão precipitada. A situação já é desagradável o bastante.

— O que aconteceu hoje no refeitório não significa que eu esteja interessada no Griffin. Stella e eu fizemos um trato.

Ele parece cético.

— Que trato?

— Se eu conseguir separar Griffin e Adara, ela vai me dar aulas de Grego Moderno...

— Eu poderia ajudar você com Grego Moderno.

Por que não pensei nisso?

— Não é só isso. Se eu conseguir separá-los, ela vai me ajudar a convencer o pai dela de que eu não preciso ficar aqui para o Nível Treze.

— E se você não conseguir? — Ele cruza os braços.

— Ela vai convencer Damian de que preciso ficar.

Ele faz uma careta.

— Por que aquela chantagista...

— Eu sei... mas concordei.

— Então — diz ele devagar — você quer tanto sair da ilha que está até disposta a fazer um acordo com o tártaro?

— Sim — respondo. A voz dele é tão triste que faz com que eu me sinta um pouco culpada. Mas não assustada. — Só queria que você soubesse e entendesse, porque não quero perder sua amizade.

Coloco mais ênfase na palavra amizade, tentando deixar claro que é isso que sinto em relação a ele.

Pelo olhar em seu rosto, ele sabe exatamente sobre o que estou falando.

— Tudo bem. — Ele sorri, como se estivesse querendo mostrar que está bem. — Se é o que você realmente quer, farei o que for preciso para ajudar.

Aperto meu casaco de moletom com mais força ao redor da cintura. A essa altura, o sol se foi e a praia está bastante fria. Talvez todo aquele ar gélido tenha vindo da água.

— Obrigad...

— Ora, ora — diz uma voz fina que está começando a me enjoar —, vejam só quem apareceu na festa sem ser convidada.

Ladeada por duas outras animadoras de torcida, Adara está usando a parte de cima de um biquíni de crochê branco e shorts jeans rasgados. Estou de jeans e moletom e tremendo de frio — ela deve estar congelando

Só pensar naquilo me faz sorrir.

— Oi, Adara — digo num tom de voz meloso — Adorei seu biquíni.

Ela faz uma careta, mas não resiste ao elogio.

— Obrigada...

— Claro, adorei quando todo mundo em Los Angeles estava usando um modelo igual a esse no verão passado. — Então me viro para Troy e sussurro com dramaticidade, alto o bastante para que todos ouvissem: — É *tão* ontem.

O queixo de Adara cai.

— Escute aqui, *kako*, a noite de hoje é só para os descendentes. Ou seja: sem sangue divino, sem fogueira. Vá embora antes que passe vergonha.

— Sai daqui, Adara — diz Troy. — Ela está comigo.

— É mesmo? Ela estava se jogando em cima do meu namorado no almoço de hoje. Seus interesses são sempre tão fugazes, *kako*?

Troy dá um passo à frente, mas o seguro pelos ombros. Seu olhar me diz que está totalmente disposto a comprar uma briga com Adara por minha causa. Balanço a cabeça.

— Ela não vale a pena — digo. — Você tem que sentir pena de alguém que não entende o que é a amizade.

Adara ultrapassa Troy, ficando frente a frente comigo.

— Stella pode estar cedendo a você, mas eu não vou cair na sua. — Nossos narizes quase se tocam quando ela sorri com desprezo e completa: — Você é uma vergonha para a Academia e sua mera presença mancha uma reputação de mais de dois mil anos.

Sei que eu não deveria ficar incomodada com isso. Quero dizer, ela é uma vaca ciumenta e vingativa. Ainda assim, tenho a impressão de que não é a única da Academia que pensa desse jeito. Como nem mesmo posso argumentar — quero dizer, não posso de repente me transformar em descendente de um deus —, lanço mão de atingir Adara onde dói.

No seu rostinho superficial.

— Uau, nunca vi poros tão dilatados — digo engasgada de assombro e inclino a cabeça para ver melhor. — Esses cravos parecem as manchas de um dálmata.

Enquanto ela luta para pensar em uma resposta espirituosa — não vou ficar a noite toda esperando por isso —, pego Troy pela mão e o levo na direção de Nicole e o cobertor que ela estendeu na areia.

Ele meio que tropeça quando começo a rebocá-lo, mas logo alcança meu ritmo.

— Ela vai te odiar. — Ele soa genuinamente preocupado.

Reviro os olhos.

— Ela já me odeia.

Atrás de nós, Adara grita:

— Pelo menos os meus sapatos não são da década passada.

Dou uma olhada nos meus pés.

Meu par de Chuck Taylor é novinho. Na verdade, os tênis são tão novos que precisam parecer mais desgastados, talvez precisem até de uns arranhões. Além do mais, um par de All Star preto está sempre na moda.

E os originais são dos anos 1950. Adara precisa se aprimorar em história da moda.

— Você tem razão — grito de volta sobre o ombro, lançando um olhar na direção de Adara, que está parada com uma pose petulante com as mãos nos quadris. — Essas sapatilhas bordadas que você está usando são só de duas estações atrás.

— Aaaargh!!!

O grito dela ecoa pela praia.

Todos se viram para encarar Adara quando ela bate o pé na areia. Ela acha que isso significa afirmação?

— É melhor você dar o fora desta ilha o quanto antes — diz Troy, rindo. — Quanto mais tempo ficar, maiores as chances de Adara despachar você para o inferno.

— Eu não tenho medo dela. — Alcançamos o cobertor e me abaixo para sentar ao lado de Nicole. — Se ela fizer algo muito terrível contra mim, Damian vai privá-la de seus poderes.

— É — diz Nicole, cutucando meu braço —, mas até lá você já era.

Dou de ombros e deito sobre o cobertor, com as mãos embaixo da cabeça.

— Não se preocupe. Com tantos treinos extras e exercícios, o treinador Lenny vai me matar bem antes de ela ter chance de fazer isso.

Nicole se deita ao meu lado.

— Não consigo entender por que alguém gosta de sair por aí correndo. Você é masoquista?

— Acho que quem não corre não entende. — Fecho os olhos e me imagino correndo. Uma sensação de paz me domina. — Há liberdade no ato de correr. Libertação. Poder.

— Loucura — completa Troy.

Abro os olhos imediatamente e olho para ele. Troy está sentado na ponta do cobertor encarando o oceano.

Talvez seja mesmo loucura. Sempre que chego ao meu limite, quando meu corpo grita: *Chega dessa porcaria de correr!* Digo a mim mesma que vai ser a última vez. Sou tão idiota que quero correr até exaurir meu corpo sem motivo algum? Afirmo que vou só terminar essa corrida e pendurar meus tênis. Para sempre.

Então passo do limite. E tudo fica claro. A euforia se instala — com uma grande onda de endorfina. E eu não consigo nem me lembrar por que estava pensando em desistir.

Talvez a loucura seja isso.

Cada um precisa encontrar sua terapia. A minha é correr Fico imaginando qual seria a de Troy.

— Não tem alguma coisa que você simplesmente precise fazer, ainda que toda vez que faça diga a si mesmo que é louco só por tentar? Mas se não fizer, vai se sentir ainda mais louco?

Ele continua olhando para a água. Está calado por tanto tempo que imagino que não vá responder. Deixo minha cabeça cair para trás e fecho os olhos.

— Música — diz ele finalmente.

Levanto a cabeça de novo.

— Música?

— Sempre que eu toco guitarra sinto que é uma grande perda de tempo, mas não consigo parar de tocar. — O tom de voz dele é quase de reverência. — Quero ser músico.

— Isso é ótimo — incentivo.

Ele bufa.

— Tente dizer isso aos meus pais.

— O clã Travata leva o conceito de herança muito a sério. — Nicole emprega energia suficiente para virar para o seu lado. — Eles acreditam que todos os descendentes de Asclépio devem seguir carreira médica.

— Então só porque o seu tataratatara-alguma-coisa teve a ver com medicina querem que você seja médico também? — pergunto.

— Neurocirurgião. — Ele ri. — Eu não conseguia nem dissecar uma minhoca no Nível Quatro. Como poderia abrir o crânio de um homem?

Eca. Estremeço, mas guardo meu asco para mim mesma. Estamos falando sobre Troy e suas paixões.

— Se você quer ser músico, se não será feliz fazendo outra coisa, então precisa encontrar um meio. — Pouso minha mão sobre o ombro dele para confortá-lo. — É difícil esconder uma vocação de verdade.

Ele cobre minha mão com a sua.

— Obrigado.

— Se vocês já tiverem terminado, eu gostaria de assistir aos fogos em paz — interrompe Nicole.

Olho para o céu vazio e silencioso.

— Que fogos?

— Espere. — Troy confere o relógio. — Em cinco, quatro, três, dois, um...

Acima de nossas cabeças, o céu explode em um turbilhão de cores. Estrondos de vermelho, azul e verde brilham na escuridão e caem como chuva ao nosso redor. Uma grande esfera dourada estoura no céu.

— Eu nem ouvi quando foram lançados.

— Querida, não precisamos nos preocupar com explosivos — responde Nicole. — Só é preciso algum foco e o estalar dos meus dedos.

Ela estala os dedos e um lampejo azul atravessa o ar, indo parar na camiseta do Green Day de Troy. Rapidamente, ele dá um tapinha no lugar onde o fogo encostou — chega a sair fumaça e um buraco se abre sobre a letra "g".

— Ei! — exclama ele. — Veja bem onde joga seus fogos de artifício, Nic.

Eu rio só de pensar em Troy pegando fogo por causa de uma única brasa. Nicole simplesmente dá de ombros e diz:

— Desculpa. Não tenho treinado minhas habilidades pirotécnicas ultimamente.

— Bem, não as teste nas minhas roupas.

Eu me ajeito no cobertor, sentindo a areia morna se acomodando embaixo de mim, e assisto aos fogos enquanto ouço meus dois amigos se alfinetando. É quase como estar em casa. Se não fosse pela coisa dos descendentes-sobrenaturais-dos-deuses e por estar a milhares de quilômetros de tudo o que sempre chamei de lar, esta ilha poderia ser suportável.

Até legal, talvez.

De repente, ouço uma explosão na praia. Com o corpo pesado de tanta preguiça, viro a cabeça para o lado. Griffin e um bando de arruaceiros — armados com balões de água em cada uma das mãos — estão correndo atrás de Adara e seu grupo de animadoras de torcida. Reconheço que dois deles são corredores de longa distância, Christopher e Costas. Christopher é muito alto, louro e bastante gentil; ele se ofereceu para ser meu parceiro nos treinos quando ninguém mais se candidatou. Por outro lado, Costas é tipo uma versão piorada de Griffin.

Enquanto observo, os garotos cercam as meninas e seguram os balões de água sobre suas cabeças.

Eu disse que esta ilha era quase legal? Quis dizer adolescente.

Acho que os garotos são iguais em qualquer lugar — divinos ou não.

— Você tem certeza de que quer se meter naquilo? — pergunta Nicole, afastando minha atenção da cena.

— Sim — respondo com relutância. — Eu não tenho...

— Ahhhhh. — O grito de Adara atravessa o ar quando Griffin e Costas a encurralam e a acertam com seus balões.

Ela agora está com frio *e* molhada. Eu não a invejo.

— ...escolha — completo.

— Tudo bem. — Nicole arqueia as sobrancelhas. — Mas não diga que não avisamos.

— Considere-me avisada.

Neste momento, Griffin — ainda às gargalhadas por causa dos balões de água — olha para nosso grupo. Seus olhos pousam em mim, com intensidade e reprovação. Ele aponta na minha direção. A areia ao meu lado brilha e um pedaço de papel dobrado aparece.

Eu me inclino sobre o peito, pego o bilhete e o desdobro.

Domingo. Meio-dia. Esteja preparada para trabalhar.

Quando olho para trás, ele sumiu.

Minha mãe e eu encaramos as vitrines com prateleiras repletas de doces e pães. Bandejas de biscoitos, *baklava*, bolos e tortas. Parece que aqui usam mel em tudo, e o mel reluz na medida certa para deixar o reflexo hipnotizante. Na parede atrás das vitrines há prateleiras com cestos transbordando de pães. Tem de tudo, desde rocamboles de azeitona do tamanho de um punho até *tsourekis* de um metro, aquele pão trançado que Yia Yia Minta sempre faz no dia da independência grega. Mordo o lábio inferior para não babar.

— Nunca vi tanta variedade — diz minha mãe, se inclinando mais para perto para ver as tortas. — Não é surpresa que sua tia esteja sempre cozinhando; ela poderia fazer uma receita diferente a cada dia do ano e nunca iria repetir nenhuma.

— Não conte para Yia Yia Minta — digo —, mas estes parecem ser melhores que os dela.

— Espero que sim. — Uma mulher baixa de meia-idade usando roupa de chef surge de lá de dentro, sacudindo a farinha das mãos. — Nós temos o selo de Héstia.

— O que é selo de Héstia? — pergunta minha mãe.

— Ah, você deve ser a nova *nothos* na ilha. — A mulher sorri, fazendo as bochechas carnudas parecidas com maçãs cor-de-rosa saltarem. — Meu nome é Lilika, sou descendente de Héstia. Minhas receitas vêm da própria deusa da terra e não se comparam a nenhuma outra do mundo.

— Muito prazer em conhecê-la, Lilika — diz minha mãe. Ela agarra a manga da minha camiseta e tira minha atenção da *baklava*. — Sou Valeria Petrolas e esta é minha filha, Phoebe.

Estou tão fascinada pelas guloseimas que nem registro que minha mãe se apresentou como Petrolas.

— Meu Deus! — Fico de joelhos e encosto o rosto com força contra o vidro. — Isso é... *bougatsa*?

— A jovem tem seu favorito, hein? — Lilika se move atrás da vitrine, deslizando o painel de trás. — É o meu preferido também.

— Temos que provar um pouco, mãe. — Olho para ela, implorando. Ela não responde, então engatinho para perto até estar aos seus pés. O sino sobre a porta ressoa, mas eu não ligo. Estou concentrada em implorar. Só mesmo aquela massa folheada de queijo com creme poderia me levar àquele extremo; bem, aquilo e o novo Nike+ com sensor para iPod embutido. — Por favor, por favor, por favor.

Minha mãe ri.

Lilika, ocupada em tirar a *bougatsa* da vitrine, olha para cima para ver quem entrou na loja.

— *Moro mou!* — grita ela, deslizando a badeja de volta para dentro da vitrine. — *Pou sas echei ontas*, Griffin?

Entendo apenas uma palavra do que ela diz, mas aquele nome é tudo o que preciso compreender para saber que a humilhação está no meu destino. E esse destino está muito próximo.

— Desculpe por não ter aparecido por um tempo, tia Lili — diz a voz que temo ouvir. — Tenho estado ocupado.

Talvez seja a minha imaginação, mas posso sentir que ele olha para mim. Quem não olharia para uma garota de joelhos no meio de uma padaria, implorando à mãe por um doce idiota? Ainda que seja o folhado com creme mais delicioso que ela já comeu.

Com cuidado, para não chamar atenção caso ele ainda não tenha me notado, eu me levanto do chão. Ainda assim, não posso me virar. Ver Griffin rir da minha cara na escola na frente de dezenas de alunos já foi ruim o bastante, mas acho que eu não sobreviveria se ele risse de mim na frente da minha mãe. Os alunos da Academia deixarão de existir na minha vida em nove meses. Mamãe será minha mãe para sempre.

— Bobinho — diz Lilika, arquejando. — É claro, você deve conhecer Phoebe. Ela é nova na Academia. Querida — diz ela e posso ver que sua atenção está voltada para mim —, gostaria que conhecesse meu sobrinho, Griffin.

— Phoebe — diz ele, sua voz é baixa e firme. Sem emoção.

Apesar de tudo, me viro e olho para ele. Seguro as mãos atrás das costas para não ficar tentada a dar um tchauzinho como uma total imbecil.

— Griffin.

Ele está lindo, como sempre. Há gotículas de água nos seus cachos, como se tivesse acabado de tomar banho, e sua camiseta de algodão vermelho marca algumas partes interessantes do seu corpo. Ele está me encarando, seu olhar é fixo e indecifrável. Não consigo dizer se está furioso ou completamente alheio à minha presença.

— Maravilha. — Lilika bate palmas. — Vocês já se conhecem.

— Somos do mesmo time de corrida, tia.

Esperei que dissesse algo sacana do tipo "Por enquanto". Ou "Até que ela perca a primeira corrida". Como ele não disse, inclinei a cabeça, pensando se eu estava mesmo olhando para o verdadeiro Griffin Blake. Com certeza se parece com ele.

— Deve ser a Sra. Petrolas — diz ele, dando um passo à frente e estendendo a mão. — Griffin Blake.

— Valerie, por favor — sugere ela. Enquanto minha mãe o cumprimenta, ela me lança um olhar que claramente diz: *Que gracinha!* — Gosto muito de conhecer os companheiros de equipe de Phoebe. Ainda que não tenha dito, ela está muito animada por estar no time.

Obrigada, mãe.

Griffin sorri, educado. Seus olhos me examinam enquanto ele diz:

— Também estamos animados por tê-la no time. Ela é a corredora mais desafiadora com quem já treinei.

O que era aquilo? Sarcasmo? Chacota? Não parecia falso, mas só podia ser. Bem, não vou continuar aqui para que riam de mim com indiretas.

— Por falar em treino — digo, puxando minha mãe pela mão —, tenho um monte de dever para terminar antes do treino da tarde.

Minha mãe franze o cenho, como se não entendesse o que tinha dado em mim, mas deixa que eu a guie para fora da loja.

— Phoebe, querida — diz ela quando chegamos à rua pavimentada com pedras arredondadas —, está tudo bem?

— É claro — respondo. — Por que não estaria?

— Num minuto você está implorando por uma *bougatsa*, no outro está me arrastando porta afora!

Porcaria! Esqueci completamente da *bougatsa*. Por um instante penso em voltar, mas decido que nem mesmo o doce mais divino do mundo vale o escárnio velado de Griffin.

— É, bem, o açúcar iria atrapalhar minha dieta. — O que é uma grande mentira.

Minha mãe não desiste facilmente.

— Isso tem a ver com aquele menino, não tem...?

— Phoebe, espere! — grita uma voz.

Então me viro e vejo Griffin correndo na nossa direção, com um saco de papel na mão esquerda. Meu coração acelera e sei que é porque espero que ele esteja vindo pedir desculpas, explicar que não estava implicando comigo e que realmente se sentia feliz por me ter no time.

Há!

— Aqui — diz ele, me entregando o saco de papel. — Tia Lili não queria que você fosse embora sem a sua *bougatsa*.

Encaro o saco de papel. Por que meu coração fica tão cheio de esperanças?

— Obrigada — murmuro. — Mas não pagamos por isto.

Quando tento devolver o saco, ele me afasta.

— Lili quer que você prove. — Ele inclina a cabeça um pouco e agora seus olhos estão olhando para os meus. — Ela disse que você tem muito bom gosto para doces.

— É mesmo?

Ele assente, sorrindo um pouquinho. Eu quase deixo de notar.

— Diga a ela que agradecemos — pede minha mãe, quebrando o momento de conexão entre Griffin e eu.

Ele se vira para ela, os olhos arregalados como se tivesse esquecido que minha mãe estava ali.

— Claro — diz ele. Aquele sorriso educado está de volta. — Tudo bem.

Sem mais nenhuma palavra, ele se vira e corre de volta pela rua.

— Ele parece ser um bom rapaz — diz minha mãe, observando Griffin se retirar.

— É — concordo. — Se estiver num bom dia.

Pena que dias assim sejam raros.

— Você não vai usar isso — diz Nicole assim que entra no meu quarto. — Esse moletom cinza vai mandar Griffin direto para os braços de Adara, não para os seus.

Nicole está vestindo uma minissaia jeans preta e camisetas sobrepostas, uma vermelha, a outra branca. E mais pulseiras do que jamais pensei que o braço de alguém pudesse suportar. O visual dela dizia mais "Cai fora" do que "Oi, gatinho", mas não quero discutir. Saber usar as roupas para agradar os meninos é algo que não faz parte do meu repertório.

— Tá — concordo, tirando meu Nike e me aproximando do armário. — O que devo usar?

— Deixe-me dar uma olhada. — Ela me empurra e começa a vasculhar minhas gavetas, jogando calças e camisetas sobre o ombro. — Não. — Descarta uma peça. — Nananinanão. — Descarta outra. — Humpf. — Outra.

Consigo segurar minhas calças de corrida de veludo azul antes que caiam no chão.

— Você precisa ficar jogando tudo assim?

Ela continua remexendo nas coisas e ignora minha pergunta.

— Ahá! — diz e puxa um short, com um gesto de vitória. Então balança a peça sobre a cabeça e completa: — Coloque este aqui.

É o short cinza de risca-de-giz rosa que comprei para a corrida contra o câncer de mama. Cor-de-rosa definitivamente não é a minha cor, a não ser pela almofada de pelúcia, é claro.

— Nicole, isso não é exatamente...

— Você não tem nada além de camisas de manga?

— Hum, não. Não...

— Então toma. — Ela enfia os braços por dentro da camiseta, se contorce por um instante e aparece com a camiseta branca em uma das mãos. — Vista isto.

— Eu não...

— Anda logo. — Ela joga a camiseta em cima de mim. — Você não pode se atrasar no primeiro encontro.

Pego a camiseta e penso em argumentar, mas concluo que seria em vão. Com o short e a camiseta nas mãos, sigo para o banheiro e tiro meu confortável moletom cinza. E me sinto praticamente nua com as pernas e os braços tão expostos.

Não estou acostumada a mostrar tanto do meu corpo, a não ser em dias de competição.

Quando volto para o quarto, Nicole está estatelada na minha cama folheando um exemplar antigo da revista *Runner's World*.

— Você lê mesmo esse tipo de coisa? — pergunta ela, levantando a cabeça. — Meus *dolmades*!

Ela parece impressionada.

— O que foi?

— Você — diz ela, deixando a revista cair no chão — está uma gata.

Posso sentir que fico ruborizada. Mas não só pelo elogio. O short marca meus quadris mais do que estou habituada e a camiseta fica bem justa nos seios, mesmo usando o sutiã achata-peito especial para corrida.

— Eu não imaginava que você tinha curvas por baixo dessas camisas enormes que usa. — Ela anda ao meu redor conferindo minha aparência de cada ângulo possível. — Definitivamente elas estão a seu favor. E suas pernas são ótimas, magras, torneadas e bem-feitas.

— Ob... obrigada — gaguejo. — Você realmente acha que eu posso...

Não consigo me obrigar a enunciar a pergunta.

Nicole fica me observando por um bom tempo antes de responder:

— Se você o quer, nós iremos conquistá-lo. Não se preocupe. E esses aí... — Ela faz um gesto indicando meu peito. — Simplesmente deixarão a isca ainda mais atraente.

Ainda não sei bem como saberei usar a tal *isca*, mas se ela me ajudar, então estou dentro.

— Agora que o visual está pronto, embora você possa querer fazer algo diferente no cabelo em vez de rabo de cavalo — ela gesticula e indica meu aparentemente inadequado penteado —, vamos à estratégia.

Levo as mãos à cabeça e aperto ainda mais o meu rabo de cavalo. Só existem duas opções para o meu cabelo: rabo de cavalo e solto. Rabo de cavalo para correr. Solto para ir ao colégio.

Nem mesmo o grande Griffin Blake poderia induzir algo mais elaborado nesse quesito.

— Antes de discutirmos a, hum, estratégia — digo, sabendo que eu precisaria dessa resposta antes de irmos em frente —, quero perguntar qual é a sua história com Griffin. Parece que existe alguma inimizade entre vocês, e eu não...

— Não há história alguma — devolve ela. — Não uma histórica romântica, pelo menos. É somente um desentendimento pessoal. Não se preocupe com isso.

Não se meta nos meus problemas. Consigo ouvir o aviso como se ele tivesse sido pronunciado em voz alta.

— Certo. — Pesco a dica óbvia: vamos em frente.

Nicole percorre os dedos pelos cabelos louros espetados, deixando os fios voltados para todas as direções.

— Preste atenção — diz ela, sentando na minha cama. — Eu não gosto muito de falar sobre isso. Quero dizer, eu *nunca* falei sobre isso com ninguém.

— Entendo. — Sento ao lado dela. — Você não precisa me contar nada.

— Não. — Ela balança a cabeça. — Você precisa saber. — Ela inspira profundamente: — Griffin e eu éramos amigos. Melhores amigos.

Uau, por essa eu não esperava.

— Quando éramos mais novos, nos metemos numa encrenca. Problema dos grandes. — Os olhos de Nicole brilhavam com as lágrimas não derramadas. — Meus pais acabaram sendo expulsos de Serfopoula. Por isso só comecei a Academia no Nível Nove.

— Ah, Nicole, sinto muito.

— O pior de tudo — diz ela, limpando as lágrimas agora — é que eles foram punidos pelo que Griffin e eu fizemos. Porque ele não se responsabilizou pelo que fez. Ele deixou que os deuses arruinassem a vida dos meus pais para salvar a própria pele.

— Não acredito... — Griffin pode ser um babaca, mas o garoto que conheci na praia, pelo qual estou passando por tudo isso, tem bom coração. — Ele não faria algo que a magoasse intencionalmente...

— Ele entrou para testemunhar — devolve ela — e, quando saiu, meus pais foram banidos da ilha.

As lágrimas escorrem por suas bochechas. Envolvo Nicole com os braços e aperto forte. Isso é o que minha mãe chamaria de liberar a emoção reprimida. Acho simplesmente que é bom para ela pôr tudo para fora. Não acredito que nunca tenha falado com ninguém sobre aquilo antes. A essa altura provavelmente todo mundo sabia da história toda. Que bom que agora eu estava ali para confortá-la.

Ficamos sentadas por vários minutos, Nicole chorando e eu a abraçando. Até que as lágrimas cessaram e ela começou a fungar.

— Então — digo para aliviar a tensão do silêncio pós-traumático —, você disse algo sobre estratégia?

— Sim — concorda ela com vontade, ficando de pé e fingindo nem mesmo ter chorado. — Você não pode começar sem um plano. Seria como... — Ela pensa por um instante. — Correr sem conhecer o percurso.

Por que tenho um pressentimento de que não vou gostar disso?

— Certo — aceito. — Estratégia.

— Recomendo uma parte de menina indefesa, uma parte de amplos decotes e três partes de massagem no ego dele. — Ela deve ter notado a expressão vazia no meu rosto porque completa: — Preciso anotar pra você?

— Não — respondo. — Mas vai ter que me explicar.

Com um suspiro profundo, ela se senta na cama de novo.

— Para chamar a atenção de Griffin de maneira positiva, você precisa tocar nos pontos fracos dele: a necessidade de bancar o herói, peitos femininos e a arrogância colossal que poderia encher o Parthenon.

Concordo com a cabeça, mas ainda não tenho muita certeza do que ela quer dizer.

Nicole revira os olhos diante da minha infinita confusão.

— Ele é um chauvinista, um idiota egoísta guiado pela testosterona.

Ah, é só isso? Eu já sabia.

— O problema é como usar isso contra ele — continua ela.

— Aposto que você tem um plano.

— Na verdade... — Ela dá um sorriso perverso. — Tenho.

Estou certa de que não vou gostar disso.

— Está preparada para sofrer? — pergunta Griffin enquanto me dirijo para a linha de partida.

Nicole sugeriu que eu bancasse a indefesa — sem argumentar, sem dar respostas atravessadas, nada além de doçura e gentileza. No instante em que vejo o sorriso presunçoso sei que não posso interpretar aquele papel.

— Posso suportar qualquer coisa que vier de você, Blake.

Ele me olha da cabeça aos pés, pairando na altura dos meus peitos e depois das minhas pernas. Uma efervescência de satisfação me domina; aquela roupa valeu o constrangimento. Se não der em nada, pelo menos sei que ele gosta do que vê.

— Vamos começar — digo quando vejo que ele não parece com pressa.

— Certo — concorda ele, voltando o olhar para o meu rosto. — Você se aqueceu?

— Estou fervendo.

Ele dá um sorrisinho.

— Então, na minha contagem — diz ele.

E nos alinhamos para dar a largada.

Griffin conta:

— Três, dois, um...

Disparo antes de ele dizer "vai", acelerando pela pista e sabendo que ele está pelo menos um passo atrás de mim. Um metro depois, ele já conseguiu me alcançar.

— Você trapaceou.

— Não — digo com um tom casual. — Só estava igualando as coisas entre nós.

Ele não tem resposta para isso. Griffin sabe que trapaceou na última corrida e tenho certeza de que não fará isso de novo. Não há mais ninguém aqui além de nós dois para ver quem vai ser o vencedor.

Também posso apostar que ele está louco para saber quem é o mais rápido de verdade.

E nesse momento sei que não posso ir adiante com o plano de Nicole. É bom demais estar em uma corrida de verdade — e eu não posso *não* competir. Vou correr até meu pé sangrar. E vou ganhar.

Percebo um lampejo pelo canto do olho.

Quando me viro, vejo o cabelo louro espetado de Nicole entre as árvores e a vegetação rasteira. O que ela está fazendo...?

Então uma luz brilha no meu pé e, quando dou por mim, estou de cara no chão. Durante a queda, enquanto sinto meu pé virando, sei que não é outro caso de cadarços amarrados.

Não, Nicole preferiu simplesmente torcer meu tornozelo.

Capítulo 7

— Tudo bem com você? — Griffin está inclinado sobre mim, as sobrancelhas unidas demonstrando preocupação.

— Sim — digo, levantando do chão com dificuldade e me sentando. — Tudo ótimo.

— O que aconteceu? — Ele parece realmente ansioso, como se esperasse que eu fosse acusá-lo de ter jogado algum encanto em mim como da outra vez.

Não, eu sei muito bem o que houve agora.

— Não tenho certeza de como foi. Eu simplesmente caíííííí! — Tento me levantar, mas meu tornozelo direito vacila. Com os braços balançando, caio em cima de Griffin.

Aparentemente, Nicole não apenas me derrubou. Meu tornozelo não dói nem nada disso, mas ele não aguenta meu peso. Enquanto me seguro nos ombros de Griffin e tento ficar de pé, dou uma olhada para os arbustos onde vi Nicole. Ela sumiu há tempos, é claro.

— Você deve ter torcido o tornozelo mesmo — diz Griffin, colocando as mãos nas minhas costas para me ajudar a levantar. — Consegue andar?

— Claro que consiiiiiiigo! — afirmo, enquanto tento dar um passo e caio mais uma vez nos braços dele. O que Nicole fez afinal? Usou magia para retirar os músculos do meu tornozelo?

— Calma. — Griffin vem por trás de mim, se abaixa e me levanta com os braços. — Vou carregar você

— Não, sério. Não precisa.

— Sim — interrompe ele. — Precisa, sim.

Mesmo não sendo completamente contra a ideia de estar nos braços dele, não foi assim que imaginei. Calma aí, quero dizer que nem por um segundo pensei nisso quando bolamos esse plano.

Nunca perdi meu tempo imaginando Griffin e eu fazendo nada um com o outro. Eu juro.

Ainda assim, aqui estou eu, embalada em seus braços enquanto ele percorre o caminho de volta pelo bosque. Eu me sinto como uma dessas donzelas em apuros dos contos de fada, sendo resgatada de uma floresta sombria cheia de ogros e trolls.

Mas Griffin Blake só age como um herói de contos de fada quando lhe convém.

— Por que você está sendo tão legal? — pergunto.

Seus olhos azuis se viram na minha direção.

— Não estou sendo legal.

Dou uma olhada para ele que significa: "Hum, sei."

— Tá bom. — Ele afrouxa e então murmura algo incompreensível.

— O quê? — Sei que ele é estranho, mas tenho certeza de que é capaz de pronunciar uma frase com clareza.

— Eu disse... — Ele fecha os olhos. Dou uma olhada na pista à frente para ter certeza de que ele não vai tropeçar numa raiz de árvore ou coisa assim. Griffin trava o maxilar e repete, com clareza, desta vez: — Eu tenho que ser

— Como assim você tem que ser?

Piso no pedacinho de mim que quer que ele diga: *Não posso evitar, porque eu te amo, Phoebe.* Alguém aí falou em se iludir?

— Está no meu sangue — diz ele. E para por aí.

Como se isso explicasse tudo.

— Não estou entendendo.

Ele resmunga algo e posso sentir o tremor do seu peito por estar tão perto.

— Olha, se você vai bancar o silencioso no caminho todo até...

— Hércules é meu ancestral.

— Hércules não era romano?

— O nome é — diz Griffin. — Mas grande parte das pessoas nunca ouviu falar em Héracles. Até mesmo os deuses deixaram de usar esse nome há séculos.

— Achei que você fosse descendente de Ares.

— Eu sou — murmura. — Do lado da minha bisavó. Hércules está na árvore genealógica do meu pai.

— E...

— Os descendentes de Hércules tendem a agir de maneira heroica quando alguém precisa.

Não consigo me segurar e caio na gargalhada. É a coisa mais engraçada que já ouvi. Ele realmente está me ajudando porque não consegue evitar? Não tem preço.

Definitivamente consigo ver como isso me trará vantagens.

— Entretanto, você não pode abusar desse privilégio — diz ele quando paro de rir. — Somente situações genuínas de necessidade se qualificam.

— O quê? — pergunto, segurando o riso. — Existe um contrato ou algo do tipo? Qualificações e exceções para atos heroicos?

Seu maxilar trava novamente e ele não responde.

Na verdade, ele fica olhando fixo para a frente e não desvia o olhar na minha direção. Eu devo ter tocado em um ponto fraco, sei lá. Ótimo, agora me sinto culpada por ter implicado com ele — o cara que usou magia para me tirar do time para começo de conversa. Eu não tenho motivos para me sentir assim em relação a ele.

Mas eu me sinto.

— Desculpe — me ouço dizendo. — Não deveria fazer gracinha com coisas que não entendo. Esse negócio de herói é bem sério, né?

Ele assente uma vez.

— Quantos existem como você?

Sua expressão é triste, mas ele continua olhando para frente. Saímos do bosque e agora estamos cruzando o gramado abaixo da escola. Quando acho que ele está tão zangado que não vai responder, apoio minha cabeça em seu braço e relaxo. Pelo menos posso aproveitar o passeio.

— Um. — Os olhos azuis de Griffin brilham quando encontram os meus castanhos. — Apenas um.

— Você é o único descendente de Hércules? — Uau. Isso deve ser um fardo e tanto. — Como é possível?

— A cada geração nasce apenas uma criança da linhagem de Hercúlea.

— E seus pais?

O brilho deixa os olhos dele.

— Eles... não ficam muito por aqui.

— Não ficam por aqui? Estão viajando ou algo assim?

— Não.

— Ah.

Certo. Não consigo imaginar sobre o que ele está falando — ou o que devo absorver por meio de suas respostas misteriosas —, mas tenho a sensação que ele não vai explicar muito mais do que isso.

— Então, hum... — tento pensar em alguma coisa para dizer e quebrar o silêncio constrangedor — onde você...

— Você é amiga de Nicole.

Não tenho certeza se fiquei impressionada por ele ter dito alguma coisa ou por estar falando sobre Nicole. Principalmente depois do que ela me contou sobre o passado dos dois.

— Sim — respondo com cautela.

— Ela e eu... — Ele balança a cabeça. — Não sei se ela te contou, mas...

— Ela me contou.

Imagino que ele vai me perguntar exatamente o que ela disse para poder negar as acusações e se defender. Em vez disso, ele me surpreende e pergunta:

— Como ela está?

— Hum, ela... está bem, acho. — Mas quando me lembrei dela chorando naquela manhã, quando me contou tudo, pensei que talvez não estivesse tão bem assim. A essa altura, acho que não vou perder mais pontos por ser completamente honesta. — Ela não gosta muito de você.

Ele ri de um jeito que deixa bem claro que não acha isso engraçado.

— Melhor me contar algo que eu não saiba.

Arrisco tudo e digo:

— Ela acha que você foi o responsável por terem banido os pais dela.

Ele trava o maxilar.

— Não sei por que ela pensa isso, mas... — continuo

— É verdade.

Meu queixo cai.

— Como assim? Por que você faria isso?

Ele suspira e revira os olhos, mas de alguma forma eu entendo que ele está fazendo isso para si mesmo e não para mim.

— Não foi de propósito — diz ele, triste. — Juro

Como você faz alguém ser expulso?

— O que aconteceu? — pergunto, mas ele não responde. — Ela disse que você testemunhou no Monte Olimpo e.,

— Pode parar.

— Mas não faz sentido — insisto. — Como *você* pode não se responsabilizar por uma coisa que fez os pais dela.

— Eu disse para *parar*!

Então me encolho diante da explosão dele, embora eu não possa ir mais longe, já que ainda estou nos braços dele. Apesar de Griffin parecer ainda mais zangado do que quando eu o provoquei na corrida classificatória, continua me segurando com firmeza. Pela maneira como está trincando o maxilar e olhando fixamente para a frente, tenho certeza de que a conversa vai terminar por aí.

Não suporto aquele silêncio, aquela tensão.

— Você sabe para que faculdade vai? — pergunto, tentando mudar de assunto.

Sem resposta. Impressionante.

— Eu vou para a USC no próximo ano — digo, preenchendo o silêncio com a minha própria voz. — Se tiver sorte, consigo uma bolsa por causa da corrida. Só preciso ter uma média B e me sair bem nos treinos, com isso o treinador diz que poderá me indicar para uma bolsa integral; algo de que realmente vou precisar, já que minha mãe não vai mais trabalhar e não espero que Damian pague por *nada* porque...

— Oxford — diz Griffin de repente. — Vou para Oxford.

Aparentemente, ele não curte meninas que falam demais. Tenho que me lembrar disso.

Quando eu me lembro de que Stella tem o mesmo plano em mente, pergunto:

— Todos na Academia vão para Oxford?

— A escola tem um... acordo com a administração da universidade.

— O que você vai estudar?

Estava na ponta da minha língua emendar "Mitologia?" na pergunta, mas decido não ceder ao sarcasmo. Agora ele estava sendo heroico, mas amanhã, na escola, o jogo será outro, e não quero terminar o dia magicamente presa ao teto pela calcinha ou algo do tipo.

— Economia.

É isso. Resposta de uma palavra só.

Não que eu esperasse mais.

— Vou estudar Medicina do Esporte. Quero treinar atletas, talvez em uma universidade, para a seleção Olímpica ou algo do tipo.

Ele solta um gemido, que entendo ser a confirmação de que ouviu o que eu disse, mas não pretende responder. E tudo bem por mim, porque posso continuar falando.

— Sei que não posso correr para sempre, ainda que eu saiba que existam uns caras mais velhos na maratona de Boston e outras situações parecidas, mas preciso ganhar a vida de alguma forma. Assim consigo permanecer envolvida com esporte sem ter que me preocupar com quando meus tornozelos vão falhar e...

— Chegamos.

Perdida em meu monólogo, nem mesmo percebi que havíamos cruzado o gramado, passado pela escola e chegado às escadas da frente da casa de Damian.

Entretanto, percebo que Griffin não me larga imediatamente ou sai correndo o mais rápido que pode.

Talvez também seja uma atitude comum dos heróis.

— Bem, obrigada — digo, embora eu saiba que ele não me ajudou simplesmente porque tem um bom coração.

Ainda assim, ele não me coloca no chão.

Mas olha para mim, os olhos azuis brilhantes presos aos meus.

O momento congela, não consigo me mover ou falar ou reagir.

Desamparada em seus braços, o silêncio fica evidente em meus ouvidos, e percebo, pela primeira vez, todas as sensações. Sinto o coração dele batendo dentro do peito. O calor que emana do seu corpo. Os braços dele encostando nas minhas pernas nuas, nos meus ombros...

Ai. Meu. Deus.

Esqueço completamente dos trajes sumários que Nicole me fez usar. Durante todo aquele tempo, estive seminua em seus braços — tudo bem, sei que as partes que importam estão cobertas e, de acordo com os padrões da MTV, minhas roupas são praticamente antiquadas; mas para mim aquilo é estar exposta.

Não tenho certeza sobre o que fazer. Devo chutar e gritar, exigindo que ele me coloque no chão imediatamente? Escapar dos braços dele — e provavelmente cair de cara no chão graças ao maravilhoso truque do tornozelo torcido que Nicole aprontou? Aproveitar a sensação de estar nos braços dele enquanto a cabeça de Griffin se inclina para baixo, chegando mais e mais perto da minha...

— Ahã.

Assustada, olho para cima e vejo Stella parada na entrada da nossa casa. As mãos dela estão nos quadris e pela maneira como me olha parece que acabou de nos pegar dando uns amassos na escada.

As orelhas de Griffin ficam vermelhas de tanto constrangimento.

Sem dizer uma palavra, ele me larga nos degraus, assente para Stella e sai correndo pelo quintal.

— Lembre-se apenas de que você deve roubar Griffin *para* mim e não *de* mim — ataca Stella.

Consigo assentir, distraída, sem prestar atenção nela, só no monte por onde Griffin acaba de passar até desaparecer. Seguro no batente da porta para não cair, e não posso desperdiçar energia me preocupando com a irritação de Stella.

Griffin Blake quase me beijou!

E a idiota da Stella interrompeu.

PrincesaCesca: ele molhou os lábios?
phoebeperdida: não
PrincesaCesca: ele fechou os olhos?
phoebeperdida: não
PrincesaCesca: ele colocou a mão no seu rosto?
Phoebeperdida: não
phoebeperdida: ele estava meio ocupado me segurando
PrincesaCesca: tem certeza de que ele ia te beijar?
phoebeperdida: pela milésima vez... sim!
PrincesaCesca: você está encrencada
phoebeperdida: não me diga
PrincesaCesca: MIM vai te matar se você conquistá-lo antes dela

MIM é uma sigla para Meia-Irmã Malvada — mais conhecida como Stella.

Depois que Griffin me largou — quando eu descobri que o feitiço do tornozelo de Nicole havia terminado —, tive que enfrentar a inquisição de Stella sobre aquela cena.

Assim que ela ficou satisfeita, corri para o meu quarto — para o novo laptop e a internet, que seriam minha salvação pelos próximos meses — e chamei Cesca no chat.

phoebeperdida: ela não vai descobrir
PrincesaCesca: é uma ilha bem pequena
phoebeperdida: Justiniano nunca descobriu que mudaram a escola de lugar
PrincesaCesca: hein?

Oops. Não devo falar sobre isso. Bom, pelo menos eu não disse *quem* havia mudado a escola de lugar. Isso seria bem pior.

phoebeperdida: nada, só uma bobagem sobre a história
da escola
phoebeperdida: tivemos um pré-jogo na sexta
phoebeperdida: é uma tradição importante por aqui

O cursor pisca na minha frente por um longo tempo. Praticamente posso ouvir Cesca pensando a milhares de quilômetros de distância. Ótimo. Se há alguém capaz de desvendar o grande segredo, esse alguém é Cesca. Ela era a única que sabia que Justin estava me traindo semanas antes do restante dos alunos descobrir.

PrincesaCesca: é, os europeus são todos sérios quando o assunto é história
phoebeperdida: você não está brincando
phoebeperdida: um dos meus professores usa uma toga para dar aula
PrincesaCesca: me conte sobre a sua indiscrição fashion

Outra janela do chat aparece.

NicMah: como está seu tornozelo?
phoebeperdida: bem, e não graças a você
NicMah: você ia desistir
phoebeperdida: isso não era motivo para você

PrincesaCesca: tá aí ainda?
phoebeperdida: sim

phoebeperdida: jogar um feitiço em mim
NicMah: qual o problema?

NicMah: não doeu

phoebeperdida: não, mas

PrincesaCesca: você está conversando com outra pessoa também, não está?

phoebeperdida: é claro que não

phoebeperdida: você também não está dizendo nada

phoebeperdida: eu poderia ter me machucado quando caí

NicMah: mas não se machucou

NicMah: deu tudo certo no fim das contas

phoebeperdida: como você pode ter certeza?

NicMah: eu vi Griffin carregando você no colo para casa

PrincesaCesca: se vai me ignorar, vou sair do chat

phoebeperdida: não sai

PrincesaCesca: então me diz com quem você está falando

phoebeperdida: uma amiga da escola

phoebeperdida: ela tem uma dúvida no dever de casa

Eu me sinto péssima por mentir para Cesca, mas é mais fácil do que responder as perguntas dela. Eu nem teria permissão para respondê-las, na verdade.

phoebeperdida: ele me carregar no colo não quer dizer nada

NicMah: o que aconteceu?

NicMah: ele quase te beijou

NicMah: ai meus deuses!

NicMah: e por que não beijou?

phoebeperdida: Stella nos interrompeu

PrincesaCesca: Phoebe?

NicMah: ela pirou quando viu?

phoebeperdida: não, ela não percebeu o que estava prestes a acontecer

PrincesaCesca: alouuuuuu???

phoebeperdida: só um segundo

PrincesaCesca: tá

NicMah: viu!!! Tudo deu certo no fim

NicMah: enfeiticei você por uma boa causa

phoebeperdida: não me importo se ele rastejar aos meus pés

phoebeperdida: mas isso não é desculpa para você usar seus poderes sobrenaturais comigo!

Pisca, pisca, pisca.

NicMah: você tá aí?

Pisca, pisca, pisca.

NicMah: Phoebe?

Olho de uma janela do chat para a outra. De uma para a outra. Cesca e Nicole. Los Angeles e Serfopoula.

Meu coração acelera.

PrincesaCesca: poderes sobrenaturais?

Merda!

phoebeperdida: preciso ir
NicMah: algum problema?
phoebeperdida: não, claro que não
phoebeperdida: só preciso desligar agora
phoebeperdida: tchau

Fecho rapidamente a janela do bate-papo com Nicole, antes até de receber a resposta dela. Estou tão encrencada que nem tem graça.

PrincesaCesca: Phoebe, o que está acontecendo?

Rápido, pense em uma explicação plausível.

phoebeperdida: estamos jogando um RPG de fantasia
phoebeperdida: cada um dos personagens tem poderes especiais
phoebeperdida: eles podem usá-los nos outros personagens
phoebeperdida: ela usou os dela comigo no jogo

Ótimo, agora estou tagarelando no chat.

Cesca vai saber que está acontecendo alguma coisa. Nem em seus sonhos mais absurdos ela adivinharia o quê, mas Cesca é como um pitbull — ela não larga o osso até entender tudo.

PrincesaCesca: você odeia jogos de computador
phoebeperdida: hum, não odeio mais
PrincesaCesca: para de mentir pra mim
phoebeperdida: não estou mentindo

PrincesaCesca: o que está acontecendo de verdade?
PrincesaCesca: o que você não está me contando?
phoebeperdida: Cesca, eu

Lágrimas preenchem meus olhos no momento em que digo para minha amiga do jardim de infância — a garota com quem dividi cada um dos meus segredos mais profundos e tenebrosos — que não poderia contar aquilo para ela.

phoebeperdida: eu não posso
phoebeperdida: me desculpe
PrincesaCesca: tudo bem

Espero ela dizer mais alguma coisa, me perguntar por que ou me obrigar a contar. Mas o cursor continua piscando para mim. Depois de encarar a conversa empacada por 15 minutos, consigo aceitar que ela saiu do chat.

Posso incluir mais um item na lista de "coisas que perdi por ter me mudado para esta ilha idiota".

— Para construir uma dinâmica de time mais forte — diz o treinador Z para todos que estão reunidos na sala de musculação —, vamos formar duplas para os exercícios de hoje.

Ah, não. Isso só pode terminar em dor.

Christopher, o louro alto que se voluntariou para ser meu parceiro no treino, é a única pessoa no time que parece pelo menos disposta a ser legal — Griffin não tem falado muito comigo desde domingo —, então me colocar com outra pessoa será o equivalente a um pesadelo.

O treinador percorre a lista, deixando os lançadores com os corredores de barreiras e os saltadores com os velocistas, para misturar tudo.

— Phoebe Castro — diz ele, deslizando o dedo pela página em sua prancheta — e Adara Spencer.

Meus ombros despencam. De todas as pessoas que poderiam fazer par comigo, essa é a pior. Até mesmo passar a longa hora de treino em silêncio ao lado de Griffin — que foi escalado para ficar com Vesna Gorgopoulo, uma lançadora de discos que faz The Rock parecer um fracote — seria melhor.

Olho de relance para Adara, que está no centro do seu grupinho de louras. Dá para ver que está furiosa. Enquanto ela se afasta para pressionar o treinador — provavelmente para exigir um par diferente —, suas amigas me observam. A única que conheço pelo nome é Zoe. Ela está na minha turma de história geral e passa grande parte do tempo flertando com o Sr. Sakola. Eu a considerava inofensiva, mas o olhar fulminante com o qual ela me encara agora poderia fritar um bife.

Adara volta para seu grupo pisando duro, a expressão zangada em seu rosto deixa bem claro que o treinador Z se recusou a ceder a seu pedido. Se eu não desejasse exatamente o mesmo, nesse momento, ficaria feliz por vê-la fracassando.

— Cada um pode escolher um aparelho para começar — explica o treinador Z. — Quando ouvirem um apito, devem trocar com seu parceiro; quando ouvirem dois apitos, troquem de aparelho.

Enquanto todos se moviam para um aparelho, Adara e eu ficamos paradas nos olhando.

— Vamos andando, meninas — grita o treinador. — Vocês começam no banco.

Ele aponta para o banco com pesos no canto mais distante da sala de musculação, o único aparelho vago. Quando decido que o treino é mais importante que minha inimizade, me viro e sigo para o aparelho.

Mal me ajeito no banco e Adara chega.

O primeiro apito toca e levanto os braços para alcançar a barra.

— Ora, ora — diz Adara, sem fazer esforço algum para olhar para mim —, vejam só a destruidora de lares.

Eu a ignoro, puxo a barra e começo a contar.

Um. Dois.

— Você não achava que iria roubar meu namorado sem arcar com as consequências, não é, *kako*?

— Eu não... — Seis. — Roubei... — Sete. — Nada.

— O quê? — Ela dá uma olhada para baixo na minha direção. — Você achou que eu não ia ficar sabendo do que aconteceu no sábado?

— Eu não... — Doze. — Ligo... — Treze. — De verdade.

— Até que foi bem engraçado — diz ela, o tom de voz é de escárnio. — Griffin mal conseguiu controlar o riso para terminar de me contar.

— Como é?

Deixo a barra cair nos suportes com um estrondo.

Eu me sento e olho ao redor da sala até encontrar Griffin e Vesna no Pulley Alto. Ele está observando Vesna puxar o que parecem ser cem quilos. Por um instante, se vira e me vê, mas logo desvia o olhar.

Mas talvez ele estivesse olhando para Adara.

— Castro — grita o treinador Z —, você ainda está...

O treinador Lenny apita e depois pisca para mim, ignorando a careta do treinador Z para ele.

Saio do banco e fico atrás da barra.

— O que ele disse exatamente? — pergunto, furiosa.

— Tudo, é claro.

Continuamos em silêncio. Adara está levantando peso, e eu pensando em quantas maneiras teria de destruir Griffin sem ser pega, quando o treinador Lenny apita duas vezes e trocamos de estação. O próximo aparelho no nosso circuito deixa Adara de frente para mim — e também bloqueando minha visão — o tempo todo.

— Desgruda do meu namorado — sibila ela quando começo a prensar.

— Não se preocupe — respondo, mas me concentro na queimação que sinto nos peitorais para não pensar em Griffin, o traidor. — Não quero nada com o seu namorado.

— Ah, não estou preocupada. — Ela olha para trás, na direção de Griffin e Vesna, que estão se exercitando na rosca tríceps. — Só quero poupar você do constrangimento de ser motivo de piada na escola.

— Uau — digo assim que o apito toca. Solto o peso de repente. — Muito obrigada pela preocupação.

Adara começa a fazer seu exercício devagar enquanto diz:

— Se não acredita em mim, pergunte a sua amiga, NicMah. Ela sabe tudo sobre ser motivo de piada.

— Dobre a língua para falar dos meus amigos — aviso. Ela está perigosamente perto de passar dos limites.

Estou prestes a dizer o que ela pode fazer com sua preocupação e com seu conselho quando, de repente, os braços dela estalam para trás e os pesos batem com força no suporte produzindo um barulhão. Adara parece chocada, seus olhos estão arregalados como se tivessem ficado presos daquele jeito.

Tudo para na sala de musculação.

— Castro!

Por que o treinador Z está gritando comigo?

— Eu não fiz nada.

— Exatamente — diz ele. — Enquanto assiste, se sua parceira estiver com dificuldades, você precisa ajudá-la.

— Mas ela não estava...

— Eu implorei por ajuda... — geme Adara, aparentemente recuperada do choque. — Meus braços estavam trêmulos e fracos, como se fossem falhar. Mas ela se recusou a me ajudar. Disse que não levantaria um dedo para ajudar ninguém desse time.

— Isso é mentira — grito. — Eu nunca...

— Na minha sala — diz o treinador Z baixo e sério. — Agora.

Pronto, adeus competição. Estou prestes a ser expulsa do time e perder a chance de ganhar a bolsa.

— Eu vi o que aconteceu, treinador.

Todos se viram na direção de Griffin. Ele está encarando o treinador Z nos olhos.

— Adara não pediu ajuda — continua ele. — Ela simplesmente deixou os pesos caírem.

Arrisco uma olhada para Adara, cujo rosto está assumindo um tom vermelho horrível.

— Tudo bem então — gagueja o treinador. — Todos de volta ao trabalho.

A sala de musculação se agita com o barulho dos exercícios novamente. Todos voltam ao treino — com exceção de Adara, que está olhando para mim, e eu, que estou olhando para Griffin, e Griffin, que está olhando para o chão.

— Ah, e Blake — diz o treinador Z —, troque de lugar com Adara.

Pisando duro pela sala, Adara vai para seu lugar ao lado de Vesna, que agora está levantando um peso que deve equivaler a um carro pequeno. Devagar, ando até a rosca bíceps e pego um par de halteres. Sem dizer uma palavra, Griffin fica ao meu lado e põe a mão sobre a minha para acompanhar meu movimento.

Ele não fala comigo durante todo o exercício. Quando o treino acaba, estou mais confusa do que nunca.

— Esse tal de Platão está me dando uma surra — resmungo, encarando com um olhar vazio as páginas repletas de palavras filosóficas.

O Sr. Dorcas quer que a gente leia *A república* e escreva um ensaio de dez páginas quando eu nem mesmo entendo sobre o que é o livro. Como se eu já não tivesse problemas o bastante na minha vida atualmente.

— Você vai conseguir — garante Nicole.

— Não tenho tanta certeza disso. — Fecho o livro e olho a contracapa, que é algo que consigo entender, então leio as duas frases com a biografia de Platão. — Pena ele ter morrido há dois mil e trezentos anos.

Nicole ri e depois volta a ler.

— Você tem poderes, Nic. — Suspiro, batendo o livro com força na mesa. — Não consegue evocar Platão de volta à vida? Assim posso pedir que ele me explique melhor.

— Não podemos ressuscitar pessoas — diz ela. — Não, não mesmo. Nos anos 1960, alguém tentou trazer Clitemnestra de volta à vida para estrelar a versão da escola para *Agamenon*. Todos do elenco envelheceram cerca de cinquenta anos em um dia. — Em seguida, franzindo os lábios e com uma expressão pensativa, ela completa: — Mas veja, Hades é meu tio-avô. Podemos dar uma volta pelo submundo para encontrar Platão.

— Jura? — pergunto já mais animada.

Talvez existam benefícios por frequentar a mesma escola que os parentes dos deuses gregos. Já é alguma coisa para contrabalançar todos aqueles feitiços desgraçados.

— Lógico. — Ela franze o cenho. — É claro, sempre existe a possibilidade de não voltarmos. As pessoas se perdem lá embaixo o tempo todo. E o cheiro é de ovo podre.

— Ótimo. — Despenco na cadeira. — Minhas opções são: repetir essa matéria ou passar a eternidade no submundo fedorento. Não sei o que é pior.

Nicole se inclina sobre a mesa e pousa uma das mãos sobre o meu braço.

— Não se preocupe — diz ela. — Você não vai repetir.

Estou prestes a roncar e mostrar a ela o que penso sobre sua atitude solidária, quando o Sr. Dorcas se aproxima da nossa mesa.

— Srta. Castro — diz ele. — O diretor Petrolas gostaria de vê-la na sala dele.

Todos da turma começam a fazer barulhos de ohhh e uhhh, como se eu estivesse muito encrencada.

Considerando os últimos eventos, realmente estou.

— Ele pediu que você levasse suas coisas.

Talvez eu tivesse sido expulsa, será?

Ei, uma menina pode sonhar.

Junto minhas coisas rapidamente e sigo para a sala do chefão.

Damian está marchando atrás de sua mesa quando chego.

— O que...?

— Para quem você contou? — rosna ele.

Dou um passinho para trás diante do tom agressivo dele.

— Contei o quê?

— A escola. Para quem você contou sobre a escola?

Ele está falando muito rápido, com uma urgência que eu nunca vira antes.

— Se você está falando do Grande Segredo, não contei a ninguém.

Talvez eu tenha deixado parte de um detalhe escapar para Cesca naquela noite, mas de forma alguma aquilo equivale a contar um segredo.

Damian passa os dedos pelos cabelos enquanto afunda na cadeira.

— Phoebe, por favor. Não é hora para brincadeiras. A segurança de todos na escola e na ilha está em jogo.

Se ele parecesse minimamente melodramático, talvez eu pudesse achar que estava paranoico. Mas não é assim que ele soa. Então também não acho nada.

— Tá bom. — Eu me sento na frente dele. — No chat, no domingo à noite, escrevi acidentalmente para minha melhor amiga sobre poderes sobrenaturais. Minha intenção era escrever para Nicole, mas confundi as janelas. Cesca não vai contar a ninguém. Tenho certeza absoluta.

Talvez ela só conte para Nola, mas ela também não contaria a mais ninguém.

Só que se Cesca não contou a ninguém, como Damian havia descoberto?

— O que aconteceu? — perguntei com medo da resposta.

Esfregando os olhos com uma das mãos, Damian deu um suspiro.

— A ilha é segura e protegida pelos deuses. O escudo, entretanto, apenas protege os *nothos* de testemunhar algum evento sobrenatural sem querer. Se eles souberem exatamente o que estão procurando, os deuses não poderão impedir. — Ele percorre os dedos pelos cabelos, bagunçando os fios. — Se um único *nothos* indigno de confiança souber da verdade, estamos vulneráveis e podemos ser descobertos.

De repente, me sinto péssima pela escorregada acidental. Embora eu não tenha tido a intenção, o resultado foi o mesmo. E, pela expressão de Damian, as coisas devem estar realmente perigosas.

— Os nossos analistas de web identificaram uma busca de um IP ao sul da Califórnia. — Ele empurra um pedaço de papel pela mesa.

Sequência da procura: poderes sobrenaturais Serfopoula Grécia
Resultados: ocultos
Localidade: Condado de Los Angeles

— Ah. — Tinha que ser Cesca. Ninguém além dela iria pensar naquilo. Mas sei que fez com as melhores intenções. — Ela deve ter ficado preocupada depois que eu disse que não podia lhe explicar nada. Nós não temos segredos uma para a outra. Nunca. Provavelmente isso a deixou louca.

Isso faz com que eu me sinta melhor, já que Cesca não respondeu aos milhões de e-mails e mensagens que mandei pelo chat. Embora esteja magoada porque eu não posso confiar nela, Cesca continua tentando entender o que está acontecendo comigo.

Ela é uma amiga de verdade.

— Não podemos desfazer o que aconteceu — diz Damian. Seu tom de voz é resignado, o que faz com que eu me sinta ainda pior. — Talvez não haja motivo para nos preocuparmos. Vamos esperar e observar se teremos novos incidentes.

— E se tivermos?

— Precisaremos tomar providências defensivas.

— Providências defensivas? — Imagino Cesca com os pés presos em blocos de concreto, afundando lentamente para o fundo do Pacífico. Talvez os deuses gregos tenham uma estrutura similar à da máfia.

— Nada tão dramático — diz Damian, sorrindo e provando mais uma vez que pode ler minhas emoções com facilidade —, posso garantir.

Não estou completamente convencida, mas acho que preciso acreditar na palavra dele neste momento. Se chegar a hora das providências defensivas, eu avisarei a Cesca com antecedência para que ela possa viajar para outro país ou algo do gênero.

Por enquanto, apenas sorrio e assinto enquanto pego minha mochila para sair.

— Ah, Phoebe — chama Damian quando passo pela porta. Eu me viro e ele completa: — Tente não revelar acidentalmente nenhum outro dos seus segredos. Se o fizer, talvez eu precise testar esse método dos blocos de concreto.

Meu queixo cai.

— Ei! Você disse que só consegue ler emoções!

Damian, misterioso como sempre, simplesmente sorri e volta sua atenção ao trabalho. Típico dele.

Tenho sorte de não ter um diário que ele possa ler.

Quando estão fechando a porta atrás de mim, ouço:

— De qualquer modo, tudo o que preciso realmente saber está no seu hipocampo.

Como não consigo pensar em nenhuma resposta melhor, bato a porta.

Acredite ou não, começo a ter simpatia por Stella. Ela precisou viver com ele a vida inteira.

Só terei que encará-lo por nove meses.

— Damian e eu temos conversado, Phoebola — diz minha mãe. Ela está no meu quarto, me observando enquanto tento fazer o dever de casa.

— Tá — respondo sem pensar, imaginando o que Platão quis dizer quando falou: *Podemos perdoar uma criança que tem medo do escuro com facilidade; a verdadeira tragédia da vida é quando os homens têm medo da luz.* — Eu imagino que vocês façam muito isso.

Claro, eu costumava ter medo do escuro, mas quem é que ouviu falar de alguém que tinha medo da luz? Talvez ele estivesse sendo metafórico. A luz deve ser o símbolo de alguma outra coisa. Que tal do sucesso? Isso seria o equivalente a ter medo de ganhar uma corrida. Seria mais do que triste se alguém tivesse medo de ganhar. Comecei a anotar minha resposta.

Praticamente consigo sentir quando ela me lança o olhar de Mãe.

— Você sabe o que quero dizer. — Minha mãe pigarreia antes de continuar. Ai, ai, ai. — Tudo isto aqui é uma chance tão importante para nós duas. Para todos nós. Vai ser ainda mais difícil quando você for para a faculdade.

Eu me ajeito na cadeira, os pelos da minha nuca ficam eriçados.

— Achamos que vai ser melhor para você se ficar na Academia por mais um ano. Talvez seja melhor até mesmo ir a uma faculdade na Inglaterra depois de se formar. Assim você terá mais um ano para se ajustar e...

— O quê?

Acho que meu grito foi ouvido em Atenas.

— Acalme-se, depois de tudo que...

— Acalmar? Você tá louca? — Dou um pulo da cadeira e começo a andar de um lado para o outro. — Você está tentando destruir meu futuro e quer que eu fique calma?

— Não estamos tentando destruir seu futuro. — Ela se senta na cama, a síntese da calma e do autocontrole. — Você realmente pode se beneficiar com mais um ano de estudos desafiadores.

Meu passo acelera; se eu tivesse um tapete, provavelmente faria um buraco nele. Eu já sabia que Damian queria aquilo — Stella me contou, no fim das contas —, mas minha própria mãe?

— Eu, Nola e Cesca estamos planejando ir juntas para a USC desde que éramos crianças! — Paro de andar apenas para levantar as mãos para o ar. — Como você pode me pedir para jogar todos esses anos de planejamento, para não dizer de amizade, fora?

Volto a andar, e minha mente mantém o ritmo acelerado dos meus passos.

— Não estou pedindo que faça nada além de pensar no assunto — diz ela, calma.

Odeio quando usa a coisa terapêutica de mãe-calma comigo.

Isso me deixa tão zangada que faço coisas das quais posso me arrepender.

— Já é ruim o suficiente você se casar com um completo estranho — grito — e me fazer mudar para o outro lado do mundo sem me contar que irei para uma escola com um bando de crianças com superpoderes que podem lançar feitiços em mim a qualquer momento. E agora, depois de tudo isso, você ainda quer que eu fique aqui por mais tempo do que o absolutamente necessário? Isso é tudo ideia dele, não é?

— É claro que não — responde ela na defensiva. — Ele pode ser meu marido, mas eu ainda sou sua mãe.

— Então por quê? — exijo saber. — Por que isso? Por que agora?

— Porque se você... — Ela se interrompe no meio da frase. Então se levanta devagar e diz: — Só peço que pense no assunto.

Argh! Ela nem ao menos consegue elaborar uma desculpa esfarrapada.

— Tá — solto quando ela atravessa a porta do meu quarto. — Vou pensar no assunto, e sempre que pensar nele lembrarei o quanto eu te odeio.

Sem dizer nada ela sai, fechando a porta devagar. Não me dou por satisfeita e saio pisando duro em direção à porta. Abro-a bem para em seguida fechá-la com um barulho estrondoso. De algum modo, isso é mais apropriado para o fim do meu relacionamento com a minha mãe.

Antes de o eco cessar, já estou chorando.

Nem ao menos tenho os ombros de Cesca e Nola para me consolar.

Como a minha vida poderia piorar?

Capítulo 8

— POR FAVOR, GUARDEM seus livros e peguem algumas folhas de papel em branco. — A voz do Sr. Dorca é monocórdia. — Este é um teste surpresa sobre *A república*, de Platão.

A turma inteira solta um grunhido.

E eu? Simplesmente sigo as ordens do professor com a mesma resignação de um cachorro que levou uma surra. Desde o instante em que pensei que minha vida não poderia piorar, o mundo, a escola e todos nesta ilha conspiraram para me provar que eu estava errada.

Ninguém além de Nicole e Troy fala comigo, embora eu nem encontre Troy no almoço porque ele está tendo aulas extras de química. Continuo mandando e-mails e mensagens para Cesca e Nola todas as noites, na esperança de que elas se cansem de me ignorar e acabem cedendo. Minha mãe está me dando o espaço que eu mesma pedi, não que eu me importe, e Damian tem andado tão ocupado com os assuntos da escola que não o vejo há dias. E, embora eu não lamente por Stella ter parado de falar comigo, começo a sentir falta das nossas brigas. Elas certamente são melhores do que a falta absoluta de contato com outro ser humano.

Meus tempos na corrida não melhoraram, apesar das milhões de horas de treino extra. O treinador Lenny assegura que essa é apenas uma fase e que a qualquer momento verei melhoras significativas. Eu não acredito nele.

Ainda não entendi Platão e perdi todas as esperanças de um dia compreender o conceito dele sobre justiça. Ironicamente, física II e história da arte — as matérias em que Nicole me inscreveu — são as únicas duas aulas nas quais estou me saindo bem de verdade. Em todas as outras terei sorte se tiver nota suficiente para passar de ano.

Então, é claro que o Sr. Dorcas está aplicando um teste surpresa em uma sexta-feira. Combina com a forma como as coisas vêm acontecendo na minha vida atualmente.

— Respondam à seguinte questão.

Ele liga o projetor e o teste surge na tela.

Uma questão discursiva.

Não consigo ficar impressionada.

> *Platão finaliza* A república *com o mito de Er, uma história sobre o destino dos homens, tanto os bons quanto os maus, na vida após a morte. Na sua opinião, por que ele, alguém que acreditava na reencarnação, escolheu essa história para encerrar seu discurso sobre a justiça?*

A primeira coisa que me vem à mente é a palavra *mito*. Depois do que Troy me contou, não acho que uma história que Platão inventou sobre um cara que descobre como é a vida após a morte possa ser qualificada como "explicação para o inexplicável". Está mais para um conto de fadas, uma história que Platão queria que fosse real. Ele queria acreditar que os homens bons seriam recompensados e que os maus seriam punidos porque isso faria o mundo ter sentido.

Estava claro que o sucesso de algumas pessoas que não mereceram o havia deixado arrasado.

Depois de meia hora, entrego meu "teste", e sinto cãibras nas mãos por ter escrito uma pequena tese na resposta. Afundo no meu assento. Nem ao menos posso esperar por um descanso porque fui a última a terminar.

O Sr. Dorcas emenda em sua palestra.

Ele começa a escrever no quadro, de costas para a turma.

— "Shhhhhh" — diz Nicole quando joga um bilhetinho na minha mesa.

Desfaço as elaboradas dobras do papel.

Troy disse que passou no teste de química. Acabaram as aulas extras no almoço.

Escrevo: *Que bom, sinto falta dele*. Então dobro o papel e jogo de volta para a mesa de Nicole. Ela abre o bilhete, sorri e então dá uma olhada para a frente da sala antes de congelar.

Ao seguir a direção do seu olhar, vejo o Sr. Dorcas com uma carranca olhando para nós.

— O bilhete, Srta. Matios. — A mão dele fica estendida, esperando.

Nicole se levanta devagar, e quando se aproxima de mim, sussurra:

— Distraia-o.

Concordo com a cabeça, imaginando como eu poderia chamar a atenção do Sr. Dorcas.

Sem saber o que mais fazer, grito:

— Ai!

— O que foi, Srta. Castro?

— Hum, eu acho que alguma coisa me mordeu. — Então me remexo no meu assento à procura da criatura ofensiva pelo chão. — Acho que foi um escorpião.

— Srta. Castro — adverte o Sr. Dorcas enquanto se aproxima da minha mesa —, não temos escorpiões na ilha.

Arregalo os olhos e pergunto:

— É mesmo?

Pelo canto do olho, vejo o bilhetinho na mão de Nicole brilhar. Ela assente na minha direção.

— Você deve ter razão — digo ao Sr. Dorcas, que me olha sem acreditar. — Deve ter sido o elástico da minha calcinha.

Ele me lança um olhar sério antes de voltar para a frente da sala e pegar o papel das mãos de Nicole. Então começa a ler o bilhete em voz alta:

— "Eu mal posso esperar para ler Aristóteles." "Ah, eu também não. Vai ser tão divertido." — O Sr. Dorcas encara o papel, como se não pudesse acreditar no que estava lendo. Então franze as sobrancelhas e amassa o bilhete para em seguida jogá-lo no lixo. — Volte para o seu lugar, Srta. Matios.

Quando volta para sua mesa, Nicole pisca para mim.

Suspiro de alívio. Graças a Deus Nicole existe. Ela é a melhor coisa que tenho no momento.

— Há há! — grita o treinador Lenny balançando o cronômetro como se fosse uma bandeira quando cruzo a linha de chegada. — Eu te disse.

— O q...quê? — pergunto entre engasgos.

Essa é a última corrida cronometrada do nosso treinamento antes da próxima corrida na sexta — e é também o último treino aos sábados —, então me esforcei o máximo que pude. Os próximos treinos serão mais leves e posso guardar energia para a grande corrida.

— Você não acreditou em mim — provoca ele. — Achou que eu estivesse...

— O que foi? — exigi saber. Com as mãos nos quadris, estou andando pela área da largada para tentar recuperar o fôlego.

— Você melhorou seu tempo em três minutos.

Paro de me mover e meus joelhos se curvam. Minha cintura se inclina e apoio as mãos nas coxas para não cair no chão.

— Você está brincando? — Então penso se ele realmente está, só para me deixar motivada. — É melhor não brincar ou vou te bater assim que sentir minhas pernas novamente.

— Três minutos — repete ele. — É sério.

O treinador Lenny segura o cronômetro na minha frente. Ele não está brincando: os números no visor digital mostram que fui três minutos mais rápida do que meu último recorde.

Esqueço o quanto estou cansada e corro na direção dele, envolvendo-o com meus braços.

— Você é demais! Eu não acredito.

— Odeio ter que dizer que eu avisei, mas...

— Você estava certo. — Começo a pular. — O treino realmente deu resultado.

Estou fazendo tanto barulho que não ouço alguém se aproximando.

— Estou perdendo a comemoração? — pergunta Griffin.

— Griffin! — exclamo. — Diminuí meu tempo.

E então, sem pensar direito, corro na direção dele e jogo meus braços em seu pescoço. Com delicadeza, ele envolve minha cintura com os braços.

— Parabéns.

— Ah — digo quando percebo que estou abraçando Griffin, que não fala comigo há dias. — Desculpe.

Solto o pescoço de Griffin e me afasto.

— Vou voltar para minha sala para me vestir — diz o treinador Lenny. — Se você me garante que fará um bom alongamento, pode ir embora mais cedo.

— É claro — insisto.

Griffin completa:

— Eu vou garantir que ela faça isso, treinador.

Lenny me lança um olhar de dúvida. Eu sorrio, sabendo que ele quer apenas ter certeza de que ficarei bem com Griffin. Então, com o cronômetro e a prancheta nas mãos, ele volta para a escola enquanto olha para trás e diz:

— Ainda temos o treino às oito da manhã.

— Nem em meus sonhos pensaria em faltar.

Ainda não posso acreditar, três minutos completos. Com meu novo tempo, eu poderia ganhar qualquer corrida do mundo.

— Então os treinos valeram a pena — diz Griffin.

— É — respondo. — Nem acredito.

Ficamos em silêncio, embora por dentro eu estivesse com energia suficiente para abastecer a escola por um mês.

— O que você costuma fazer no alongamento?

— Ah — digo, me dando conta de que havia esquecido totalmente a promessa. — Dou oito voltas caminhando.

Não estou desesperada para me livrar de Griffin — realmente queria saber por que ele apareceu no meu treino em um sábado de manhã —, mas não posso decepcionar a mim mesma ou ao treinador. Estou prestes a dizer que preciso ir, quando ele fala:

— Vou caminhar com você.

— Ótimo.

Andamos até o estádio em silêncio. A vontade de saber por que ele está aqui está me matando, mas me controlo. Não fui eu que fiquei uma semana sem falar com ele sem razão nenhuma.

Definitivamente é ele quem deve se explicar.

Quando saímos do túnel, ele pergunta:

— Então, você está preparada para a corrida na sexta?

— Acho que sim.

— Que bom.

Damos uma volta completa antes que ele volte a falar.

— O treinador Lenny tem pegado pesado com você, hein?

— Sim.

Se ele não vai pedir desculpas, não serei mais que meramente civilizada. Então me lembro de que ele é homem, logo não costuma admitir que está errado. Ele, entretanto, não me deu razão para me arriscar.

Além do mais, não é como se tivesse me tratado com respeito desde o primeiro dia.

Eu realmente não deveria esperar nenhuma cortesia..

— O dia está lindo.

Certo, ele está se esforçando para conversar.

Não vou ceder.

— É.

Aparentemente é só até aí que vai seu repertório para uma conversa, porque continuamos andando em silêncio; apenas o som dos nossos tênis contra a pista de corrida. O sol está a pino, já deve ser mais de onze da manhã, e estou toda suada. E, com o suor, vem a irritação.

Por que ele veio ao meu treino? Ou melhor: por que desapareceu depois daquele incidente do tornozelo no último final de semana? Ou melhor ainda: por que agiu de maneira tão idiota quando comecei na Academia?

— Olha — falei finalmente quando enchi o saco, depois de duas voltas. — Qual é o seu problema?

— Nenhum.

Respostas monossilábicas não vão resolver.

— Nenhum problema? Você aparece aqui horas antes de qualquer pessoa normal acordar em um sábado, parece satisfeito em não dizer nada além do necessário, e eu quero saber o porquê.

Silêncio.

— Certo. — Eu me viro para deixar a pista, me dirigindo para a saída do estádio. — Termine o alongamento por mim, tá bom?

— Espere — chama ele. — Phoebe, espere.

Estou na metade do caminho quando ele me alcança. Seus dedos se fecham no meu braço. Não sei se ele me impediu de andar, porque congelo no instante que ele me toca.

Dou meia-volta e coloco o dedo indicador diante do rosto de Griffin.

— Tenho coisa melhor para fazer do que ficar aqui com esse silêncio tenso, então, a menos que esteja pronto a dizer por que está aqui, eu vou para casa.

Ele segura o meu braço com um pouco mais de força quando eu tento me virar.

— OK — diz ele, bem baixo. — Vou explicar. Vamos voltar e eu conto por que estou aqui.

Concordo com a cabeça e o sigo de volta até a pista.

— Eu deveria... — As passadas dele são vigorosas, então tento andar mais rápido para acompanhá-lo. — Sinto muito por não ter conversado com você durante a semana toda. Foi injusto.

— É — digo, andando ainda mais rápido —, foi mesmo. Mas a essa altura já estou bem acostumada às suas injustiças.

Eu havia treinado bastante aquilo.

— Eu só... — Ele acelera o passo e começa a correr devagar. — Eu me sinto desconfortável quando as pessoas conhecem a minha fraqueza.

— Fraqueza? Do que você está falando?

— Da minha relação com Hércules.

— Mas com certeza outras pessoas sabem sobre...

— Só o diretor Petrolas — diz ele com calma. — E você.

— E Nicole? — pergunto. Eles eram melhores amigos quando crianças, ela devia saber.

— Não. Eu mesmo só fiquei sabendo com 13 anos. — Ele continua olhando fixo para a frente. — E já não estávamos nos falando.

Uau. Como por instinto, me aproximo um pouco dele e nossos braços quase se encostam a cada passada.

— Ainda assim, não entendo como isso pode ser uma fraqueza.

— Às vezes o sangue dele me controla. Como na semana passada, quando tive que carregar você até sua casa...

— Não pedi que fizesse aquilo.

— Eu sei. E é exatamente isso que estou dizendo. Eu *tive* que fazer aquilo. Não pude evitar. Não é culpa sua, ou minha.

— Os punhos dele ficam cerrados. — Odeio ser fraco.

— Fraco? — Dou uma olhada de lado para ele. — Você é maluco. Qualquer tipo de compulsão para ajudar alguém, voluntariamente ou não, é uma força. É algo nobre.

— Você não entend...

— Não tem nada para entender, Griffin. Você ajuda as pessoas. É isso que importa. Tem muita gente no mundo que não faz nada por ninguém além de si próprio. E há ainda mais gente que gostaria de poder fazer alguma coisa, qualquer coisa, para ajudar quem precisa, mas não pode ou simplesmente não dá o primeiro passo. Ser obrigado a ajudar as pessoas não diminui o fato de que você as ajuda.

Andamos em silêncio por alguns instantes. Dou a ele tempo para compreender o que eu disse — se ele se sentiu assim a vida toda, então deve ser bem difícil aceitar. E talvez explique por que ele se comporta como um idiota metade do tempo. Um pouco de rebeldia contra o seu sangue heroico.

Não que isso justifique o comportamento dele.

Quando cruzamos a linha de chegada depois da sexta volta, ele diz:

— Acho que nunca pensei nisso dessa forma.

— Bem — digo, acelerando para correr de verdade —, você deveria.

Ele fica em silêncio por alguns segundos antes de soltar:

— Terminei com Adara ontem.

— Ah, é mesmo? — pergunto, procurando soar blasé e desinteressada enquanto por dentro dou pulos de alegria. — Isso é ruim.

— Não, não é — diz ele, sem me olhar, mas sorrindo. — Nunca percebi o quanto Adara poderia ser horrível até ver a forma como ela tratou você.

Embora meu coração estivesse batendo como um bongô, eu não digo mais nada. Deixo apenas a excitação diante das possibilidades quebrar o silêncio.

Percorremos metade de uma maratona pela pista antes de parar para descansar de novo. Correr com Griffin é bom, é um tipo de liberdade que eu não havia sentido antes. Quero ganhar, mas ao mesmo tempo estou simplesmente me divertindo. E se o sorriso no rosto dele significar alguma coisa, acho que está se divertindo também.

Ao terminar a última volta, ele diz:

— Desafio você até a fonte.

— Não — respondo, dando um tapa no braço dele.

— Tem medo de perder?

— Não vou perder — digo, olhando nos olhos dele.

Saio correndo pelo túnel na direção da fonte. Griffin se aproxima rápido, então derrapo na pista até parar, me inclinando para celebrar a vitória em um gole.

— Ora, ora, ora — a voz de uma garota ecoa do túnel. — Os dois estão se divertindo, não é mesmo?

— Companheiros de corrida, que dupla — diz outra garota, a voz se parece com a de Stella, mas não tenho certeza por causa do eco.

Griffin chega mais perto de mim, como se precisasse me proteger de alguma coisa. Deve ser o tal instinto de herói dele. Logo em seguida, Adara e Stella surgem das sombras, vindo na nossa direção. Elas param bem na minha frente com as mãos nos quadris.

— Pelo visto você ganhou a aposta — diz Adara, olhando diretamente para mim.

— Que aposta? — pergunto, confusa.

Se ela estava falando do meu acordo com Stella, não havia uma aposta envolvida. Talvez isso signifique que...

— Dara, não — diz Griffin.

— Claro. — Stella me olha de cima a baixo como se eu fosse uma sujeira grudada em suas sapatilhas de balé. — Acho que você me deve um *latte*.

— Que aposta? — repito.

— Não é nada — diz Griffin. É claro que não acredito nele.

— Nada? — Adara olha para Griffin, impressionada. — Foi um golpe de mestre.

— E eu agradeço a você por isso. — Stella lança o mais perverso dos olhares para Griffin.

— Que aposta?!

Adara responde:

— É muito simples, na verdade.

— Griffin disse que conseguiria fazer com que você se apaixonasse por ele — diz Stella. — Embora ele tenha tratado você como lixo desde que chegou aqui.

— Não achei que ele fosse capaz — comenta Adara. — Pensei que você tivesse mais amor-próprio.

— Mas eu sabia que conseguiria. — Stella pisca para Griffin. — Ele é charmoso, e você é fraca. Eu tinha razão.

Griffin continua parado, rígido e em silêncio.

— Fizemos uma aposta. — Adara envolve um braço no de Griffin. — Um *latte* na cafeteria do Kaldi para quem estivesse certo.

Encaro Griffin.

— Você sabia disso? Foi você que começou esta história?

Ele não dá nem sinal de ter me ouvido.

— Preciso admitir — diz Stella, virando-se para Adara. — Trapaceei um pouco. Dei a Phoebe uma motivação para passar mais tempo com ele, para ficar amiga dele. Se você quiser ficar chateada por isso, eu entendo.

— Não — responde Adara. — Você estava certa. Independentemente de ter ou não influenciado, ela caiu na dele como uma âncora de chumbo.

Minha cabeça gira.

Tudo por causa de uma aposta. Ele passou um tempo comigo, me tratou como amiga, tudo por causa de uma aposta idiota. Toda a coisa do Hércules devia ser uma mentira idiota também. E aquela bobagem sobre ter terminado com Adara.

Antes que eu consiga me controlar, me aproximo de Griffin e dou um tapa nele com o máximo de força que consigo. Não fico para ver se deixei uma marca.

— Nicole estava certa. Você é um egoísta desgraçado. — Mal consigo controlar as lágrimas que tentam tomar meus olhos. — Fique longe de mim.

Então corro por todo o caminho até chegar em casa.

Minha mãe tenta conversar comigo porque não saio do quarto nem para jantar, mas digo a ela que são os hormônios e peço que me deixe sozinha. Ainda que ela não acredite em mim.

Passar um dia inteiro trancada no quarto, evitando qualquer interação social, me dá bastante tempo para pensar.

Repasso mentalmente todos os momentos com Griffin, analisando cada um deles, e concluo que não sou capaz de identificar quando ele estava sendo sincero e quando estava me enganando. O que apenas reforça minha decisão de ficar o mais longe possível dele. Não consigo confiar em mim mesma para saber com qual Griffin estou falando.

Por volta das dez horas da manhã, decido conferir a caixa de entrada do meu e-mail.

Tenho evitado fazer isso o dia todo — simplesmente para o caso de haver algum outro drama/crise/problema aguardando por mim. Depois de deletar tudo que é lixo eletrônico (você deve ter pensado que os deuses poderiam ter desenvolvido algum tipo de antispam sobrenatural), tenho apenas três mensagens. Decido abrir os e-mails na ordem dos que podem fazer com que eu me sinta melhor. Quero dizer, começar pelos que teriam menor probabilidade de fazer com que eu me sentisse um cocô.

O primeiro é do treinador Jack, da USC.

Para: phoebeperdida@academia.gr
De: treinadorjack@usc.edu
Assunto: Bolsas cross-country

Senhorita Phoebe Castro,

Tenho o prazer de informar que o seu nome está sendo considerado para a bolsa de estudos Helen Rawlins Memorial Scholarship. Se você for admitida na University of Southern California, vai competir com outros três candidatos por essa prestigiosa bolsa que cobrirá seus estudos, livros, taxas, hospedagem e alimentação durante os quatro anos de educação universitária.

A renovação anual da bolsa depende exclusivamente de manter uma nota acima da média acadêmica e de participar do time de corrida da USC.

Boa sorte,

Treinador Jack Farley

Não era algo que eu já não soubesse. O treinador havia me dito no acampamento que eu estava concorrendo à bolsa, embora o anúncio oficial só fosse acontecer no outono. Ele disse também que, se eu conseguisse média B ao longo do último ano e me desse bem nas corridas, a bolsa seria minha.

Há seis meses essa tarefa não parecia difícil.

Hoje parece impossível.

Movi a mensagem para a pasta da USC e passei para o e-mail de Cesca.

Para: phoebeperdida@academia.gr

De: princesacesca@pacificpark.us

Assunto: Alerta idiota

Desculpe por estar agindo como uma idiota, Phoebe. Há tanta coisa acontecendo e não tenho você por perto para conversar sobre nada. Quando me disse que não podia me contar sobre aquilo, acho que descontei todas as minhas frustrações em você.

Me perdoa?

Cesca

Deixei a mensagem dela em segundo lugar porque não dava para saber do que se tratava pelo assunto. Ela poderia simplesmente estar me chamando de idiota.

Estou muito aliviada por ela se desculpar — não que ela tivesse que fazer isso. Sou eu quem está guardando um segredo. Eu deveria pedir desculpas também.

Para: princesacesca@pacificpark.us
De: phoebeperdida@academia.gr
Assunto: Tão idiota quanto

Perdoada. Agora você me perdoa? Eu queria muito, muito, muito poder te explicar aquilo, mas o segredo não é meu e afeta muitas outras pessoas. Saiba apenas que não existem segredos importantes entre nós, e nunca existirão.
Com amor.
Beijos,
Phoebe

Depois de apertar o botão de enviar fico olhando para a minha caixa de entrada, pensando se quero mesmo abrir a terceira mensagem. É de Griffin.

Para: phoebeperdida@academia.gr
De: gblake@academia.gr
Assunto: Se eu tivesse outra chance...

Não te trataria tão mal.
Sinto muito.
Hoje não teve a ver com a aposta, me dê outra chance.
G

Igualzinho ao dono: conciso, misterioso e mentiroso.

Fico tentada a apagar o e-mail — certamente ele não iria ocupar muito espaço na minha caixa de entrada —, mas não consigo me obrigar. Em vez disso, crio uma pasta chamada "Mentirosos" e passo a mensagem para lá.

Pela primeira vez desde a corrida no túnel mais cedo, eu estava sorrindo de verdade.

Todo o tempo sozinha que tive hoje me fez pensar que preciso ter foco no meu objetivo. Não posso tirar a USC de vista nem por um segundo. Não importa o que minha mãe, Damian, Griffin ou qualquer um nesta ilha idiota pense ou faça, tenho que conseguir aquela média B, tenho que continuar no time de corrida e contar os dias até voltar para a Califórnia.

Não quero ficar longe de Cesca e Nola mais que o absolutamente necessário. Fui embora há poucas semanas e veja a confusão em que minha vida se transformou.

Não, de agora em diante sou a Phoebe-com-um-único-objetivo.

Nada pode me impedir.

— Mãe, eu decidi — digo quando a encontro no escritório de Damian, vendo sites de casamento. — Vou para a USC e isso é definitivo.

Ela desvia o olhar do computador, surpreendentemente com uma expressão neutra no rosto. Espero que grite, berre e me deixe de castigo até os 25 anos. Em vez disso, ela sorri e diz:

— Se você pensou nisso com atenção, como eu pedi, então apoio sua decisão.

Uau. De onde vieram aqueles dons de confiar nas minhas escolhas? O que houve com as ordens e decisões unilaterais?

Não vou questionar a sorte.

Como saber quando vão puxar meu tapete?

— Sim, pensei — afirmo. — Eu não me encaixo aqui e só estou tornando as coisas mais difíceis e desconfortáveis para mim mesma e para todo mundo.

Ela une as pontas dos dedos sobre a mesa. Ops, lá vem a mãe terapeuta.

— Parece que você está fugindo dos problemas.

— Não — insisto, enquanto me jogo em uma das cadeiras à frente da mesa. — É mais do que isso, sério. Sinto saudades de Cesca e Nola, da Califórnia. Sinto falta até... — uso o infalível trunfo familiar — da Yia Yia Minta. E tenho certeza de que ela sente saudades de mim também.

Minha mãe sorri.

— Bela tentativa.

Não vou conseguir nada dos adultos desta casa? Minha mãe também deve ler mentes, como Damian.

— Tá, não é por causa da Yia Yia Minta. É por minha causa. — Cruzo os braços. — Não estou feliz aqui. Nunca serei feliz aqui. Estou contando os dias para ir para casa, algo que este lugar nunca será para mim.

Ela me olha por um longo tempo, como se estivesse me avaliando para um relatório psiquiátrico. Estou acostumada. Ela tem analisado minha cabeça desde que eu era um bebê — e não vai funcionar melhor agora do que funcionava na época.

Simplesmente me reclino e relaxo até que ela chegue a uma conclusão.

E o que ela diz me impressiona.

— Desculpe ter feito você passar por isso. — Ela realmente parece triste. — Se houvesse uma outra maneira... Eu me sinto tão egoísta por ter virado seu mundo de cabeça para baixo para que eu fosse feliz.

A voz dela falha no fim e vejo lágrimas se acumulando em seus olhos. Ela está mesmo tão chateada? No fim das contas, foi quem me trouxe para cá. Tento dizer que eu não queria que...

Ela soluça. Um grande engasgo soluçante e um monte de lágrimas atrás.

Enquanto tenta alcançar um lenço de papel na estante mais próxima, eu me sinto muito culpada por ter feito ela se sentir tão arrasada.

— Não seja ridícula, mãe — digo, tentando acalmá-la. — Você merece ser feliz tanto quanto qualquer pessoa. Merece até mais, na maior parte do tempo.

— Eu deveria ter esperado — pondera ela, balançando a cabeça. — Damian e eu poderíamos nos casar no próximo verão.

Estremeço enquanto ela assoa o nariz produzindo um barulho estridente.

— Já aceitei isso — digo, entregando a caixa de lenços de papel para ela.

— Vou sentir tanto a sua falta quando for para a faculdade. — Ela começa a chorar de novo. — Depois que seu pai morreu, você era a única coisa que me dava forças para continuar. Eu só queria ficar perto de você por mais algum tempo, isso é muito errado?

— Ah, mãe. — Pulo da cadeira e corro para o lado dela. Envolvo-a em um grande abraço de urso e prometo: — Voltarei nos feriados e talvez até nas férias de verão. Serei a única menina da universidade que poderá passar seu tempo livre em uma ilha grega. Todos vão morrer de inveja.

Ela ri em meio às fungadas e me abraça de volta.

Ainda estamos envolvidas no abraço apertado quando Damian entra no escritório.

— Temos um problema — diz ele, a voz firme e monótona. — Um problema dos grandes.

Capítulo 9

— NOSSOS ANALISTAS DE web identificaram outra pesquisa — diz Damian.

Praticamente consigo ouvir os dentes dele trincando. Largo minha mãe e me levanto para defender minha amiga.

— Não foi Cesca dessa vez — digo. — Tenho certeza.

Minha mãe olha de Damian para mim como se não tivesse ideia do que estávamos falando. Talvez Damian não tenha lhe contado nada.

— Os analistas também encontraram um post em um blog intitulado *Segredos de Serfopoula*. Um músculo embaixo do olho de Damian começa a tremer. — Apagamos o post, mas o que havia nele era... criativo.

— Como assim? — pergunto.

— O que está acontecendo aqui? — pergunta minha mãe.

Damian responde a minha pergunta.

— O autor sugere que Serfopoula é a base secreta de operações para um grupo de elite de super-heróis.

— Bem — digo, aliviada —, pelo menos a informação não é correta.

— Não — responde Damian —, mas sugere que a origem dos super-heróis está na antiga mitologia.

— Ah. — Essa chegou perto. — Bem, tudo o que sei é que não foi Cesca, porque ela não tem um blog. Além do mais, é preciso muita imaginação para ligar poderes sobrenaturais à mitologia grega. Talvez isso não tenha nada a ver com o meu deslize.

Minha mãe se levanta e bate a mão sobre a mesa.

— Alguém vai me explicar o que está acontecendo?

Damian levanta a sobrancelha na minha direção, uma indicação clara de que eu deveria contar para ela. Inspiro profundamente e explico:

— Deixei escapar um detalhe conversando com Cesca no chat na semana passada. — Então me viro para Damian e acrescento: — Não foi o bastante para ela concluir isso. Além do mais, Cesca não faria isso. Ela não poderia. A relação dela com um computador não vai além de ligá-lo e abrir o chat.

— Ainda assim, é fato que alguém está pesquisando sobre a ilha e tentando comprometer nossa segurança — afirma Damian.

Minha mãe engasga.

— As crianças estão em perigo?

— Ainda não — garante ele. — Mas se esse invasor despistar os nossos analistas, elas poderão estar. Todos nós poderemos estar em perigo — garante ele.

— Bem — insisto —, não foi Cesca.

— Sei disso. — Damian desenrola um pedaço de papel do bolso. — O dono do blog usa o pseudônimo *Jam Freak*

Ah, não! Engasgo e tanto minha mãe quanto Damian olham para mim.

— Você sabe quem é?

Meu cérebro está a toda e só consigo concordar com a cabeça.

— Quem é? — pergunta minha mãe.

Balanço a cabeça, sem acreditar.

Ele não faria isso.

Ele não poderia fazer isso.

Damian me entrega o papel.

Entrada no blog: Segredos de Serfopoula

Resultado: Suprimido

Localidade: Los Angeles

Autor: Jam Freak

Ele fez.

Amasso o papel e o jogo na mesa de Damian. Posso sentir minhas orelhas queimando e vejo minha visão turvar em tons de vermelho.

— Se soubermos quem é o autor — pergunto —, podemos, tipo, apagar a memória dele ou algo do gênero?

— Dele? — repete minha mãe automaticamente.

Damian dá um passo à frente.

— Sim.

Meus lábios se contorcem até que esboço o mesmo sorriso cruel de Stella. Esse garoto vai se arrepender de ter se metido comigo, com a minha família e com esta ilha idiota. Sinto a excitação borbulhar dentro de mim. Estou esperando dois anos para dizer isso: *A vingança não é bonita.*

— Justin Mars.

Damian anota o nome em um post-it.

— Vou mandar alguém imediatamente apagar qualquer memória dele em relação à ilha ou a qualquer coisa ligada a ela. — Ele me lança um olhar questionador. — Talvez ele se esqueça de você também, Phoebe.

Abro um sorriso ainda maior.

— Que bom.

A mancha negra da minha lista de relacionamentos vai pagar por tentar me assediar a mais de trezentos mil quilômetros de distância.

A única dúvida é: como ele ficou sabendo do meu deslize no chat?

Ao me lembrar do último e-mail de Cesca, me pedindo desculpas por ser idiota, receio que sei a resposta.

— Mãe — digo. — Preciso dar um telefonema.

Ela parece confusa, mas concorda.

— Tudo bem.

Como ela e Damian não fazem nenhum movimento para sair do escritório, acrescento:

— É particular.

Damian parece entender o que estou prestes a fazer. Ele segura minha mãe pelos ombros e a leva para fora do escritório.

— Venha, Valerie. Vamos deixar Phoebe à vontade.

Ele mexe as sobrancelhas. Ela ri e os dois saem rapidamente do escritório — em direção ao quarto, posso apostar.

Espero até que minha vontade de fazer uma piada passe antes de discar o número de Cesca — gravado na minha memória desde que ela ganhou um telefone só dela no sexto ano — cuidadosamente, sem esquecer o prefixo internacional.

Ela atende no terceiro toque.

— Oi, Cesca.

— Phoebe? — Ela parece impressionada. — É você?

— Sim, sou eu. Minha mãe teve pena de mim e aprovou uma ligação internacional como método terapêutico.

O que em parte seria verdade, se eu tivesse pedido a ligação para fazer terapia.

Meu motivo é descobrir se minhas suspeitas sobre a quem ela contou sobre meus "poderes imortais" estão certas. E se minhas suspeitas do porquê estão muito equivocadas — e espero que estejam.

— Qual é o problema? — Agora ela soa mais nervosa do que impressionada.

— Tá tudo bem — digo. — Só queria falar com você. Perguntar uma coisa.

— Ah. — Nervosa, nervosa, nervosa. — O que é?

Inspiro profundamente na expectativa de estar errada.

— Para quem você contou sobre os poderes imortais?

Silêncio do outro lado da linha.

Então:

— Pensei que você não pudesse falar sobre isso.

— Estou falando agora.

— Ah. — Mais silêncio.

— Cesca?

— Ninguém — sussurra ela ao telefone. — Não contei a ninguém.

Posso saber quando Cesca está mentindo — não que ela costume fazer isso — e ela não está mentindo agora. Ela realmente não contou a ninguém sobre o que eu disse.

— Tem certeza? — pergunto, para o caso de eu não ter percebido alguma coisa.

— Sim — sussurra ela.

Por que ela está sussurrando?

— Com quem você está falando? — Ouço uma voz masculina ao fundo.

Uma voz masculina que reconheço.

— É só, hum — a voz de Cesca está abafada, como se ela estivesse falando com a mão sobre o fone —, uma amiga...

— Quem? — repete ele.

— Uma ami...

— Ele está aí, não está? — exijo saber.

— O quê? — Ela fala comigo de novo. — Quem?

Agora ela está mentindo. Para mim. Sua melhor amiga.

— Justin. — Eu esperava que não fosse verdade. — Por que ele está no seu quarto?

— Ele, hum... — Ela soa resignada. — Phoebe, eu queria contar. Realmente queria.

— Mas? — pergunto.

— Nunca parecia ser a hora certa.

— Para quê, Cesca?

— Para contar que Justin e eu estamos saindo

Minha última esperança de que tudo isso não passava de um grande engano, de que eu estava totalmente errada, se vai. Minha melhor amiga e o pior dos meus ex-namorados estão namorando.

— Você tem razão — digo. — Não haveria um momento apropriado para me contar isso.

— Phoebe, desculpe.

— Desculpe? — digo sem acreditar. — Lamento que você não tenha aprendido com o meu erro. Você é boa demais para ele, Cesca.

— Eu... — a voz dela se torna um sussurro novamente. — Sei disso. Mas não sei como terminar.

— Se você quer terminar com ele, por que contou sobre o que eu disse?

— Não contei.

— Mas ele descobriu de alguma forma — explico. — E tentou escrever sobre isso no blog dele.

— Bem, eu não... — Ela engasga, depois grita, felizmente não para mim: — Seu nojento e ridículo... Por que você...

— O quê? — interrompo.

— Espera aí — diz ela ao telefone. E ouço quando apoia o fone na mesa. — Como você ousa ler o que escrevo no chat? Você usou meu computador e viu meus arquivos pessoais, não foi?

— Eu, bem... — gagueja Justin.

Mandou mal, Justin. Se vai mentir, pelo menos minta com convicção.

— Saia do meu quarto, seu invasor de privacidade. — Cesca grita tão alto que parece estar com o telefone ao lado da boca. — Nunca mais quero ver você. Quando me vir no corredor da escola, é melhor sair do meu caminho!

Dois segundos depois um bum alto soa ao telefone.

Acho que foi o barulho de Cesca batendo a porta do quarto depois de expulsar Justin de lá.

— Ainda está aí, Phoebe?

— Estou. — Fico aliviada em saber que ela voltou ao normal. — Tudo bem com você?

— Argh, sim. — Ela dá um suspiro ao telefone. — Você acredita no quão idiota eu fui?

— Ei — tento acalmá-la —, esqueceu que está falando com a garota que saiu com ele primeiro? Acho que a coroa da idiotice continua comigo.

Rimos e me sinto agradecida por ver nossa amizade voltar ao normal. Não sei o que faria se Cesca não estivesse por perto quando tenho um problema. Sempre posso contar com ela para pôr minhas ideias no lugar. Quero dizer, também amo Nola, mas ela não é muito certa da cabeça.

— Então — pergunta ela, hesitante —, ele causou muitos problemas?

— Não, não muitos.

— Ah.

— Olha, Cesca. Eu queria muito, muito, muito poder te contar sobre isso tudo, mas...

— Eu entendo. Da mesma maneira que não esperaria que você deixasse de confiar em mim se eu tivesse um segredo, não espero que você faça isso com alguém também.

Grande suspiro aliviado. É tão melhor conversar sobre essas coisas ao telefone. E-mail é muito impessoal, deixa tanto a ser interpretado. Conversamos um pouco mais — não muito mais porque ligações internacionais são bem caras — antes de desligar, prometendo que trocaríamos e-mails pelo menos uma vez por dia. E prometemos não guardar mais segredos a menos que sejam de outra pessoa.

Minha mãe está me esperando quando saio do escritório.

— Tudo bem? — pergunta ela.

— Tudo — digo. — Só precisava conversar sobre alguns assuntos.

— Sei que sente falta das suas amigas. — Ela passa o braço sobre o meu ombro. — Tenho certeza de que as verá em breve.

Não o bastante.

— Pelo menos elas vêm para o casamento — completa.

Forço um sorriso.

— Faltam apenas três meses.

— Não se preocupe. — Ela me aperta antes de me soltar. — Suas amizades vão sobreviver ao tempo e à distância.

— Obrigada, mãe — digo, sem realmente acreditar naquilo.

Três meses e milhares de quilômetros é muito mais do que estou disposta a colocar na frente das minhas amizades.

— Nervosa? — pergunta Nicole quando senta ao meu lado na mesa do almoço. — Faltam apenas alguns dias para a corrida.

— Não. — Dou de ombros.

Por dentro, estou uma pilha de nervos só de ouvir falar na corrida. É claro que já corri dezenas, talvez centenas, de vezes na minha vida. Mas essa é diferente.

É correr por um resultado. Normalmente, corro por mim mesma, tentando superar meu próprio tempo ou derrotar meu oponente. Dessa vez, vou correr pelo meu futuro. Não é só o meu lugar no time que está em jogo. Se eu não tiver um bom desempenho este ano, adeus bolsa de estudos. Sem bolsa de estudos, sem USC.

Que tal a pressão?

Há muito mais coisas envolvidas do que apenas permanecer no time. Durante toda a vida, foi fácil. Faça um pouco de esforço e ganhe a corrida. Dessa vez eu terei que me superar — correr para o tudo ou nada. Estou competindo com alguns dos melhores atletas escolares do mundo, independentemente de usarem seus poderes ou não. Essa é a minha primeira oportunidade real de descobrir do que sou capaz.

Estou com medo de descobrir que minha habilidade nas pistas não passa de um pouco de talento e alguma coragem e determinação.

Como diz minha camiseta, SEM CORAGEM, SEM GLÓRIA.

Ainda assim, não vou deixar que ninguém perceba meu nervosismo.

— Não é nada de mais — digo, dando uma mordida no meu sanduíche e provando que estou-totalmente-calma.

Troy se aproxima enquanto ainda estou de boca cheia e despenca na cadeira à minha frente. Desde que as aulas extras de química terminaram, ele anda deprimido.

— Oi — diz ele.

Tento responder um "oi" ainda com o hambúrguer na boca, mas sai alguma coisa mais parecida com "mrff", então aceno também.

— Não aguento mais essa aura depressiva, Travatas — diz Nicole. — Qual é o seu problema?

— É — concordo depois de tomar um grande gole de refrigerante de abacaxi para empurrar o hambúrguer para dentro. — Você não tem se parecido muito com, bem, com você.

Ele dá de ombros.

— Não sei. Acho que é porque desde que passei naquele teste, meu pai tem me pressionado para tentar o Nível Treze do programa de preparação para Medicina.

Fico triste por ver Troy tão dividido. Está claro que ele não quer ser médico, então não entendo por que seus pais ficam insistindo nisso. Música é a paixão dele e seus pais deveriam apoiá-lo. Assim como minha mãe apoia meu amor pela corrida.

— Você precisa falar com eles — arrisco dizer.

— Falar o quê? — pergunta ele.

— Sobre os seus sonhos — explico. — Que você quer ser músico.

Ele ri alto.

— É, tá bom. Muito obrigado, mas gosto dos meus poderes e prefiro continuar com eles.

— Eles podem tirar seus poderes? — pergunto. Talvez, se eu pressionar Stella o bastante, Damian tire os poderes dela.

— Não — responde Nicole, revirando os olhos na direção de Troy. — Somente os deuses são capazes de tirar os nossos poderes.

— Mas meus pais podem me deixar sem eles até os 21 anos.

— Qual é, Travatas — diz Nicole. — Reúna um pouco de coragem e confesse. Ouvi dizer que faz bem para a alma.

— É bom saber que vocês se importam — fala Troy, de um jeito que sugere que ele não acha aquilo nada bom —, mas preciso lidar com isso do meu jeito.

— Certo — diz Nicole, dando de ombros. — Depois não diga que não tentamos. Podemos conversar agora sobre como vamos nos vingar de Blake e das siamesas malvadas?

Eu sabia que esse assunto viria à tona. Desde que contei a Nicole o que aconteceu, ela vem me pressionando para me vingar. E sei que essa vingança não seria só minha.

Mas vingança é algo vazio. Prefiro a amnésia.

— Não quero me vingar — digo a Nicole provavelmente pela décima quinta vez. — Quero apenas me esquecer disso e nunca mais falar com ele.

Só porque moro na mesma casa que Stella não significa que preciso conversar com ela. Os últimos jantares foram uma bênção de tão silenciosos. Tudo bem que ameacei contar a Damian o que ela havia feito. Aparentemente, a possibilidade de ficar mais uma semana sem seus poderes foi o suficiente para mantê-la quieta.

Embora ela tenha largado uma caneca de *latte* suja na porta do meu quarto.

— Posso entender que não esteja nem aí para Stella e Adara... — Nicole levanta a embalagem do seu hambúrguer e lança um olhar desconfiado para ele. — Elas têm sido harpias temíveis desde que cheguei aqui.

Ela larga o hambúrguer e empurra o prato para longe.

— Elas são assim há mais tempo — corrige Troy. — Aquelas duas têm aprontado desde os 5 anos de idade. Não podemos esperar que mudem agora.

— Mas Griffin... — diz Nicole.

— É. — Os olhos de Troy brilham. — Blake precisa descer um ou dois degraus do pedestal.

— Eu poderia fazer algumas coisas hediondas com ele sem perder meu sono com isso. — diz Nicole.

Está claro que ela nutre alguns sentimentos rancorosos em relação ao que aconteceu entre eles no passado. Mas não vou deixar que sua sede de vingança me obrigue a agir.

— Não — digo, resoluta. — Não quero fazer nada a nenhum deles. Nada de vingança. Entenderam?

A humilhação já é ruim o bastante. Quero apenas esquecer aquilo e seguir em frente.

Olho para cada um deles, esperando que confirmem verbalmente o que perguntei.

Relutante, Troy concorda com a cabeça e diz:

— Certo.

Nicole, por outro lado, é mais cautelosa.

— Não posso prometer. — Quando eu a encaro, ela complementa: — Mas vou deixá-la de fora do que quer que eu faça. Tudo bem?

— Tudo bem — respondo.

Ainda assim, estou um pouco preocupada.

Nicole é imprevisível — se ela é capaz de encantar e torcer meu tornozelo sem pensar duas vezes, quem poderá saber o tipo de vingança que pretende infringir em Griffin? Se ele não fosse o cocô do cavalo do bandido — e eu nem sabia se ela realmente não poderia *matá-lo* —, eu me sentiria inclinada a alertá-lo.

Consigo manter distância de Stella até o jantar de terça-feira, antes da corrida. Já que ela finalmente decidiu se juntar a nós, e como estou concentrada em alimentar meu corpo durante a semana, não vejo como evitar comer perto dela.

— Boa noite, papai. — Ela dá um beijo estalado na bochecha de Damian. — Valerie. — Ela cumprimenta minha mãe com um aceno de cabeça. E senta fingindo que não estou ali.

Damian olha para cada uma de nós por cima de sua colher de sopa de feijão.

— Boa noite, Phoebe. — Ela dá um sorriso falso. — Não tenho certeza se consigo comer, bebi um *latte* enorme no almoço.

É o que basta. Eu me afasto da mesa jogando a cadeira no chão quando corro para o lado oposto da mesa.

— Sua...

— Phoebe — grita minha mãe dando um pulo, visivelmente preparada para me conter.

Congelo, meio equilibrada sobre a mesa, pronta para atingir Stella. Quando percebo que nunca deixarão que eu a estrangule na mesa de jantar, me sento de novo.

— O que está acontecendo? — pergunta minha mãe quando me acalmo.

— Por que não pergunta para a rainha da frieza ali? — devolvo.

Stella assume uma expressão de pura inocência

— Não sei do que você está falando.

— Ouçam, meninas — começa minha mãe. — Seja o que for que está incomodando vocês, é melhor falar logo. Vamos morar na mesma casa no próximo ano e...

— Nove meses — corrijo. Acho importante esclarecer as coisas quando se trata de detalhes.

Por causa disso ganho um olhar de mãe.

— Há sempre um período de adaptação quando duas famílias se juntam.

— A cara dela ficaria melhor com algumas adaptações.

— Phoebe. — Minha mãe engasga.

Stella cruza os braços e levanta uma das sobrancelhas.

— Gostaria de ver você tentar.

— Stella — alerta Damian —, não piore a situação.

— Damian — diz minha mãe, indo para trás dele e colocando as mãos sobre os seus ombros. — Por que não deixamos as meninas sozinhas por alguns instantes — sugere ela. — Tenho certeza que elas preferem discutir seus problemas sem plateia.

Pela expressão de Damian, ele quer contestar, mas se deixa guiar por minha mãe até a cozinha.

— Resolvam isto. Agora.

Ei, eu estava disposta a perdoar... bem, não perdoar, mas esquecer. Mas ela precisa ficar jogando na minha cara que está cheia-por-causa-do-*latte*?

— Não tenho ideia do que há de errado com você — diz ela, bebendo um gole de água casualmente. — Sua postura é realmente péssima.

— Minha postura? — engasgo. — Foi você que...

— Ainda a mesma ladainha, Phoebe? Esqueça.

— Esquecer? — Ela é tão cheia de...

Eu me levanto devagar, e com voz mais firme possível digo:

— Escuta aqui. *Você* fez aquela aposta horrível com Adara. *Você* me enganou para ajudá-la a ganhar aquela aposta horrível. *Você* me fez acreditar que...

Ah, não. Posso sentir as lágrimas fazendo minha garganta contrair. Mau sinal. Inspiro para me acalmar. A essa altura opto pela honestidade total.

— Comecei mesmo a acreditar que Griffin gostava de mim, de *mim*, a adorável *nothos*, quando nenhum dos esnobes da escola fez mais do que me olhar com desprezo. — Pisco para conter as lágrimas. — E a pior parte é que eu estava realmente começando a gostar dele, estava gostando do verdadeiro Griffin. Ou pelo menos de quem eu achava que era o verdadeiro Griffin. Mas acabei descobrindo que ele estava só interpretando um papel também.

É isso que dói mais. Não a aposta, meu acordo com Stella nem nada disso. O que dói é saber que eles estão certos sobre mim. Sou realmente tão fraca que me apaixonaria por uma pessoa que não fez nada além de me tratar como lixo desde que cheguei nesta escola idiota, e ele nem precisou se esforçar para fazer isso.

Sou patética, e isso dói de verdade.

— Phoebe — diz Stella com uma doçura incomum naquela voz gélida.

Estou preparada para um comentário sarcástico.

Em vez disso, ela dá a volta na mesa e para bem na minha frente.

— Desculpe. Eu não percebi que... — Ela balança a cabeça e começa de novo. — Eu sei quanto um amor não correspondido pode machucar. Se soubesse que você nutria algum sentimento por ele, eu...

Estou tão perplexa que mal acredito. Stella está expondo uma compaixão genuína, uma emoção que julguei impossível para alguém como ela.

E, ainda por cima, me pediu desculpas.

Fico tentada a olhar pela janela para procurar porcos voadores.

— Se ajuda alguma coisa — diz ela, baixinho —, a ideia não foi minha.

— Não ajuda — afirmo, principalmente porque não estou surpresa. Claro que Stella tem um lugar garantido ao lado das outras vagabundas metidas nessa história, mas ela não se compara a Adara.

— E eu não acho que Griffin...

— Chega — interrompo, sem querer nem ao menos ouvir o nome dele. Eu preferia perdoar Stella. Ainda preciso morar com ela. — Olha, aceito suas desculpas. Mas não diga o nome dele de novo, tá?

Então, para minha completa surpresa, Stella me envolve em um grande abraço. A princípio, fico meio assustada e continuo lá parada; é estranho. De repente, percebo que ela está esperando que eu retribua, então levanto meus braços e dou uns tapinhas nas costas dela.

E parece ser o suficiente, porque ela me larga e se afasta.

— Mas não pense que nosso relacionamento vai mudar por causa disso. Eu ainda não gosto de você. — Os olhos dela parecem mais brilhantes do que de costume.

— Igualmente.

Estou piscando, impressionada por ver Stella enxugar as próprias lágrimas, quando Damian e minha mãe entram na sala.

— Está tudo bem? — pergunta ele.

— Sim — diz Stella, voltando para o seu lugar.

Minha mãe me olha com uma expressão questionadora. Dou de ombros e sento. Não sei muito mais do que ela sobre o que aconteceu. Entretanto, tenho a impressão de que nem tão cedo teremos novas apostas baseadas no meu suposto comportamento. E acho que isso é tudo que uma garota pode desejar.

— Este é o último treino antes da corrida. Não teremos treino amanhã, então espero que todos vocês descansem e comam bastante carboidratos. Na sexta, competiremos pela taça Cycladian. Os vencedores levarão o troféu para sua respectiva escola, onde ficará por um ano. — O treinador Z nos lança um olhar de esguelha firme. — Os perdedores não ganham nada além de poeira.

Aparentemente esse é o grande estímulo do discurso.

Ouvi tantos iguais àquele na minha vida. Só quero me desligar.

Em vez disso, dou uma olhada nos outros corredores, que ouvem avidamente o treinador Z ameaçar e prometer. Adara e seu bando de louras, incluindo Zoe, estão bem na minha frente, observando o treinador com uma atenção absorta. Algum tipo de guerra dos sexos deve estar rolando porque não há um único homem com elas. Por um segundo meu olhar desvia para Griffin, cercado por Christopher, Costas e os outros esportistas do Ares. Ele vira a cabeça, como se sentisse meus olhos nele, e eu imediatamente desvio o olhar.

Contato visual é contato demais, até onde eu sei.

Ele não entende isso.

Então ele se levanta, atravessa a multidão enquanto o treinador fala e senta ao meu lado na grama.

— Phoebe, eu...

Eu me levanto e saio.

Ele me segue.

— Há cinco anos esta escola não vê o troféu — diz o treinador Z, observando a indelicadeza de Griffin. — Quero aquele troféu de novo no nosso hall de entrada este ano.

Todos comemoram.

Continuo evitando Griffin, que me segue como uma sombra a cada passo que dou.

— Agora se dividam e comecem o treino — ordena o treinador, dispensando o grupo.

Sigo na direção do treinador Lenny, torcendo para que os exercícios me deixem bem longe de Griffin.

— Hoje vamos treinar em duplas — explica o treinador Lenny. — Quero que cada um de vocês pressione o outro para dar o máximo de si. As duplas serão as seguintes...

Ele começa a ler os nomes anotados na prancheta. À medida que percorre a lista, começo a ficar preocupada: ele ainda não disse o meu nome nem o de Griffin.

Não, digo para mim mesma. O treinador Lenny não faria isso comigo.

Mas ele faz.

— Phoebe Castro e Griffin Blake.

Ele nos dá uma breve descrição dos exercícios e se vira para deixar o estádio. Eu corro para alcançá-lo e dou um tapinha em seu ombro. Griffin, é claro, vem logo atrás de mim.

— Algum problema? — pergunta o treinador Lenny quando vê minha expressão azeda.

— Não, senhor — responde Griffin.

Olho para ele.

— Quero fazer dupla com outra pessoa, treinador.

— Ele é o único capaz de pressionar você, Phoebe. — O treinador Lenny lança um olhar apologético na minha direção. — Treine com ele.

— Não, ele é um...

— Pelo bem da corrida — interrompe o treinador. — É apenas por um dia. — Ele lança um olhar ameaçador para Griffin. — Faça os exercícios, pressione-a para que ela dê o melhor de si ou você vai se ver comigo no dia da corrida.

— Sim, senhor — responde Griffin, um exemplo de cavalheiro.

Há. Que piada.

Assim que o treinador se afasta, Griffin começa:

— Phoebe, sei que está zangada e tem todo o direito de...

— Obrigada por permitir isso.

Ando com arrogância pelo gramado interno, encontro um lugar vazio e bem espaçoso e começo meu alongamento. Griffin, na minha cola, senta ao meu lado e fica repetindo minhas ações.

— Ei, por que eu ter participado da aposta é pior do que o acordo que você fez com Stella? — pergunta ele.

Trinco os maxilares e não digo nada.

— Desculpe, Phoebe, não era assim que eu queria começar.

Alcanço meu outro pé, me inclinando para longe dele.

— Não vou deixar você me ignorar — diz ele, alcançando os próprios dedos do pé. — Tem o direito de ficar zangada, mas eu tenho o direito de me explicar.

Inspiro profundamente ao me alongar.

— Eu não preciso ouvir.

— Não, você não precisa. — Ele se inclina sobre a perna esquerda, alongando os quadríceps. — Mas vai ouvir.

Ele está certo. Por pura curiosidade, eu pelo menos quero ouvir que desculpa esfarrapada ele vai inventar. Daí posso arquivá-la com outras explicações tão-imbecis-que-não-dá-para-acreditar e sigo em frente com a minha vida.

Meu tempo é precioso demais para perdê-lo com Griffin Blake.

— Tudo começou com uma aposta. — E ele tem coragem de admitir! — Não uma aposta minha, mas uma aposta, de qualquer forma.

Lanço um olhar que diz que já sei sobre isso.

— Foi por isso que concordei em encontrar você naquele domingo.

— Obrigada — digo. — Fico feliz em saber que sou um troféu tão importante que você precisou de motivação extra para ir a uma simples corrid...

— Desculpa, tá? — Ele alcança o pé direito tão rapidamente que fico surpresa por não vê-lo distendendo um tendão. — Quantas vezes preciso repetir?

— Mais um milhão de vezes já seria um bom começo.

Ele se senta, desistindo de fingir que está se alongando.

— Começou com uma aposta — solta ele —, mas não terminou como uma aposta.

Que baboseira.

— Se eu tivesse sido honesto comigo mesmo... — Ele começa a arrancar pequenos tufos de grama. — Eu teria percebido que a aposta não passava de uma desculpa... Para que eu pudesse passar mais tempo com você. E assim não precisaria explicar nada a ninguém.

Continuo a me alongar, trabalhando todos os músculos da minha perna e ignorando aquele discursinho sentimental. Não penso no fato de que meu acordo com Stella teve o mesmo propósito — um motivo para me aproximar de Griffin sem me sentir culpada por causa dos sentimentos de Nicole em relação a ele.

— E mesmo eu sendo um idiota completo, você me deu uma chance.

— Idiotice minha.

— Segundas chances são algo raro por aqui. — Ele se movimenta lentamente sobre a grama. — Quando eu tinha

7 anos, meus pais se envolveram com o lado ruim de Hera. Ninguém os viu desde então.

Isso me faz parar o alongamento. Tinha sido mais ou menos na mesma época que os pais de Nicole foram banidos.

Ele havia dito que os pais não estavam por perto, e eu me lembro de que achei aquilo meio vago. Nem ao menos cheguei a pensar que eles poderiam estar mortos. Pensei apenas que eles o deixaram com a tia enquanto viajavam pelo mundo ou algo do gênero.

Nunca imaginei que a ausência dos pais dele tivesse alguma relação com Nicole.

Meu coração derrete. Só um pouquinho.

— E lá estava eu, carregando você no colo porque precisava fazer isso, e você tentando fazer com que eu me abrisse. Você queria me conhecer. Apesar de eu ter sido horrível. — Ele se inclina e sussurra. — Foi quando a aposta terminou para mim.

Mais algumas estalactites de gelo derretem.

Como não estou preparada para fazer papel de boba duas vezes na mesma semana, digo a mim mesma para não me deixar levar pelas mentiras dele. Griffin pode ter inventado cada uma dessas palavras também.

E mesmo que minhas intenções iniciais ao encontrá-lo naquele domingo não fossem muito melhores do que isso — embora eu ache que um acordo é muito menos ofensivo que uma aposta —, pelo menos eu já havia admitido para mim mesma que estava indo atrás de Griffin por livre e espontânea vontade.

Eu me levanto e começo a girar a cintura para aquecer meus músculos superiores.

Griffin se embaralha com os próprios pés.

— No último sábado, depois do treino... — diz ele, implorando. — Aquilo foi real. O resto não importa.

— Importa para mim.

Paro de me exercitar por tempo suficiente para ver a expressão triste nos olhos dele.

Está claro que ele não sabe direito o que dizer. E tudo bem por mim, pois já ouvi mentiras o bastante para uma vida inteira.

— Vamos apenas terminar os exercícios — vocifero, de saco cheio e pensando em todos os deveres de casa que estão me esperando.

A primeira parte é uma corrida de três quilômetros em ritmo moderado.

Ando na direção da largada, mas Griffin tem outros planos.

— Por que não corremos por um percurso diferente hoje?

Olho para ele com desconfiança, certa de que tem algo escondido na manga — ainda que esteja usando uma camiseta. Quero discutir, mas sinceramente será um alívio ver qualquer cenário diferente daquele percurso arborizado.

— Tá — concordo. — Mas se você tentar qualquer coisa, vou contar ao treinador Lenny sobre os meus cadarços.

Ele se limita a revirar os olhos na minha direção e diz:

— Qual é.

Griffin sai do estádio e o circula à direita. Não quero ficar atrás dele como se fosse um cachorrinho chegando em segundo lugar, então me coloco ao seu lado e o acompanho passo a passo. E aparentemente ele estava se esforçando, porque suas pernas têm o dobro do comprimento das minhas

Nenhum de nós fala nada nem olha para o outro enquanto ele nos guia por um caminho íngreme atrás do muro do estádio. Parece com qualquer outra trilha arborizada, até que ultrapassamos as árvores: estamos na praia.

— Imaginei que com tantos treinos extras — diz ele — você não tenha tido tempo de correr na praia. Acho que ama fazer isso tanto quanto eu.

Dou de ombros, mas por dentro estou adorando o contato dos meus pés com a areia. A cada passo preciso me esforçar mais para ir para a frente. É meu paraíso particular.

Eu amo as praias de Los Angeles — principalmente quando posso ir à Malibu para observar os surfistas enquanto corro —, mas nada se compara à praia de Serfopoula. A areia é imaculada. De um branco reluzente.

Quando olho para trás, vejo nossos passos desaparecendo à medida que a areia volta ao normal. A areia na Califórnia é tão lamacenta que suas pegadas ficam lá até que a água venha e as apague.

— Eu estava certo? — diz Griffin.

Lanço um olhar zangado para ele por ter interrompido meu devaneio. Afinal de contas, ainda estou brava com ele.

— Sobre o quê?

— Sobre a praia.

— É bom — minto.

Ele dá um sorriso convencido.

— Considerando o quanto você está zangada comigo, vou interpretar isso como um grande sim.

— Tanto faz. — Reviro os olhos.

Mas ele tem razão.

Corremos por mais de oitocentos metros em silêncio. Passo, passo, passo, respira. Nossas passadas estão perfeitamente sincronizadas. Passo, passo, passo...

— Você vai superar sua raiva.

— Acho que não.

Passo, passo, passo...

— Prometo não me gabar quando acontecer.

— Eu não vou superar.

Passo, passo, passo...

— Porque eu quero tanto ficar com você que não vou ligar se estiver gritando comigo o tempo todo, contanto que eu esteja ao seu lado.

Congelo na pista.

Dois passos à frente, Griffin nota que eu parei e volta correndo até onde eu estou.

— Ainda temos mais de um quilômetro e meio pela frente — diz ele, como se eu tivesse parado porque achava que tínhamos terminado o treino. Então seu rosto se enruga de preocupação. — Você torceu seu tornozelo de novo? Achei que tivesse dito que estava...

— Você estava falando sério?

— ...curado. O quê?

— Você estava falando sério? Sobre o que acabou de dizer?

— É claro que sim. — Ele se abaixa e confere o meu tornozelo. — Agora me conte...

Pego Griffin pelo braço e o empurro para trás.

— Está tudo bem com o meu tornozelo.

Ele olha para mim de um jeito engraçado por um segundo antes de abrir aquele sorriso convencido de novo.

— Ah, que bom.

— É — concordo. — Que bom.

— Eu lamento muito mais do que você pode imaginar — diz ele.

— É... — Dou um suspiro profundo. — Eu sei.

— Isso quer dizer que...

— Que eu perdoei você? Não. — Sorrio diante da expressão de decepção dele. — Ainda não.

Ele sorri de volta.

— Mas vai perdoar.

Com um pequeno passo, ele elimina o resto da distância que há entre nós. Meu coração acelera quando ele leva a mão até o meu rosto. Seus dedos percorrem minhas têmporas. Ainda que ele não esteja me tocando de verdade, posso sentir seu calor.

Então ele se inclina para a frente — como se estivesse em câmera lenta — até que seu rosto fica a milímetros do meu.

A expressão divertida em seu rosto deixa seus olhos azuis mais brilhantes. Meus olhos estão fechados e tensos, a expectativa está me matando. Eu não beijo ninguém desde que terminei com aquele idiota — como era mesmo o nome dele? —, e sentia que nunca desejei beijar alguém tanto quanto queria beijar Griffin Blake agora.

Os lábios dele roçam nos meus. De leve. Só encostam, na verdade.

Porém é mais que o suficiente.

Meu corpo inteiro explode como os fogos de artifício daquela noite na fogueira.

Levo alguns segundos para perceber que ele não está mais me beijando. Relutante, abro os olhos e o vejo a alguns centímetros de distância. Ele sorri novamente.

— Vamos lá — diz ele, me puxando pela mão. — Prometi ao treinador Lenny que iria lhe proporcionar um bom treino. — Ele acelera e sigo atrás dele aos tropeços. — Seu aquecimento ainda tem mais de um quilômetro e meio pela frente. Só depois o treino de verdade começa.

De mãos dadas — certo, não é a melhor técnica para um treino — terminamos a corrida. E o restante do treino.

Durante todo o tempo, só consigo pensar:

"Quando foi que minha vida ficou tão boa?"

Capítulo 10

— Bom dia — diz Griffin ao surgir ao lado do meu armário. — Quer uma companhia até a aula de Tyrant?

Ele se inclina e me beija, muito rapidamente, na boca.

— Achei que você nunca fosse perguntar — digo, ainda maravilhada com quanto minha vida havia mudado desde ontem. — Quer ir até o vilarejo depois da aula?

Pego meu exemplar de *Ulisses* e jogo na mochila.

Como Griffin não responde, eu completo:

— Talvez pudéssemos tomar sorvete.

Fecho minha mochila e o armário, e me viro para ficar ao lado de Griffin. E é então que vejo por que ele tinha parado de falar.

Nicole e Troy estão parados a alguns passos de nós, e pela expressão no rosto deles parecem ter presenciado um assassinato. Ótimo, eu queria mesmo uma oportunidade de contar tudo antes que eles nos vissem juntos. Queria explicar antes que eles chegassem a conclusões precipitadas.

Mas Griffin chegou perto de mim, e eu esqueci todas as minhas boas intenções.

— Oi, gente — digo, num tom de voz que tenta mostrar que tudo está perfeitamente normal. — Tudo bem?

— O que você está fazendo com ele? — exige saber Nicole.

Troy não diz nada, apenas cruza os braços por cima da camisa do Blink 182 e observa.

— Preciso ir agora — diz Griffin e começa a se afastar.

— Não — digo, segurando o braço dele. — Não vá.

Se vamos ficar juntos, Nicole e Troy fazem parte do pacote. Vai ser melhor para todos se esclarecermos as coisas agora.

Ele chega para perto de mim e passo meu braço por baixo do dele. Nicole faz uma carranca ainda mais feia.

— E ontem você o odiava — diz ela com escárnio

— Eu sei. — Aperto o braço de Griffin com mais força para que ele saiba que isso mudou. — Mas nós conversamos.

— Você não passava de uma aposta para ele. — Troy finalmente abre a boca.

— Não! — grita Griffin. — Não é verdade. Nunca foi só a aposta.

Nicole bufa.

— Tá bom, como se um dia tivéssemos acreditado em alguma coisa que você diz.

Há uma repentina tensão no ar, uma eletricidade que tem raízes muito mais profundas do que a minha briga com Griffin. Nicole parece pronta para lançar seus poderes em cima dele, sem se importar com as consequências.

Eles já ignoraram o que sentem em relação ao seu passado em comum — sobre o que quer que tenha estragado a amizade dos dois — por tempo demais. Sei que Troy está mais chateado por ser leal a mim, pela tristeza que Griffin me causou; já os motivos de Nicole têm relação com o que ela acredita que

Griffin fez a ela. Se começarmos a tentar resolver o problema de Nicole... bem, pelo menos já seria um começo.

— Acho que chegou o momento de enfrentar o passado. — Cara, estou ou não estou parecendo a Mãe Terapeuta? — Vocês dois já evitaram isso por muito tempo.

— Não estou evitando nada — devolve Nicole —, com exceção de um traidor mentiroso. — Ela cospe no chão antes de nos dar as costas e sair andando com arrogância.

Cutuco Griffin nas costas, e ele dá um passo à frente.

— Nicole, espere — diz ele. — Phoebe tem razão.

Ela não se vira nem diz coisa alguma, mas pelo menos para de andar.

— Nós já fomos amigos — continua Griffin. — Não podemos esquecer o passado? Sei que as coisas não terminaram bem com a gen...

— Não terminaram bem? — Ela dá meia-volta. — Não terminaram bem? Se considerarmos tudo o que aconteceu, acho que isso é um eufemismo.

Griffin se afasta da fúria dela. Eu seguro a mão dele e entrelaço nossos dedos — para mostrar meu apoio... e para impedir que ele fuja. Griffin aperta a minha mão com força, e posso sentir a pulsação dele acelerar. Ele é tão habilidoso quanto Nicole quando se trata de esconder suas emoções, e eles não vão conseguir resolver isso sem ajuda.

— Ele não estava tentando minimizar o que aconteceu — protesto. — Ele só quer conversar sobre...

— Esquece, Phoebe, ela não quer falar sobre isso. — interrompe Griffin. — Sinto muito pelo que você imagina que eu fiz e por qualquer dano que pense que eu tenha provocado, mas acho que está exagerando.

Pela expressão de Nicole, parece que ela quer abrir um buraco no crânio de Griffin.

— Meu avô perdeu o emprego e meus pais foram expulsos da ilha.

— E os meus foram expulsos da face da Terra.

— Eles mereceram — diz ela, o corpo inteiro tremendo de ódio.

Griffin dá um pulo para trás como se tivesse levado um tapa na cara. Então foi isso que aconteceu aos pais dele. Envolvo nossos dedos entrelaçados com a minha mão livre, me concentro em transmitir para ele toda compaixão e solidariedade que eu conseguir. De repente a mão dele parece relaxar e percebo que ele está se acalmando.

Mas Nicole continua:

— Se você não fosse tão egoísta, se ao menos tivesse dito ao conselho onde estávamos...

— Eu disse — sussurra ele, as palavras ecoam pelos corredores ancestrais.

Nicole o encara, piscando.

— Você o quê?

— Eu disse a eles — repete Griffin, seu tom de voz agora é firme. — Eu disse ao conselho supremo que fomos nós que roubamos o néctar dos deuses e alimentamos o filho de Hera.

— Ai, meus deuses. — Troy engasga. Ele tinha ficado praticamente calado e espremido contra os armários até agora, então o que Griffin acabou de dizer devia ser muito sério.

— Como assim? — pergunto.

— Se um deus consome ambrosia antes dos dois anos de idade, ela rouba sua imortalidade — explica Griffin, sem tirar os olhos de Nicole. — Eu expliquei que nós não sabíamos disso. Só tínhamos sete anos, pelo amor de Zeus.

— Vo-você, você disse? — gagueja Nicole como se não pudesse acreditar no que Griffin estava falando. — Você contou a eles?

— Contei.

— Então por quê...?

— Meus pais insistiram que eu menti para protegê-los. — O maxilar de Griffin enrijece, e vejo que suas emoções estão à flor da pele; ele estava guardando aquilo desde que seus pais desapareceram, há mais de dez anos.

Levanto nossas mãos entrelaçadas e dou um beijo na palma da mão de Griffin.

Ele completa:

— Eles foram punidos no meu lugar.

Por um longo tempo, Nicole só o encara. Meu coração lamenta por ela. Deve ser difícil aceitar que todos esses anos de ressentimento foram um equívoco.

Finalmente, com os olhos brilhando, ela diz:

— E no meu lugar também. — Ela limpa as lágrimas de qualquer jeito. — A ideia foi minha.

Então ela faz algo surpreendente: corre na direção de Griffin e lhe dá um abraço. Tudo bem, eu não conheço Nicole há tanto tempo, mas acho que dá para perceber que ela não é chegada a demonstrações públicas de afeto — a nenhuma demonstração de afeto, na verdade.

— Durante todos esses anos — diz ela, a voz falha — você foi o meu melhor amigo e eu o culpei.

— Shhh — diz Griffin, apertando a minha mão com ainda mais força e usando a mão livre para dar um tapinha nas costas dela. — Minha luta contra a culpa aconteceu há muito tempo. Não comece o que eu já terminei.

Pode ser o instinto de herói dele agindo para que ela se sinta melhor, mas alguma coisa me diz que isso é um processo de cura tanto para Griffin quanto para Nicole. É amargura demais para os dois carregarem. Hércules não tem nada a ver com aquilo.

Naquele momento, senti uma conexão com Griffin que eu nunca havia tido com mais ninguém. Como se pudesse sentir o que ele sentia. Breves faíscas — como se fossem choques por estática — formigaram pela parte da minha mão que tocava na de Griffin. Ele encosta a bochecha na cabeça de Nicole, e meus olhos encontram os dela por cima do seu cabelo louro espetado. Um lampejo passa pelos olhos de Griffin. Ele também pode sentir a conexão.

Dou uma olhada em Troy, que parece completamente anestesiado.

Ele é um amigo tão bom que sei que ficou ressentido com Griffin por causa de Nicole. Aposto que está tão assustado quanto ela depois de ouvir o lado de Griffin da história. Quando lanço na sua direção um olhar que diz "O que você acha disso?", ele simplesmente balança a cabeça, sem acreditar.

Quando Nicole finalmente se afasta, seus olhos estão vermelhos, mas secos.

— Bem — diz ela, dando uma de garota durona —, acho melhor irmos para a aula. Se eu me atrasar de novo, Tyrant vai me obrigar a limpar o quadro-negro com a língua.

Sem dizer mais nada, ela se vira e caminha em direção ao corredor. Troy fica olhando por um instante, depois dá de ombros e segue no encalço de Nicole.

Griffin escorrega o braço para minha cintura, me puxando para mais perto, enquanto caminhamos.

— Obrigado — sussurra ele no meu ouvido. — Isso nunca teria acontecido se não fosse você.

— Mas eu não...

— Eu sei... — diz ele. — Você não *fez* nada. Simplesmente parece que coisas boas têm acontecido comigo desde que chegou aqui.

Uau. Estou tentando elaborar uma resposta à altura, quando Nicole olha para trás e grita:

— Apresse-se, Blake. Eu posso ter perdoado você, mas não vou lamber pó de giz para ninguém.

Todos nós rimos, e eu sinto que as coisas finalmente estavam fazendo sentido.

Minha vida em Serfopoula podia não ser perfeita, mas parece melhorar a cada dia.

Na manhã seguinte, eu praticamente vomito.

E não sem motivo. Eu quase vomito antes de todas as corridas. Mas esta manhã eu me sinto tão mal que nem consigo comer meu habitual prato de antes de correr: aveia com açúcar mascavo e passas.

Tento não achar que isso é um mau presságio.

Mas não posso esquecer: em uma escola cheia de descendentes de deuses, é altamente provável que alguém — Adara — tenha subornado as Fúrias para destruir minha vida hoje. Stella tem sido tão... bem, não exatamente legal, mas não tão horrível ultimamente, que quando Damian ameaçou tirar os poderes dela por um ano se ela interferisse na corrida, ela riu dele. Não é como se fôssemos amigas, mas acho que nos entendemos.

De alguma forma, consigo ir a todas as aulas. Não sem alguma ajuda de Nicole em álgebra e física, e encontrando Griffin entre as aulas. Ele é uma maravilha quando se trata de acalmar meus nervos, mas sempre que se afasta eu fico uma pilha de novo.

Pelo menos o nervosismo me impede de prestar atenção nos sussurros. Ocasionalmente ouço "Blake", "*kako*" e "estrangeira", mas na maior parte do tempo estou tão nervosa que bloqueio tudo. Sei que a escola inteira está em polvorosa com as notícias sobre nós dois, e se não fosse pela corrida eu provavelmente estaria constrangida por saber que todos — do harém de Hades ao cenário de Zeus — estão obsessivamente fofocando sobre a gente. Neste momento, a corrida consome toda a minha atenção.

E quando estou com Griffin, tudo desaparece.

É uma pena que não possamos correr juntos.

Quando chego ao vestiário para me trocar e ouvir o discurso dos treinadores, estou completamente histérica. Nunca fiquei tão nervosa antes de uma corrida. Nada que eu tentei parece ajudar — nem mesmo o sachê de aromaterapia que Nicole me deu no almoço. Tenho certeza de que está cheio de flores mortas que não poderão me ajudar do túmulo.

Estou prestes a atravessar a porta do vestiário quando ouço Troy:

— Phoebe!

Ele vem apressado pelo corredor — um pouco rápido demais para um sujeito que diz que odeia correr mais do que odeia couve-de-bruxelas — e para na minha frente.

— Oi. — Aceno pra ele. — Tudo bem?

— Eu só... — Ele sorri de um jeito irônico. — Quero te desejar boa sorte.

— Obrigada — digo. — É importante para mim.

— Tenho uma coisa para você — diz ele, dando um passo para trás. Depois de procurar no bolso, puxa uma pulseira trançada. — É um...

— Bracelete da amizade — completo.

Era igualzinho ao que Nola havia me dado no jardim de infância, e que depois de três anos de uso contínuo, arrebentou.

Estico meu pulso e deixo que ele amarre a pulseira.

Olhando para Troy e pensando em Nola, imagino o que ela acharia dele. Com aquela camisa *tie-dyed* do Grateful Dead, jeans gastos e um par de Vans, ele é como a versão de Nola de saias.

Talvez eles se conheçam no casamento.

— Não é apenas um bracelete da amizade — diz ele quando termina de amarrar os fios. — É como um superamuleto, para dar sorte. Com isso... — Ele solta o meu braço e dá um sorriso. — Você não pode perder.

— Obrigada, eu...

A cabeça do treinador Lenny aparece no corredor.

— Vamos logo, Castro.

Digo a Troy:

— Preciso mudar de roupa. Obrigada. — Dou mais um abraço nele. — De verdade.

— Boa sorte — diz Troy. — Vejo você na linha de chegada.

Eu me viro e corro para o vestiário, pensando em como fiquei tão calma de repente. Mas não preciso saber por quê. Não estou mais nervosa; estou pronta para correr.

Há três outras escolas participando da corrida de hoje. O time do Liceu Olímpia é o mais forte. O treinador Lenny me disse que a principal atleta deles — Jackie Lavaris — fará parte do time da Grécia nas próximas Olimpíadas. Ela é minha adversária mais forte.

Mas as corredoras da Academia Atena — uma escola militar só de garotas —, parecem bem fortes também. Os uniformes camuflados delas devem ajudar a passar essa impressão. Algumas garotas da Escola Héstia e seu jeitinho formal e delicado podem ser apenas aparências — os shorts cor-de-rosa podem ser um disfarce.

Estou parada na nossa área de largada — um quadrado pintado no chão de onde todos os corredores da Academia vão sair. — Inspiro devagar e profundamente, sacudindo minhas pernas.

Por baixo do meu uniforme azul-claro, estou usando minha lingerie da sorte. Já que no dia da corrida não posso usar nenhuma das minhas camisas de correr, eu uso sempre a que está escrito: NÃO SE PREOCUPE, VOCÊ VAI DESMAIAR ANTES DE MORRER. É apenas um lembrete para não deixar nada na pista. Correr não vai me matar, mas perder talvez o faça.

— Ah, não! — grita Zoe.

— O que foi? — pergunto. — O que houve?

Ela aponta para os cadarços arrebentados no seu tênis do pé esquerdo. Depois de uma olhada ao redor para se certificar de que ninguém mais estava olhando, ela aponta o dedo para o ofensivo cadarço.

Nada acontece.

Ela franze o cenho e aponta de novo.

Nada de novo.

— Que m...

— Surpresa — diz o treinador Lenny aparecendo de repente.

— Treinador — choraminga Zoe. — Meus poderes estão...

— Suspensos — diz ele.

— Mmmas... — O lábio inferior dela se curva para baixo e começa a tremer. É totalmente falso e não está funcionando nem um pouco com o treinador Lenny.

— Acabamos de verificar a escalação. Todos do time estão sem seus poderes por hoje — explica ele. Depois, olhando para mim, completa: — Queremos que a corrida seja justa.

Zoe me olha de esguelha, mas não diz nada.

Ela se afasta irritada na direção da caixa de suprimentos para procurar por um novo par de cadarços. Por que todos me culpam por tudo? Eu não pedi que fizessem isso. É claro, eu sabia que estavam falando nesse assunto, mas eu não podia fazer nada a respeito de qualquer forma.

Além do mais, se há um culpado, é Griffin. Foi ele que usou magia nos meus cadarços no treino. Ele lamenta muito, muitíssimo agora, mas isso não muda o fato de ter feito aquilo.

Mas alguém o culpa? Nããããão. Por que o fariam? Griffin é um deles.

E nesse momento eu me toco de uma coisa. Não importa o que eu faça — não importa quão bem eu corra, quão Griffin goste de mim ou o quanto eu tente ficar fora do caminho de todo mundo —, nunca vou me encaixar aqui. Há apenas uma condição para fazer parte da Academia e eu não a preencho.

Perceber isso poderia me jogar em uma depressão profunda e sombria, mas não posso lidar com isso hoje. Então, munida de anos de experiência psicológica pré-corrida, afasto esses pensamentos para o fundo da minha mente.

E bem a tempo.

— Corredores, em suas posições — chama o treinador Lenny, o juiz hoje.

As cinco meninas da Academia e eu nos alinhamos dentro do nosso quadrado. As garotas do Liceu Olímpia, da Academia Atena e da Escola Héstia se alinham nos seus lugares.

O treinador Lenny levanta uma pistola e meu coração salta no peito.

Então ele dá o tiro da largada e tudo desaparece.

Na metade dos oito quilômetros da corrida, estou entre o grupo líder com outras quatro meninas. Jackie Lavarias corre alguns passos à minha frente.

Meus olhos estão acostumados à visão das costas dela. Já li o número de Jackie — 37 — mais de um milhão de vezes. Pelo menos uma vez a cada passada desde que deixei a largada.

Fiz daquilo o meu mantra.

Trin-ta-e-se-te.

De novo, de novo e de novo.

Trin-ta-e-se-te. Trin-ta-e-se-te. Trin-ta-e-se-te.

Se alguém perguntasse agora quantos anos tenho, eu diria 37.

Eu gostaria de saber em que Jackie está se focando. Ela parece uma máquina. Mesmo ritmo, mesma passada em todos os terrenos. A cada subida. A cada curva.

Começo a pensar se vou conseguir alcançá-la.

A cerca de um quilômetro da chegada, eu sei que não vou conseguir.

Minhas pernas parecem gelatina derretida. Cada vez que consigo inspirar, uma dor pungente atravessa meus pulmões e irradia pelo resto do meu corpo. Já não consigo mais sentir meus pés.

Mas meus olhos continuam grudados no número 37.

Trin-ta-e-se-te.

Jackie está apenas dois passos na minha frente agora. As outras garotas do primeiro grupo desistiram há quinhentos metros, então estamos sozinhas na liderança. Estou a observando há mais de seis quilômetros, e Jackie não mostrou nenhum sinal de cansaço desde então. Nenhum escorregão ou tropeço. Nenhuma olhadela para trás para ver quem estava perto dela.

Nada.

O único sinal de que ela está se esforçando é o suor pingando de seus shorts e camiseta. Aquilo me faz seguir em frente — pelo menos ela está tendo trabalho.

Só que eu estou enfraquecendo. Como se estivesse usando o restante da minha reserva de energia e não fosse sobrar nada para um esforço final. Na verdade, talvez eu não tenha mais energia alguma mesmo.

De repente, Jackie se afasta mais três passadas.

Não, ela não se adianta. Eu é que fico para trás.

Estou desmaiando.

Merda! Eu me esforcei demais nas ultimas três semanas — na minha vida inteira — para perder agora. Todas aquelas horas extras e pouco sono não foram em vão. Não vou deixar que sejam em vão.

E não vou deixar que mais de seis quilômetros de trin-ta-e-se-te sejam jogados no lixo.

Cavando mais fundo do que jamais cavei, raspo o restinho de energia que tenho dos cantos mais longínquos da minha alma e, assim que ultrapasso a marca de sete quilômetros, acelero um pouco. Duas passadas.

Sinto como se estivesse atravessando uma parede, derrubando-a com um martelo mental. Um jato de energia — ou adrenalina ou endorfina — passa por mim e não sinto mais dor.

Os músculos da minha perna se retraem por um segundo para me mostrar que estão de volta ao trabalho. Sinto meus pés sobre a trilha de terra. Meus pulmões se enchem de oxigênio e eu não me sinto mais atormentada pela dor. É como se estivesse começando a correr em vez de estar quase no fim da corrida.

Já atravessei essa parede antes, mas nunca me senti assim. Como se estivesse começando a correr. Eu me sinto totalmente recuperada.

Passamos pela marca de sete quilômetros e meio.

Eu me aproximo mais uma passada.

Apenas uma passada me separa da vitória.

Posso ver a linha de chegada — e o pequeno mar de pessoas assistindo — adiante. É uma linha reta daqui.

Os espectadores veem Jackie e comemoram.

Estimulada, eu me aproximo mais um pouco. Estamos lado a lado. Pela primeira vez desde o início da corrida, ela olha para o lado. Sorrio ao notar a expressão de choque em seu rosto — até ela acelerar e eu precisar alcançá-la de novo.

A linha de chegada está se aproximando, então eu ligo o motor e tento ganhar a liderança. Jackie consegue me acompanhar com facilidade. Eu me esforço mais. Jackie faz o mesmo. Eu não consigo continuar.

Inspiro profundamente e — por uma fração de segundo — fecho os olhos. Penso em meu pai; quero ganhar esta corrida, assim como todas as outras, por ele.

Quando abro os olhos, estou na frente.

Não me viro para trás para saber onde Jackie está. Estou na frente e não vou perder a liderança.

Pensando em meu pai, coloco cada parte do meu ser focada naqueles últimos noventa metros. Vejo todos torcendo por mim — o treinador Lenny, minha mãe, Damian, Stella (sim, até mesmo Stella), Troy, Griffin, Nicole e...

Ai meu Deus!

Nola e Cesca estão paradas na linha de chegada.

Uma luz brilhante me envolve enquanto piso a terra. Algo não está certo, mas minha mente está confusa e só consigo pensar em alcançar a linha de chegada antes de desmaiar. Minhas melhores amigas e meus novos amigos estão todos esperando por mim, então preciso chegar lá ou morrer tentando

Então, de repente, estou do outro lado da linha.

A multidão ao meu redor comemora.

Todos correm na minha direção, me abraçam. Tenho dificuldades para respirar e ficar de pé. As endorfinas estão me deixando agora.

A última coisa de que eu me lembro antes de desmaiar é o rosto sorridente de Troy. É quando entendo. Não ganhei esta corrida sem ajuda.

O que significa que não a ganhei.

Capítulo 11

— NÃO ACREDITO QUE vocês estão aqui — repito pela milionésima vez enquanto andamos de volta para o campus. Depois da corrida, ficamos para assistir à competição dos meninos. Griffin ganhou com quase dois minutos de diferença do segundo colocado e, ainda que ele fosse puro suor quando conheceu Nola e Cesca, elas ficaram bem impressionadas. É tão bom ter as minhas meninas por perto!

— Achamos que você precisava de um pouco de... — Cesca sorri — apoio extra.

Nola me abraça. De novo.

— Damian e eu combinamos tudo com os pais delas — diz minha mãe. — Elas precisam voltar na balsa amanhã para que não percam mais dias de aula.

— Só um dia? — reclamo. Não é o bastante. Mas é bem melhor do que nada.

Damian se aproxima de mim.

— Pensamos também que talvez fosse melhor se você.. pudesse explicar a situação pessoalmente.

— Explicar minha... — Eu me interrompo de repente. Damian está dizendo o que acho que está dizendo? — Isso mesmo?

Ele assente

Sinto-me lisonjeada pela confiança que depositou em mim. Ele não conhece Nola e Cesca, mas confia em mim o suficiente para confiar nelas.

— Obrigada — digo.

E não consigo evitar, envolvo Damian com meus braços e dou um abraço muito apertado nele.

— Não há de que — diz ele naquele seu típico tom formal. Mas agora há ali uma afeição que nunca tinha notado antes.

Eu não acredito que ele está mesmo deixando que eu conte a Nola e Cesca sobre a Academia, sobre a ilha, sobre tudo.

Agora tudo o que preciso fazer é descobrir *como* contar a elas.

— Mas primeiro precisamos conversar — diz ele no tom de diretor.

Certo. Eu sabia que essa coisa de confiança era boa demais para ser verdade. Meus ombros despencam. Olho para a frente e vejo minha mãe e as meninas se afastando.

— Phoebe — diz ele, apoiando a mão no meu ombro —, isso não tem nada a ver com as suas amigas.

— Ah — falo, surpresa. — Tudo bem.

— Por que não voltamos para a escola e deixamos suas amigas conhecerem o campus enquanto conversamos?

Concordo com a cabeça, sentindo que é algo muito importante. Considerando todas as notícias importantes que viraram minha vida do avesso recentemente, fico um pouco apreensiva com o que ele pode me dizer. Talvez ele saiba que Troy trapaceou para que eu vencesse a corrida.

— Ei, meninas — grito, correndo para alcançá-las. — Querem conhecer minha nova escola?

Fazemos um desvio pelo gramado principal em direção à escadaria principal.

— Pacific Park não é mais a mesma sem você — diz Cesca.

— Ela te contou o que fez com Justin? — pergunta Nola.

— Não — falo, sorrindo para as meninas. — O que foi?

— Não foi nada — diz Cesca com uma piscadela. — Mesmo.

Nola revira os olhos diante daquela atenuação.

— Ela puxou as calças dele na frente de todos os alunos na reunião de boas-vindas.

Não estou nem um pouco surpresa. Cesca não é o tipo de pessoa de quem você gostaria de conhecer o lado negro. Ela é tão vingativa quanto... bem, quanto Stella, imagino. Na verdade eu nunca havia reparado, mas Cesca pode ser uma verdadeira megera se alguém cruzar seu caminho. Ou se cruzar o caminho dos seus amigos. Se eu fosse o alvo da ira de Cesca, talvez sentisse por ela a mesma coisa que senti por Stella.

E se não tivesse sido o alvo de Stella, talvez sentisse por ela o que sinto por Cesca.

Hum. Stella sendo minha melhor amiga. Acho que não Ainda assim, talvez eu entenda melhor seu comportamento agora.

— Basta dizer que Justin vai ter dificuldades em marcar um encontro por um tempo. — Cesca olha para suas unhas como se o que tivesse acabado de dizer não fosse nada de mais. — Cuecas do Power Rangers não são exatamente um item fashion nos dias de hoje.

Eu rio só de pensar em Justin exposto em frente a todos os alunos da escola.

— Quanto tempo tem este colégio, afinal de contas? — pergunta Cesca, encarando a fachada que mais lembra um templo. — O prédio parece antigo.

— E é — digo. — Tem mais de quinhentos anos.

— Meu santo burrito. — Cesca engasga.

— A paisagem é linda — diz Nola. — Não consigo acreditar que a grama seja tão saudável num clima tão árido.

— É, bem... — Dou uma olhada por cima do ombro e vejo minha mãe e Damian nos seguindo pelo gramado. — Há uma boa razão para isso.

— Phoebe!

Eu me viro e vejo Troy parado no alto da escadaria. Ele tem um sorriso louco estampado no rosto. Talvez esteja louco.

— Você! — grito.

— Aonde você foi? — pergunta ele, com as mãos nos quadris. — Você foi embora tão rápido que nem tive chance de dar os parabéns.

Eu me viro para as meninas.

— Posso deixar vocês um minuto?

— Claro — diz Cesca.

Nola concorda com a cabeça.

— Sem problemas.

Deixo-as sozinhas no início da escadaria e corro para encontrar Troy.

— Nem consigo imaginar por que eu gostaria de sair de lá correndo, e você?

— O quê? — Ele parece realmente confuso. — Não estou entendendo nada.

— O quê? O quê! — Então bato meu indicador no peito dele. — Depois do que fez, você tem coragem de perguntar o quê?

— O que eu fiz? Do que você está falando?

— Sei o que o seu amuleto fez, Troy. — Cruzo os braços. — Eu o vi brilhar.

— O brilho? — Ele franze o cenho. — Eu vi também, mas não tenho ideia do que você está dizendo.

— Olha, sei que você só estava tentando me ajudar. Mas trapaça é trapaça. Você me humilhou. Eu não consigo encarar o meu time, muito menos me olhar no espelho.

— Trapaça? Você trapaceou? — Ele balança a cabeça como se não estivesse entendendo. — Nada do que você diz faz sentido.

Em todas as corridas de que participei, nunca trapaceei. Quando descobria que outros atletas estavam tomando anabolizantes, esteroides, hormônios sintéticos ou anfetaminas, eu simplesmente me esforçava mais nos treinos. Eu me concentrava em aperfeiçoar minha técnica, era mais persistente e ficava obcecada com a minha alimentação.

Depois de todos esses anos de integridade e trabalho duro, em apenas uma corrida nesta ilha viro uma trapaceira. Alguém — e tenho um bom palpite de que foi o dono daquele bracelete com superpoderes — usou poderes divinos para me ajudar a vencer. Eu ganhei uma corrida que não merecia ter ganhado.

Vencer trapaceando simplesmente não é vencer.

— *Eu* não trapaceei — digo, mal conseguindo controlar o volume da minha voz diante da insistência de Troy em negar a coisa toda —, mas é como se tivesse feito isso. Quando você me deu seus poderes, eu...

— Opa! — Ele dá um pulo para trás e balança as mãos na frente do peito na defensiva. — Quando eu te *dei* meus poderes? Eu não poderia fazer isso nem se quisesse.

Levanto minha mão e puxo o bracelete.

— E você chama isto aqui de quê?

— De pulseira da amizade.

— Há. — Bufo.

— Não podemos simplesmente *dar* nossos poderes para alguém. — Ele chega mais perto, com a voz calma e determinada. — Além de provavelmente matar a pessoa que receberia os poderes, eu seria expulso da Academia na hora. Gosto muito de você, Phoebe, mas não iria jogar meu futuro fora por ninguém.

— Se você vai continuar mentindo para mim, prefiro que saia. — Dou as costas para ele e sigo em direção às escadas.

Ele não diz nada, então imagino que tenha ido embora.

Quando olho para trás, ele ainda está lá. E me encara. Pela sua expressão, parece que Troy levou um chute no saco. Com a mesma cara sofrida, ele se vira e entra na escola. Dou de ombros, dizendo a mim mesma que não posso me importar com os sentimentos de um trapaceiro, não importa quão fofo e sincero ele pareça. Não importa quão bom amigo pensei que ele fosse.

Damian dá um sorriso esquisito.

— Eu não seria tão dura com o rapaz — diz ele. — Podemos entrar para ter aquela conversa?

Concordo com a cabeça e subimos os largos degraus de pedra. Agora estou ainda mais confusa. Ou Damian não sabe da trapaça ou nem liga para ela.

O treinador Lenny está à nossa espera na sala de Damian. Por um segundo eu o encaro, impressionada por vê-lo ali. Só *pode* ser para falar sobre a trapaça. Desvio meu olhar para o chão. Não consigo encará-lo. Não posso ver a expressão de traição nos olhos dele. Depois de termos trabalhado tanto, por tantas horas, tudo estaria perdido por causa da vontade equivocada de Troy de ajudar.

Mas sei que o treinador tem o direito de me confrontar. Ele depositou naquilo tanto tempo e energia quanto eu, por isso pode me punir pelo que fiz ao time.

— Lamento muito, treinador — digo, desabando na cadeira ao lado da dele. — Eu não sabia que ele faria isso.

O treinador franze o cenho.

— Quem fez o quê? E por Hades, por que você lamenta? Você é a minha estrela. Ganhou a corrida.

Damian se movimenta e fica atrás de sua mesa antes de sentar na grande cadeira de couro.

— Phoebe acha que trapaceou — diz ele, abrindo uma gaveta para pegar uma pasta. — Ela acha que Travatas entregou a ela um amuleto que lhe deu poderes.

O queixo do treinador cai.

— Mas isso não é possível...

— Eu sei. — Damian coloca a pasta sobre a mesa.

— Vou sair do time — digo, tentando ao menos me livrar do constrangimento de ser expulsa. Mas, quando digo aquilo, meus olhos se enchem de lágrimas; nunca havia me sentido tão próxima do treinador Lenny. E sofro por saber que não posso mais fugir dele. — Vou mandar um e-mail oficializando minha saída quando chegar em casa.

Minha mãe chega às minhas costas e põe as mãos sobre os meus ombros, massageando-os devagar para aliviar minha tensão.

— Ouça primeiro o que eles têm a dizer, Phoebe.

— Você continua no time — diz o treinador. — Você não trapaceou.

Eu o encaro sem expressão alguma. É óbvio que ele está no estágio da negação.

— Ainda que você quisesse, não conseguiria fazê-lo — explica ele. — Os poderes de todos estavam suspensos durante a corrida. Até mesmo os seus.

— Não sei como ele fez, treinador, mas... — Limpo uma lágrima do rosto. — Mas sei que você viu o brilho.

— É claro que vi — diz ele. — Todos viram.

— Não me diga que aquilo não eram os poderes de alguém.

— Não, Phoebe. Não posso lhe dizer isso.

— Estou dizendo, treinador, eu... — Então registro as palavras dele. — Como é?

— Você está certa — diz ele. — Aquele brilho que a envolveu no fim da corrida tem a ver com poderes imortais.

— Então por que...

— Você não está entendendo, Phoebola. — Minha mãe aperta meus ombros com mais força.

O treinador me olha com expectativa. Balanço a cabeça. Não entendo o que ele está dizendo. É como se eu soubesse que algo não se encaixa, mas simplesmente não compreendo o que é. Ele diz que estou certa e estou errada. Como isso é possível? Ou alguém me ajudou e trapaceou ou não.

Damian escorrega a pasta pela mesa; o treinador a pega, abre e remexe os papéis lá de dentro.

— Você já fez alguma coisa que imaginava ser fisicamente incapaz de fazer? — pergunta ele.

Assustada com a súbita mudança de assunto, respondo:

— Além de ganhar a corrida?

— Sim — diz Damian, pacientemente. — Além disso.

— Não — digo sem rodeios. Depois me lembro de quando empurrei Adara e ela voou em cima dos armários. — Quero dizer, acho que sim. Quem nunca?

— Fizemos algumas investigações, Phoebe. — O treinador puxa uma folha que parece ser uma impressão de tempos de corrida. — Desde que a acompanhei na primeira sessão de aquecimento, tinha minhas suspeitas. Quero dizer, sou descendente de Hermes. Nenhum *nothos* deveria conseguir acompanhar meu ritmo. Mas você conseguiu.

— E daí? — Mesmo de cabeça para baixo, consigo ler o que há na folha: resultados de Castro.

— E, como você disse, seu desempenho na corrida foi... — Ele olha o relatório e lê: — Sobrenatural.

— Ouça — digo, fungando. — Admiro que você esteja tentando fazer com que eu me sinta melhor, mas sei que não ganhei a corrida de forma justa, então se puder ir direto ao assunto...

— Phoebe, você é uma descendente de Nike — diz minha mãe. — Você tem sangue dos deuses.

Sinto meu queixo cair e faço um som que deve se parecer com "Gah ung", e tudo a meu redor escurece.

Por pelo menos uns doze segundos.

Em seguida estou totalmente consciente, minha mente está a toda.

— O que você quer dizer com descendente de Nike? — Eu me viro para encarar a minha mãe e tento entender a confusão de pensamentos da minha cabeça. — Nike, a marca de tênis?

— Não exatamente — diz minha mãe. — Nike, a deusa da vitória.

— O quê?!

— Veja — fala o treinador ao me entregar a pasta. — Leia isto.

Vejo um artigo de jornal. A manchete diz: "Estrela do futebol americano morre em campo." É uma matéria sobre a morte do meu pai. Eu não preciso ler aquilo, sei de cabeça o que está escrito ali.

Durante o jogo decisivo entre Chargers e Broncos na noite de ontem, a estrela do San Diego, Nicholas Castro, caiu na linha de três jardas com a bola nas mãos. O ex-atleta da USC estava a apenas dois metros de fazer o touchdown da vitória. Embora tenha sido levado imediatamente para o hospital Cedars-Sinai, foi declarado morto na chegada. Os médicos não conseguiram identificar a causa da morte.

— Então? — Empurro a matéria de volta para ele.

Por que ele estava falando do meu pai agora?

— Seu pai não morreu de causas naturais. — A voz da minha mãe é um sussurro suave.

— O quê? — Engasgo.

Damian se inclina sobre a mesa e alcança minha mão.

— Os deuses o destruíram porque ele infringiu as regras.

— Que regras? — Fico encarando Damian, furiosa por eles estarem dizendo essas coisas todas sobre o meu pai. — Do que você está falando?

— A principal regra para um descendente que decide viver no mundo dos *nothos* é que ele não usará seus poderes para ter sucesso naquele mundo. O risco de exposição é muito grande. — O rosto de Damian é um poço de compaixão. — Mas seu pai usou os poderes para alavancar a carreira dele no futebol americano. Em rede nacional. Ele sabia que seria punido.

Nada disso faz sentido.

Meu pai era parte deus?

Eu sou parte deusa?

Meu pai morreu por causa do futebol americano?

— Ah, querida. — Minha mãe tenta me acalmar me apertando com força. — Assim que Damian me contou, eu soube que você ficaria chateada. Merda, eu mesma fiquei chateada. Saber que seu pai nunca...

— Você falou um palavrão? — perguntei entre lágrimas.

— Falei? — repetiu ela. — Acho que sim. É que estou tão zangada por ele ter guardado esse segredo de mim durante todos os anos que fomos casados. Zangada por ele ter guardado esse segredo de você.

— Espera aí — interrompi. — Quando Damian contou para você? — *Déjà-vu*, tudo de novo. — Há quanto tempo você sabe?

Não consigo evitar os flashbacks da coisa toda com você-vai-para-uma-escola-com-parentes-de-deuses. Uma dor pungente começa na base do meu crânio e lentamente se espalha pela minha cabeça toda. Por que as pessoas escondem detalhes tão importantes de mim? Eu pareço incapaz de lidar com notícias sérias? Eu achava que, a essa altura, já havia ficado claro que era bastante racional quando se tratava de informações inacreditáveis.

Olho para a minha mãe, desafiando-a a mentir para mim.

— Damian me contou sobre as suspeitas dele alguns dias depois que chegamos à ilha — confessa ela. — Mas até ele receber um mapa genealógico do seu pai há alguns dias, não tínhamos certeza.

— E por que você não me contou sobre as suspeitas?

— Damian queria contar. Mas eu o impedi. — Ela tira algumas mechas de cabelo do meu rosto. — Quando soube como este mundo seria, quis que você tivesse uma chance de encontrar seu lugar na escola. Se você soubesse, se os outros soubessem, você seria julgada apenas pela sua descendência com Nike.

— Em vez disso, fui julgada por ser a única *nothos* da escola. Uma *kako* de sangue ruim. — Não. Só de dizer aquilo eu sei que não é verdade.

É claro que, no início, foi o que aconteceu. Mas Nicole nunca me menosprezou por eu não ter relação com os deuses; na verdade, acho que ela gostava mais de mim porque eu era uma *nothos*. Talvez eu perca pontos com ela agora. Nunca foi um problema para Troy também. Ah, que droga. Eu tinha que pedir desculpas para ele. E Griffin... Bem, esse deu mais trabalho. Mas independentemente do que pensava de mim, ele nunca me chamou de *kako*. Dou um sorriso, Griffin gostava de mim antes de ele mesmo perceber.

E, além do mais, todo o meu trabalho foi recompensado. Eu ganhei a corrida. Mesmo antes do episódio do brilho, eu estava léguas na frente de todos os atletas da Academia.

— Espere um instante — digo, percebendo uma coisa. — Treinador, você disse que eu não trapaceei, que eu nem poderia ter trapaceado porque estava sem meus poderes. Mas então como é possível que aquele brilho tenha relação com os meus poderes?

O treinador se remexe na cadeira, desconfortável.

— Aquilo foi uma surpresa, realmente — explica Damian. — Mesmo considerando sua descendência.

— Pelo que Damian me contou — minha mãe, indo para perto dele atrás da mesa e apoiando o quadril na cadeira —, essa é a parte mais interessante.

Mais interessante do que a parte que diz que sou-descendente-da-deusa-Nike?

— Privar todos de seus poderes normalmente é o suficiente para evitar que algum descendente adolescente os use — explica Damian.

— Não imaginei que fosse preciso usar algo mais poderoso — murmura o treinador.

— Acreditamos que o brilho que todos nós vimos apareceu porque seus poderes estavam *tentando* se manifestar. — Damian se inclina para a frente e apoia os cotovelos na mesa. — O fato de os seus poderes latentes, mas adormecidos, terem tentado se manifestar sugere que são bem fortes.

Fico olhando para ele.

— Como assim?

— Como qualquer outro talento, a intensidade dos poderes varia muito de uma pessoa para outra — diz Damian. — Existe uma correlação entre a potência e a quantidade de sangue divino que se tem. Resumindo, quanto mais próximo de uma divindade você for, mais fortes serão seus poderes.

— O que é uma maneira complicada de dizer que...?

Um sorriso ilumina o rosto da minha mãe.

— Que seu pai era neto de Nike.

Felizmente estou sentada porque, se não estivesse, eu teria caído no chão. Estou assim tão próxima de uma deusa?

— Seus poderes — diz Damian — têm um potencial incrível.

O treinador bate o punho fechado na mesa.

— Vamos ganhar a Copa do Mediterrâneo este ano! — Quando minha mãe, Damian e eu o encaramos, ele se apressa em dizer: — Não que tenhamos usado os poderes dela para ganhar, é claro. Phoebe não precisa de poderes para arrasar no percurso.

Poderes? Meus poderes? Eu tenho poderes sobrenaturais? Que coisa mais estranha.

Embora, de alguma forma, faça sentido. Quando penso que correr sempre foi tão fácil para mim e que algumas vezes quase consigo sentir o que outras pessoas estão sentindo (sem mencionar minha obsessão nada natural pelos tênis da Nike), parece quase lógico eu ser descendente da própria deusa da vitória. Estar aqui, em Serfopoula, deixou essas coisas ainda mais evidentes. Consegui diminuir meu tempo de corrida. Sinto uma ligação com Griffin e, embora eu nunca vá admitir isso para minha mãe, percebo que estou ainda mais próxima do meu pai. Talvez seja porque meu sangue divino voltou para casa?

Penso em mais uma coisa. Se tenho sangue divino, talvez eu consiga fazer mágica como todos os outros. Nicole disse que é preciso aprender a usar seus poderes, mas imagino se posso...

Assim que essa ideia atravessa minha mente, sinto um formigamento nas mãos. Olho para elas e vejo que estão brilhando.

Minha mãe engasga.

O queixo do treinador cai.

Damian sorri — até que sua coleção de diplomas emoldurados e outras coisas penduradas na parede caem no chão.

Talvez essa coisa de mágica seja mais complicada do que imagino.

— Não devemos brincar com os poderes. — Damian balança a mão e os quadros voltam para seus lugares na parede. — Você vai precisar de treino. Muito treino. Outros alunos tiveram anos para aprender a controlar seus poderes. Se você consegue se conectar com os seus com tanta facilidade, e sem querer, então precisa ter muito cuidado com seus pensamentos e atitudes até que domine esses poderes.

Deixo minha cabeça pender.

— Desculpe.

De repente, a grandiosidade de tudo o que aprendi sobre mim mesma me acerta. Sou semideusa. Tenho poderes sobrenaturais. Poderes que não sei como controlar.

— Esse é mais um motivo, além de você ser minha filhinha... — minha mãe me dá um sorriso triste — para eu achar que deve ficar na Academia por mais um ano.

Ela tem razão. Vai saber que tipo de estrago posso causar? Eu provavelmente poderia destruir esta ilha inteira sem nem...

Não, eu nem devo *pensar* em algo assim.

— Ei, meninas — digo quando saio do escritório de Damian, ainda estupefata.

Elas estão em frente à vitrine de troféus que tem a maçã dourada e, quando eu falo, elas dão um pulo como se tivessem sido pegas assistindo ao vizinho tirando a roupa. Sei disso porque é exatamente a mesma cara que fizemos quando fomos pegas espiando o idiota do Justin no oitavo ano.

— Oi, Phoebe — Cesca é a primeira a reagir. — Foi boa a conversa com seu padrasto?

Olhando por sobre o ombro, Nola assume uma expressão de culpa para a maçã. Acho que Damian estava certo: aquela maçã é perigosa.

— Hum, na verdade... — começo, sabendo que havia chegado a hora de contar a verdade sobre a ilha para elas. — Tenho coisas muito importantes para contar.

Nola ainda não havia desviado o olhar da vitrine, então sugeri:

— Por que não vamos lá para fora, no pátio?

Cesca e eu seguramos Nola pelo ombro e a puxamos pelo corredor e pelas portas duplas que levam ao pátio externo. Há uma fileira de bancos de pedra circulando o perímetro, então seguimos para um deles.

Nola decide se sentar no chão, de pernas cruzadas, e vira o rosto para o alto na direção do sol.

Cesca verifica se há poeira no banco. Quando a inspeção acaba, ela senta e cruza as pernas com cuidado.

Estou muito excitada para me sentar. Então começo a andar de um lado para o outro.

— Tenho uma coisa para contar a vocês.

— Parece algo sério — diz Nola.

— Bem... — Dou três passos para a frente antes de dar meia-volta. — É mesmo sério.

Nola e Cesca se entreolham. Por conta de anos de experiência, elas sabem que vou falar algo importante e estão prontas para ouvir o que tenho a dizer.

— Cesca, não sei se você contou para Nola sobre a mancada que dei no chat...

— Não contei. — Ela parece ofendida simplesmente por eu ter perguntado.

— Mas — continuo, indicando que ela não deveria me interromper — quero explicar para vocês duas o segredo de Serfopoula.

— Ahá! — Nola dá um salto e aponta na minha direção. — Eu sabia que havia algo podre sobre esta ilha.

— Nola, por favor — reprimo.

Cesca dá um tapinha na perna de Nola.

— Sente-se e espere ela terminar.

Relutante, Nola volta para o chão, mas posso ver que ainda está se regozijando. E dessa vez ela tem razão.

— Não é uma base militar para testes nem um esconderijo para testemunhas que se esconderam dos conspiradores do caso Kennedy.

Ela faz um beicinho e com isso sei que está muito desapontada.

— Tem mais a ver com — digo tentando ser dramática — mitologia do que com conspiração. — Diante das expressões confusas nos rostos das duas, continuo: — Serfopoula é protegida porque a Academia é uma escola particular para descendentes dos deuses gregos.

— Para os o quê? — pergunta Nola.

Cesca descruza as pernas e se inclina para a frente.

— Para com isso.

— É verdade — digo. — Todos na escola descendem de algum deus grego. Até o meu padrasto.

Eu mal consigo dizer em voz alta — mas sou uma descendente também. Não é que eu tenha medo de como elas vão reagir, afinal são minhas melhores amigas e me amam, mas, de alguma forma, se eu falar, a informação será incontestável. Minha condição de *freak* num mundo de normais será irrevogável.

— Uau — diz Cesca, pela voz ela parece realmente impressionada.

Nola está muda. Como se estivesse em um daqueles transes meditativos de quando se concentra profundamente na ioga. É assim que ela costuma lidar com grandes choques.

— Isso é... — Cesca balança a cabeça. — Muito irado. Então, tipo, esses adolescentes têm relação com Zeus, Apolo, Afrodite e todos os outros?

— É.

— Eu não acredito — diz Nola por fim.

— Eles têm poderes e essas coisas? — pergunta Cesca.

— Mais do que você gostaria de saber — digo por experiência própria.

— Eu não acredito!

Ambas encaramos Nola, impressionadas pela explosão veemente dela. Normalmente ela é tão calma e equilibrada que é desconcertante quando ela se zanga.

— Nola, é verdade — digo.

— Isso explica tudo — fala Cesca.

— Explica o quê? — pergunto.

— Aquele brilho que envolveu você no fim da corrida.

Congelo.

— Qual é, Nola — diz Cesca enquanto a cutuca nas costelas. — Você viu o brilho. O que mais pode ter sido aquilo?

— Não — insiste Nola. — Não acredito. Nada do que você fizer ou disser...

De repente, Nola sai quase um metro do chão antes de cair em um sofá gigante, que não estava lá alguns segundos antes. Tenho certeza de que não fiz aquilo — e não saberia fazê-lo ainda que quisesse. Olho para trás e vejo Troy parado ali perto.

Ele pisca para mim.

Eu devo a ele um belo pedido de desculpas.

Então me viro para as meninas e digo:

— Um instante. — E saio correndo pelo pátio.

— Parecia que ela estava precisando de uma prova — explica ele quando o encontro.

— Ah, Troy — digo, esperando que ele me perdoe. — Sinto muito. Eu não deveria ter acusado você. Eu não deveria ter feito nenhuma acusação, independentemente do que aconteceu...

— Ei — interrompe ele. — Não se preocupe com isso. Não foi nada de mais.

— Foi, sim — insisto. — Principalmente porque não foi você... fui eu.

Ele sorri para mim como se eu fosse uma grande boba.

— É. Eu poderia ter contado isso a você há semanas.

— Poderia... — Balanço a cabeça. — Como assim?

— Um sujeito não vem de uma linhagem de mais de dois mil anos de médicos sem conseguir saber um pouco sobre a fisiologia das pessoas.

— Então por que você...

Ele levanta as mãos num gesto de redenção.

— Eu não queria ser o mensageiro. Você me assustou. — Quando viu minha expressão apática, ele acrescentou: — Imaginei que descobriria sozinha, no tempo certo. Além do mais, não quero ficar mal com Petrolas. Sou do tipo criativo, nunca sobreviveria a uma detenção.

— Você — digo, me inclinando para a frente e dando um beijo na bochecha dele — é uma estrela do rock no armário.

— Isso deveria ser um elogio?

— É claro.

Ele me dá um tchauzinho e volto para as meninas.

— Quem era aquele gatinho? — pergunta Cesca.

— Troy. É um amigo — digo.

— Imagino que com um menino como Griffin por perto, Troy *possa mesmo* ser só um amigo — comenta ela. — É uma pena que não existam garotos como ele em Pacific Park.

— Se existissem meninos como ele em Pacific Park, o sul da Califórnia estaria em perigo — digo, rindo.

Nola está encarando o chão, murmurando para si mesma. Se eu conseguisse ler lábios, provavelmente ouviria todo um vocabulário que nunca a vi usando antes.

Quando ela finalmente consegue falar, tudo o que diz é:

— Certo. Eu acredito.

— Não acredito que você escondeu isso de nós por tanto tempo — reclama Cesca.

E me sinto péssima com aquilo.

— Como eu disse, não era um segredo meu, então não podia contar. Se minha mãe e Damian não tivessem autorizado, eu não estaria contando agora. É horrível guardar segredos de vocês, meninas, mas eu juro que este é o único. — Mordo meu lábio. — Só falta mais uma parte do segredo.

Ambas olham para mim com uma expressão ansiosa.

Fecho os olhos e dou um suspiro profundo.

— Eu acabei de descobrir... tipo, há cinco minutos... que, bem, eu... — Recupero o fôlego. — É melhor falar tudo de uma vez. Também tenho uma parte divina.

Cesca fica de boca aberta.

— Para com isso!

— Aimeudeus — engasga Nola, os olhos esbugalhados de susto.

Pelo que parecem horas, elas ficam me encarando. Ótimo, eu me sinto o próprio circo dos horrores. Como posso viver no mundo real novamente se até as minhas melhores amigas pensam que sou anormal?

— Ah, querida — finalmente diz Cesca, sorrindo. — Sempre soubemos que você era uma deusa. Isso só legitima a coisa.

Eu já disse o quanto amo as minhas amigas? Em um piscar de olhos, as duas estão de pé e damos um abraço coletivo complementado por lágrimas de alegria.

— Mas prometo que esse é o último segredo — digo quando recupero a habilidade de enunciar as palavras. — Vocês já sabem de absolutamente tudo.

Eu me afasto para enxugar as lágrimas.

Cesca assume uma expressão preocupada ao se virar para Nola, que aparenta estar tão estranha quanto Cesca. Eu reconheço aquelas expressões: culpa.

— Hum, Phoebe... — começa Cesca.

Sei que há algo errado porque ela hesita. Cesca nunca hesita.

— O que foi? — Começo a ficar com medo, as duas estão agindo de maneira muito esquisita.

Cesca junta as mãos atrás das costas.

— Sei que planejamos ir juntas para a USC durante, tipo, toda a vida.

— Mas — diz Nola, envolvendo meus ombros com o braço — às vezes os planos mudam.

— Do que vocês estão falando, meninas?

— Bem... — Cesca olha de Nola para mim e depois assente. — Eu não vou para a USC no ano que vem. A Parsons me aceitou em uma seleção adiantada. Se quero mesmo trabalhar com moda, não posso ficar em Los Angeles.

Parsons? É do outro lado dos Estados Unidos.

— Você vai estudar em Nova York?

Ela concorda com a cabeça e tem uma expressão de pesar no rosto.

Eu me viro quando Nola diz:

— E eu vou para Berkeley. — Ela pega uma mecha do meu cabelo e a ajeita atrás da minha orelha. — Eles têm o melhor programa de ciências ambientais do país.

Sei que elas têm razão — sobre estudar moda em Nova York e ciências ambientais em Berkeley —, mas sinto traída. Estamos planejando isso há anos e elas mudam de ideia aos 45 do segundo tempo? Isso é justo?

Mas quando olho para elas — ambas com aquela expressão culpada por estarem seguindo caminhos diferentes —, percebo o quanto estou sendo egoísta. Como eu poderia pedir que abrissem mão de seus futuros para que possamos continuar estudando juntas?

— Querem saber — digo, colocando meus braços em volta delas e as puxando para um novo abraço. — Acho isso ótimo.

Ambas olham para mim como se eu tivesse enlouquecido. Talvez eu tenha mesmo. Mas se aprendi alguma coisa depois de vir para o outro lado do mundo, foi que uma mudança nos planos pode ser algo bom. Talvez possa até mesmo ser algo ótimo. Nesse momento, não consigo imaginar como seria a minha vida se minha mãe e eu ainda estivéssemos em Los Angeles. Nada de deuses gregos. Nada de Griffin. Nada de Nicole e Troy. Nada de descobrir que sou meio deusa. Todas essas coisas fazem parte da minha vida agora. Sei lá o que as próximas mudanças podem trazer para mim.

— Somos melhores amigas, independentemente da distância — digo. — Só porque seguiremos caminhos diferentes, não significa que não continuaremos sendo irmãs aqui dentro.

Quando Damian vai levar Nola e Cesca de volta à Atenas para pegar o voo, minha mãe o acompanha, e decido ir correr.

Enquanto amarro os cadarços do meu Nike, paro e fico olhando para aquele pequeno e perfeito símbolo. Por anos significou tanto para mim — um símbolo da minha corrida, da minha paixão e da minha relação com meu pai. Agora sei que todas essas coisas são uma parte de mim que não podem ser contidas por um recorte colorido de couro.

Amarro os cadarços rapidamente e saio pela porta em direção à praia.

À medida que a adrenalina aumenta, minha mente clareia e de repente tudo começa a fazer sentido. Nike faz parte da minha alma. Do meu sangue. Assim como o meu pai. Talvez eu me sinta tão próxima dele quando corro porque é quando ele está mais perto de mim — é quando meus genes divinos estão em atividade, e isso é meu pai.

Sorrio e balanço a cabeça. Sou descendente de Nike!

Talvez minha mãe estivesse certa em não ter me contado antes sobre minha descendência. Quero dizer, se eu tivesse sido rotulada como descendente de Nike, teria sido jogada na turma de Ares em um piscar de olhos. Talvez eu, Nicole e Troy não tivéssemos nos tornado amigos. Eles estariam fora do meu alcance. E minha trégua com Stella seria completamente falsa. Podemos não ser melhores amigas, mas pelo menos hoje consigo vê-la além das aparências e sei que ela realmente está começando a gostar de mim — ainda que contra sua vontade.

Ao chegar às colinas de pedras no fim da praia, sento na areia macia. É claro que Griffin e eu talvez fôssemos terminar juntos de qualquer forma, já que estaríamos no mesmo grupo. Porém nada mais na minha vida seria...

— Imaginei que encontraria você aqui.

Olho para cima no momento em que Griffin se senta na areia ao meu lado.

— Eu estava pensando em você — digo.

— Espero que sim — fala ele, sorrindo. — Estou seguindo você desde que chegou à praia.

— Não conseguiu me acompanhar, foi?

Ele dá de ombros.

— Achei que você precisasse de um tempo.

Ele apoia os braços nos joelhos, deixando de encarar o mar e me olhando com aqueles olhos azuis de tirar o fôlego. Embora ele não diga nada, eu sei que ele sabe.

— Quem te contou? — pergunto.

— Sobre a sua descendência? — Ele volta a olhar para a água. — Travatas.

De repente, há uma distância entre nós, e não era algo físico. Griffin está introspectivo e a quilômetros dali. Não sei o que aquilo quer dizer. E se significar que há alguma lei do Olimpo contra o nosso namoro? Talvez Ares e Nike não possam...

— Havia uma profecia — diz ele, interrompendo meus pensamentos cada vez mais desesperados.

— Uma profecia? — Aquilo podia ser ainda pior. Eu me lembro da profecia de Édipo; e se Griffin tiver que me matar ou, eca, e se formos parentes de alguma maneira?

— Antes de eu nascer, minha mãe visitou o oráculo e pediu uma consulta. — Há uma leve insinuação de tristeza nos olhos dele. Meu pânico desaparece quando entendo que é porque ele está pensando na mãe.

— O que o oráculo disse?

Ele dá um sorrido triste e balança a cabeça.

— Disse à minha mãe que quando o filho dela encontrasse seu par ela seria filha da vitória.

— Ah — digo. Depois: — Ahhhh! Uau.

Filha da vitória. Essa sou eu.

Quando ele se vira para me olhar, alguns cachos caem sobre sua testa.

— É, uau — diz ele.

Ajeito um dos cachos atrás da orelha dele.

— Bem, sou a única que bateu sua marca na corrida.

Ele joga a cabeça para trás e ri.

— Ah, Phoebe — diz ele, e eu ainda sinto arrepios quando Griffin fala meu nome. Ele me puxa mais para perto num abraço. — Isso é só uma pequena parte. Você acabou de descobrir que é bisneta de Nike. Pode fazer *quase* tudo o que quiser no mundo inteiro.

Fecho os olhos. É aquele *quase* que traz lágrimas aos meus olhos.

Tudo em que consigo pensar é: por que meu pai morreu por causa do futebol em vez de ficar conosco? Ele nos amava, eu sei que sim. Eu me lembro dele o bastante para não ter dúvida sobre isso. O futebol americano valia mais que a gente?

Por seis anos pensei que ele tivesse morrido em um acidente bizarro, por algum infortúnio da natureza. Que se ele soubesse o que ia acontecer, nunca teria ido àquele jogo. Se soubesse, ainda estaria conosco.

Mas agora eu sei que ele *sabia*. Talvez não tivesse certeza de que seria destruído naquele jogo específico, mas em algum momento aconteceria.

Tudo que eu sabia sobre o meu pai estava errado.

Mas repito: quando estou correndo, não me imagino trocando aquilo por nada. Não acredito que eu seria capaz de trapacear, mas talvez a tentação da fama tenha sido mais poderosa que a ética para o meu pai. Ou, talvez, da mesma forma que meus poderes tentaram se manifestar durante a corrida, ele pode não ter tido a intenção de usar os dele.

— Não queria trapacear — digo, tentando convencer Griffin de que eu nunca faria aquilo de propósito. — Sei que se o treinador não tivesse tirado os poderes de todo mundo, o meu teria aparecido de qualquer maneira. Mas isso não representa o que eu sou. Não é como se eu...

— Qual e, Phoebe. — Ele sustenta o olhar e me encara. — Você acabou de descobrir que tem poderes. É claro que será preciso um pouco de treino para aprender como controlá-los. — Os lábios dele se curvam em um sorrisinho. — Quando ganhei meus poderes, eu tinha 8 anos. E mandei minha babá para a Amazônia com um feitiço.

— Veja bem... — Viro o rosto para ele. — Você teve dez anos para praticar. Como eu posso querer controlar os meus poderes como você...

— Você não vai — diz ele, me puxando ainda para mais perto. — Não a princípio.

Balanço a cabeça, extasiada diante da ideia de ter poderes e de ter que aprender a controlá-los.

— Por um tempo, talvez por um longo período, seus poderes serão controlados pelas suas emoções. — Ele apoia uma das mãos sobre a minha, entrelaçando nossos dedos. — Como hoje, por exemplo.

Eu me viro para vê-lo.

— É com isso que estou preocupada. Eu nem ao menos sabia o que estava fazendo. E se eu...

— Você não teria sido impelida a usar seus poderes para provar que era capaz se eu tivesse impedido que minhas emoções se manifestassem nos treinos. — Ele fica enrubescido. — Não amarrei os seus cadarços conscientemente, sabe?

— Como assim?

Griffin começa a acariciar minha mão com o polegar, fazendo pequenos círculos na palma, e dá um longo suspiro.

— Eu estava tão confuso em relação aos meus sentimentos por você, achando que deveria assustá-la porque você era uma *nothos* e, ao mesmo tempo, me sentindo irremediavelmente atraído por você... por algo dentro de você. Desde aquela primeira manhã na praia. Mesmo sabendo quem e o que você era. Eu não conseguia parar de sentir aquilo. Eu só... — As bochechas dele ficam ainda mais vermelhas. — Aí meus poderes responderam às minhas emoções e...

— E você me mandou cair de cara no chão? — perguntei num tom de brincadeira. — É, eu me lembro dessa parte.

— Desculpe — diz ele, apertando minha mão com mais força. — Eu gostaria de poder voltar no tempo...

— Então está me dizendo que nem mesmo você consegue controlar totalmente seus poderes?

Ele esfrega a palma da mão livre no joelho do jeans.

— Demora a vida inteira para ter controle absoluto. Todos nós precisamos aperfeiçoar isso. — Ele me olha e continua: — Os professores na Academia podem ajudá-la a controlar seus poderes muito mais rápido do que se você tentasse sozinha.

Ele tem razão? Seria melhor ficar em Serfopoula no próximo ano para aprender a usar, quero dizer, a controlar meus poderes?

— Imagina que tipo de desastre você poderia levar aos pobres cidadãos de Los Angeles? — Ele se inclina e me cutuca com o ombro. — Estaria colocando milhões de pessoas em perigo.

— É mesmo? — pergunto com um falso tom de assombro na voz. — Sou tão poderosa assim?

Pela expressão de Griffin, parece que ele quer mentir, mas pensa melhor. O que é muito bom, porque já tenho mentiras e meias-verdades suficientes para a vida toda.

— Não — admite ele. — Provavelmente não. Mas você poderia levantar uma casa ou duas.

— Muito bem então. Pela segurança de Los Angeles — proclamo séria, mas irônica, me inclinando na direção do ombro dele. — Preciso aprender a controlar os meus poderes antes de voltar.

— Então você vai ficar? — pergunta ele, a voz cheia de expectativa. — Até o Nível Treze?

— Talvez... — digo. — Se você me ensinar um truque.

— Qualquer coisa.

— Pode me ensinar a deixar a água verde?

Ele franze o cenho na minha direção.

— O que você está aprontando?

— Nada. — Só quero ajudar minha mãe a conseguir os tons de cor certos para o casamento.

— Certo — diz ele, deitando e me puxando para perto dele. — Mas com uma condição.

Sorrio e aproximo de Griffin até que meus lábios estão a centímetros dos dele.

— Qual é a condição?

— Você nunca... — Ele se inclina para a frente e me dá um beijo no rosto. — Nunca... — Outro beijo do outro lado do meu rosto. — Vai usar esse truque... — Um beijo na ponta do meu nariz. — Comigo.

Em vez de responder, eu o beijo.

Fico pensando se ele percebeu que não responder equivale a não ter prometido. Então ele se levanta e acaricia minha bochecha, e eu paro de pensar.

Estou beijando um menino com poderes divinos e com a beleza de um ator de Hollywood. Também tenho uma parte divina. Estou cercada pelo mar Egeu turquesa, em uma praia deserta de Serfopoula, uma pequena ilha da qual de repente me orgulho de ninguém nunca ter ouvido falar.

Epílogo

Quando o quarteto de cordas da Academia toca as primeiras notas da *Water Music* de Hendel, a menina com as flores — a sobrinha de 4 anos de Damian — entra pelo corredor, jogando pétalas de rosas em tudo e em todos.

Posso ouvir Stella fumegando atrás de mim, não apenas porque vou entrar com o único padrinho que Damian escolheu, mas porque ela entrará sozinha.

O organizador do casamento aponta para ela e se move pelo corredor. Stella balança a cabeça com veemência, se afastando da porta como se quisesse fugir da igreja.

— Nada disso — digo, empurrando-a de volta para a entrada. — Você não quer estragar o casamento.

O olhar dela poderia derreter vidro. E se Damian não tivesse tirado os poderes dela pela manhã, eu provavelmente seria agora apenas uma poça d'água no chão. Com um último grunhido na minha direção, ela se vira e caminha para o altar.

Não sei por que ela está tão chateada.

O verde do cabelo de Stella realmente realça a cor dos seus olhos. E combina perfeitamente com o vestido azul-turquesa que ela está usando como dama de honra. Penso em todas as confusões que ela me meteu nas minhas primeiras semanas e achei que merecia algo altruísta em troca. Além do mais, não é como se aquilo fosse ficar documentado por toda a eternidade; Griffin me mostrou como fazer para que o verde não aparecesse nas fotos.

Algumas pessoas nunca estão satisfeitas.

Eu, por outro lado, nunca estive mais feliz do que agora.

Consegui sobreviver ao primeiro semestre do Nível Doze com a média B que eu queria, meu C em literatura foi equilibrado pelo A em história da arte. Decidi ficar mais um ano na Academia — em parte para poder ir com Griffin para Oxford no ano seguinte. Estou me divertindo muito enquanto aprendo a usar meus poderes. Com mais um ano de orientação, talvez meu tênis Nike não entre em combustão espontânea cada vez que eu estiver em uma corrida decisiva.

Quando passo pelos bancos da igreja, olho para Nola e Cesca e sorrio. Nola dá uma cutucada em Troy, que não notou que o casamento havia começado há dois minutos. Ele olha para cima e acena. Felizmente perdoou uma menina ignorante que não acreditou quando disse que ele não usou os próprios poderes para ajudá-la a trapacear.

Cesca está discutindo com o rapaz ao seu lado. Ele era da minha turma de física, mas nunca lembro seu nome.

É a cara de Cesca arrumar confusão com um completo estranho.

Nos bancos do outro lado da igreja, Nicole e Griffin estão sentados ao lado da cunhada de Damian. A sobrinha mais nova de Damian está no colo de Griffin. Ele olha para mim e sorri bem na hora que a criança lhe dá um tapa tão alto que até eu consigo ouvir.

Griffin faz uma careta como se sugerisse que eu tivesse algo a ver com a reação da menina. Simplesmente sorrio e o deixo ficar imaginando coisas. É melhor que ele não saiba do que sou capaz.

Quando me aproximo do altar, olho para Damian. Ele está bonito de fraque, mas também parece... nervoso! Eu não posso acreditar. Nunca pensei que viveria para ver Damian Petrolas nervoso, mas eis que ele está.

Com um sorriso bobo no rosto, ele olha para mim. Dou um sorrisinho e aceno com a cabeça. Ele não tem motivo para ficar nervoso. Minha mãe está tão apaixonada quanto ele. Damian relaxa um pouco, então solto um suspiro de alívio. Provavelmente teríamos que repetir a cerimônia inteirinha se ele desmaiasse.

Sigo para o meu lugar ao lado de Stella e ignoro sua irritação.

O quarteto troca suavemente de música e começa a tocar a marcha nupcial. Todos nos bancos lotados da igreja se levantam e se viram para ver minha mãe entrar.

Ela está linda, uma bela visão de linho cru.

Nunca a vi tão feliz também.

À medida que ela se aproxima do altar, penso em tudo o que havia mudado nesses poucos meses. E em meio aos altos e baixos, acho que o fim definitivamente justificou os meios. Não havia uma única coisa que eu quisesse ter feito diferente.

Não que eu pudesse fazê-lo.

Nicole me assegurou que qualquer tentativa de viagem no tempo resulta em punição severa — e possivelmente no fim da sua existência.

Mas aprendi que tenho alguns truques na manga.

Com a mão escondida pelo buquê, aponto um dedo na direção do teto. O ar acima dos convidados brilha ligeiramente. Dúzias de pétalas de rosas brancas voam até o chão com perfeição, envolvendo minha mãe em uma chuva de flores. Ela olha para cima, deixando que algumas pétalas caiam em seu rosto. Então olha de novo para o corredor e me dá um dos sorrisos mais largos e cheios de lágrimas que jamais verei.

Ela balbucia:

— Obrigada.

Apenas sorrio. Definitivamente, estou ficando acostumada com essa coisa de ser deusa.

Agradecimentos

Obrigada...

...Sarah Shumway, a deusa da edição, por ajudar a construir minha história até algo digno do nome da Dutton. E por entender — ou pelo menos por não lutar contra — meu uso excessivo de travessões.

...Jenny Bent, deusa do agenciamento, por ser a agente perfeita, por manter a fé e me proteger durante o caminho muitas vezes acidentado, e por me pedir para telefonar mais vezes.

...Sharie Kohler, deusa da leitura crítica, por me ajudar a poupar tempo de maneiras tão diferentes que não posso enumerar, e por me inspirar a ser uma escritora melhor a cada dia.

...Shane Bolks, deusa da tutoria, por responder às minhas infinitas perguntas e por ouvir todas as minhas ideias loucas com paciência admirável e expressão contida.

...Buzz Girls, deusas da booksboysbuzz.com, por serem as melhores incentivadoras que uma garota poderia desejar e por dividirem seus anseios mais profundos sem hesitação ou reservas.

...Don e Jane Childs, deus da paternidade e deusa da maternidade, pelo apoio incondicional independentemente de quantas vezes eu tenha dito: “Tenho um novo plano.” E por insistir que me apoiam porque me amam e não porque sou filha única. Eu também amo vocês.

Este livro foi composto na tipologia Swift
LT STD, em corpo 10/15,5, e impresso em
papel off-white no Sistema Cameron da
Divisão Gráfica da Distribuidora Record.